KB130036

ANA WITH YOU
일상이라는 이름의 기적

일상이라는 이름의 기적

1판 1쇄 발행 2017년 7월 10일
1판 2쇄 발행 2017년 7월 25일

지은이 박나경
펴낸이 고병욱

기획편집2실장 장선희 **책임편집** 양춘미 **기획편집** 이새봄 김소정
마케팅 이일권 황호범 김재욱 곽태영 김은지
디자인 공희 진미나 백은주 **외서기획** 엄정빈
제작 김기창 **관리** 주동은 조재언 신현민 **총무** 문준기 노재경 송민진

펴낸곳 청림출판(주) **등록** 제1989-000026호
주소 본사 06048 서울시 강남구 도산대로 33길 11 청림출판(주) (논현동 63)
    제2사옥 10881 경기도 파주시 회동길 173 청림아트스페이스 (문발동 518-6)

전화 02-546-4341 **팩스** 02-546-8053
홈페이지 www.chungrim.com **이메일** life@chungrim.com
블로그 blog.naver.com/chungrimlife **페이스북** www.facebook.com/chungrimlife

ISBN 978-89-97195-09-1(03810)

ANA WITH YOU

일상이라는 이름의 기적

박나경 지음

청림Life

하고 싶은 공부와 그렇지 않은 것의 경계가 명확했던 한 여고생이 있었다. 지금도 가끔 심적으로 부담되는 일이 있으면 고등학교로 돌아오라는 연락을 받거나, 이미 성인이 된 몸으로 어색하게 교실에 앉아있는 악몽을 꾼다. 누군가에게는 즐거웠을 학창시절이지만 그녀에게 고등학교 3년은 그저 하루빨리 벗어나고픈 시간일 뿐이었다. 대학진학 후 성인이 된 것보다 더 컸던 기쁨은 이제 진짜 하고 싶은 공부만 하면 된다는 것이었다. 예술적 재능과 끼가 넘치는 친구들 사이에서 그녀는 나름의 꿈을 꾸며 평범한 문학도로 성장했다. 어학연수와 유학도 다녀왔다. 대학원을 마치고서는 사회에 곧장 뛰어들었다. 20대 중반의 그녀를 많은 사람들이 "선생님"이라 불렀다. 직장인 친구들에 비해 시간이 여유로웠기 때문에 여행도 자주 다녔고, 가족이나 친구들과도 많은 시간을 보냈다.

서른이 다가오며 친구들의 결혼소식이 들렸다. 적어도 결혼에 가까워지는 듯했다. 평생 혼자 살 생각은 아니었지만 그럴 만한 상대가 곁에 없었다. 그렇게 서른을 코앞에 두고 오래도록 바라던 일을 하기 위해 페루로 떠났다. 그곳에서 2년을 머물며 원하던 삶을 살았고, 한 남자를 만났다. 페루와 뉴올리언스, 서울을 오가며 장거리 연애를 이어가던 두 사람은 결혼했고, 몇 년 뒤 아이가 찾아왔다. 아이의 목걸이에 새겨진 "DFW-ICN-MSY" 공항코드는 달라스와 한국, 뉴올리언스에서 진행 중인 아이의 삶이자, 세 식구가 가족으로 걷고 있는 발자취이다.

한 발자국 물러나 저 시간을 바라보면 특별할 것 없이 지극히 평범한 누군가의 20여 년으로 보인다. 충격적인 사건이나 드라마틱한 일들을 경험하는 사람들도 많지만 아마 대다수 사람들은 서로에게 공감하며 고개를 끄덕일 수 있는 꽤 비슷한 삶을 살아간다고 믿는다. 우리는 그것을 '일상'이라 부른다.

요즘 나의 일상은 이렇게 흐른다. 남편은 새벽같이 출근을 하고, 나보다 훨씬 일찍 일어난 아침형 아이는 장난감을 가지고 놀고 책을 보며 엄마를 기다린다. 7시 50분 알람이 울리면 벌떡 일어나 아침을 먹이고 씻기고 옷을 입히고 학교로 향한다. 아이가 학교에 있는 세 시간 남짓, 더욱 바쁜 시간을 보낸다. 커피 한 잔 마시고 스트레칭을 한 후 벌여놓은 책 작업을 번갈아 하다 보면 금방 시간이 지나간다. 다시 학교로 출발! 교실 앞에서 격하게 상봉하고 집으로 돌아온다. 점심을 먹고 놀다가 두 시간 정도 낮잠 겸 휴식시간을 갖는다.

커가는 아이는 낮잠시간을 엄마 몰래 조용히 노는 시간으로 활용한다. "엄마, 4시야. 일어나요!" 친절한 인간 알람이 방으로 쳐들어오면 두 번째 라운드가 시작된다. 함께 빵이나 마카롱을 만들고, 퍼즐을 맞추고 책을 읽거나 숙제를 한다. 거실 바닥에 누워 좋아하는 음악을 번갈아 듣기도 한다. 벌써 5시네? 곧 남편이 올 시간이다. 휘리릭 저녁을 준비하는 사이에 남편이 웃으며 문을 연다. 아이는 아빠에게 달려가고 난 정신없이 지지고 볶으며 "왔어?" 인사를 건넨다. 셋이 맛있게 저녁을 먹고 스노우볼을 먹으러 나간다. 집으로 돌아오는 하늘은 어둑어둑 붉게 물들었다. 조금만 더 버티면 되겠군! 남편이 아이를 씻기는 사이 난장판이 된 집을 빛의 속도로 정리한다. 뽀송뽀송한 잠옷을 입은 아이는 "뽀뽀해주세요." "목말라요." "안아주세요." "이불이 이상해요." 몇 차례 실랑이하다가 결국 나가떨어지며 코를 곤다. 이제 겨우 밤 8시! 드디어 둘만의 시간이다. 이때부터 시간이 세 배는 빨리 간다. 아이가 없을 땐 밤 11시 이전에 잔 적이 없던 우리들은 아무리 늦어도 10시면 잠자리에 든다.

매일 비슷한 패턴으로 반복되는 일상은 결혼 전에 느끼지 못했던 안정감을 주었지만 아이가 태어난 후로 모든 것이 한 순간에 바뀌었다. 힘겹게 반복되는 일상이 지겨웠고, 정신력으로 버텨내야 하는 과제로 느껴졌다. 선택을 후회하기도 했다. '정말 이렇게 살고 싶었던 것일까?'에서 출발한 질문은 이렇게 살 줄 몰랐다고, 이렇게 살고 싶지 않다고 혼자만 들리게 온몸이 휘청거리도록 외쳤던 것 같다. 대략 2년의 시간을 그렇게 보냈고 끝이 보이지 않았던 동굴에서 천천히 빠져나올 수 있었다. 우리는 아이와 함께 성장하기 시작했다. 다시 웃었고, 새로운 꿈을 마음에 품었다. 서로의 이름을 부르고, 비슷한 날들을 살아가고, 가끔 특별한 계획을 만들어 즐거움과 피곤함을 불어 넣는 하루하루. 평온한 날들은 마치 보이지 않는 공기처럼, 떠오르는 태양과 달처럼 언제나 우리 곁에 있다. 너무 당연해서 감사함을 잊고 사는 우리들의 일상들은 한 해 두 해 모여 기적이 된다.

7

오랫동안 블로그에 글을 연재하며 이 특별할 것 없는 이야기를 왜 많은 사람들이 보러 오는 것일까 참 신기했었다. 사실 지금도 종종 그런 생각이 든다. 사람들이 좋아하는, 듣고 싶어 하는, 재미있는, 좋은 반응을 얻기 위한 이야기를 쓰려 했다면… 아마도 이렇게 꾸준히 글로 일상을 나눌 수는 없었을 것 같다. 그저 언제나처럼 내가 편안하고 즐겁게 할 수 있는 이야기들을 솔직하게 기록하고, 그 안에서 소소한 즐거움과 슬픔, 감동을 함께 찾아가고 싶다. 당신의 일상이 모여 기적을 만드는 여정에 따뜻하고 든든한 울림이 되고 싶다.

CONTENTS

Chapter 1

DREAM 내 마음 속에 별 하나

스무 살, 세 가지 꿈   12
남은 건 떠나는 일뿐   18
겨울과 여름의 캐나다   21
다시 20대로 돌아갈 수 있다면   24
제2외국어를 찾아서   29
새로운 도전, 스페인어   32
뭐? 멕시코?   35
올라, 아나스따샤!   40
내일? 절대!   44
멕시코, 여전히 매력적인   48
또 다른 색깔, 페루   51
언제나 또 봐!   54
뻬드로의 꿈   58
선생님 사랑해요!   65
축돌이   73
충분히 가치있는 아픔   80
실수   85

Chapter 2
LOVE 같은 하늘 아래 우리

첫 만남   94

만약에   102

그의 옷차림   108

내 인생의 플랜 B   113

국제결혼의 불편한 진실   132

세 가지 우선순위   145

도대체 결혼이란   150

부부가 되던 날   157

연상녀를 사랑한 삼형제   165

그녀에게는 너무 어려워!   173

메리에겐 뭔가 특별한 것이 있다   179

아내의 태몽   185

준비된 부모는 없다   194

12개월의 겨울   200

공주와 왕자   204

최고의 선물   212

믿음에 관하여   221

섬세하고 예민한 사람들이
행복하게 사는 법   232

섬세한 아이의 성장   243

관찰의 나날   250

Chapter 3
HOPE 함께 찾는 행복의 여정

Never say never   258

문학을 떠나 되돌아오기까지   264

마흔, 글작가   270

인생의 황금기   279

재미있는 한국, 여유로운 미국   294

인종차별은 어디에?   300

편견이 사라지는 그 날이 오길   305

오늘 너무 예쁜데!   311

오늘이 마지막인 것처럼   316

Chapter 1

DREAM

내
마음 속에

별 하나

스무 살,
세 가지 꿈

한국에서 '스무 살'은 여러 가지 상징성을 갖는다. '고등학교 졸업' '성인' '자유' '새내기' 등의 아름다운 닉네임 역시 자연스럽게 함께한다. 대부분의 아이들은 본인을 '스물'이라고 소개할 수 있는 날을 손꼽아 기다린다. 나 역시 그랬다. 마치 그 날이 되면 내가 원하는 모든 것을 아무런 압박 없이 마음껏 할 수 있는 무한대의 자유가 보장되리라 하는 희망으로 말이다.

나도 꿈에 그리던 스무 살 대학생이 되었다. 새로운 환경에서 처음 만나는 친구들, 선배들과의 관계가 만들어졌고, 초등학교 이후 6년 만에 찾아온 '남녀공학'의 삶은 여중, 여고 때와는 다른 매력이 있었다. 대학생활은 초반부터 치열했다. 이렇게 저렇게 정확히 따라야 하는 디렉션이 사라졌으니 학과 공부와 교내 활동, 친구, 선후배의 관계 모두 스스로 책임져야 했고 쉬운 것이 하나도 없었다.

갑자기 100배쯤 확장된 것 같은 인간관계, 특히나 남녀 관계에 있어서는 모두들 여전히 미성숙했기에 가슴 시리고 눈물 나게 서러운 드라마도 하루가 멀다 하고 모두 경험하고 있었다. 피 끓는 뜨거운 청춘에게 주어진 자유는 그 자체만으로도 감격이었다. 인생의 좋은 시절은 지나고 나서야 깨달을 수 있다던데 나는 이 순간이 충분히 좋은 시절임을 이미 온몸으로 실감하고 있었다.

대학에 가면 꼭 이루고 싶은 세 가지 꿈, 오랜 시간 마음먹은 목표가 있었다. 지키기 어렵지 않은 간단하고 현실적인 목표, 딱 세 가지였다.

1. 좋은 사람들을 많이 사귀기
2. 틈날 때마다 여행하기
3. 외국어 공부 열심히 하기

즐거웠던 학교생활 덕분에 좋은 친구들과 선배들이 곁에 많았다. 이제는 거의 20년 전 일이라 기억도 많이 희미해졌지만, 그때는 뭐가 그렇게 재미있고 웃기고 슬프고 뜨거웠던지….

'청춘'이라는 이름은 그러한 날들과 무척 잘 어울린다. 모두에게 그렇듯 나의 20대 청춘도 애틋함으로 남는다. 다시 돌아갈 수 없는 아름다운 시절이지만 곁에는 여전히 좋은 친구들이 남아 있고, 그들과 그 시절을 함께 추억하며 미소 짓곤 한다.

여행을 자주 떠나는 것은 생각보다 쉽지 않았다. 대학생이 되면 실컷 놀러 다닐 수 있다고 생각했는데 착각이었다. 의외로 시간이 없었고, 돈은 더더욱 없었다. 일단 대학생이라는 신분을 이용하기로 하고, 모교에서 얻을 수 있는 혜택은 최대한 이용해보자고 마음을 먹었다. 기회가 닿는 이벤트는 모두 참가했다. 틈틈이 과외를 하면서 돈을 모았고 감사하게 부모님 도움도 받아가면서 여행을 즐겼다. 친구들과 함께 하는 여행도 좋았지만 혼자 하는 여행이 특히 더 좋았다.

대학 2학년이던 1998년 여름, 부모님의 강력한 반대를 무릅쓰고 혼자 2개월간 유럽으로 배낭여행을 떠났는데 지금 생각해도 참 용감했던 것 같다. 부모님께서 훗날 이 글을 보신다면 뒷목 잡으시겠지만 유럽여행을 돌이켜보자면, 그때 내가 죽거나 험한 일을 당했더라도 전혀 놀랍지 않았을 일들이 꽤 있었다. 난 운이 좋았고, 세상은 아직 따뜻하고 살만했던 것 같다(엄마, 아빠. 죄송합니다!).

홀로 하는 여행은 외롭고 위험하다는 주변의 우려와 달리 난 전

혀 외롭지 않았다. 무식했던 덕분에 위험하다는 것도 잘 몰랐다. 2개월이라는 짧은 시간은 훗날 많은 부분을 바꾸어 놓았다.

여행의 마지막 국가가 프랑스였는데 여행이 끝나는 것이 아쉬워 눈물이 절로 나왔다. 경험하지 못했기 때문에 존재 자체를 알 수 없었던 다른 세상의 모습, 세상이 얼마나 넓고 매력 넘치는 일들로 가득한지 그때 처음으로 깨달았다.

유럽에서는 아름다운 자연과 문화유산, 좋아하던 작가들의 예술 작품들을 곳곳에서 쉽게 만날 수 있어 행복했다. 넉넉하고 자유로운 영혼의 사람을 마주치는 것은 그 자체가 즐거움이었다. 더불어 보수적이고 억압된 한국의 환경과 비교가 되니 속상하기도 하고, 부럽기도 했다. 무엇보다도 가장 나를 흔들었던 것은 그들의 언어적 환경이었다.

여행한 나라들 가운데 영어권 국가는 영국 하나였지만 대부분의 유럽인들은 수준 이상의 영어를 거침없이 사용했다. 적어도 2~3개 국어 이상의 외국어를 편안한 수준으로 구사하는 사람들을 흔하게 볼 수 있었다. 그 부분이 제일 충격적이었고 뭔가 억울한 마음이 들었다.

'한국에서 태어난 우리는 평생 영어 하나에 투자를 해도 될까 말까 한데 이 사람들은 무슨 복을 타고나서 이런 환경에 태어나 다양한 언어를 구사할 수 있을까? 그것도 너무 쉽게 말이지!'

불현듯 불공평하다는 생각이 들었고, 나도 이런 곳에서 태어났으면 얼마나 좋았을까 싶었다.

출발점부터가 그들과 다름을 깨닫는 데는 오래 걸리지 않았다. 같은 뿌리를 둔 언어권의 테두리, 마치 이웃동네 마실 가는 것처럼 자유로운 국가 간 이동과 가까운 거리, 단일화폐, 다민족이 함께 살아가는 환경, 다섯 발은 앞선 교육제도…. 한편 우리는 한국어 자체가 다른 어떤 언어와도 커다란 연관이 없어서 제2외국어를 배우는 데 전혀 도움이 되지 않는다. 대대손손 한 민족 한 뿌리임을 자랑스러워하는 나라이니 다양성이 존중되는 다민족 국가의 교육환경과는 그 시작부터 비교가 불가능했다. 냉정히 판단했을 때 환경적으로 이득을 볼 수 있는 것은 거의 없다고 생각이 되었다. 그러니 절로 결론이 났다.

'불필요한 감정소모와 불평은 접고 오로지 원하는 것을 배우고 집중해야 돼!'

시끄러운 마음을 접고 시간이 얼마가 걸리더라도 만족스러운 수준까지 공부하는 것이 유일한 해결책이었다.

분명 특별한 목적 없이 놀기 위해 떠났던 유럽여행은 조금은 막연했던 내 세 가지 목표에 불을 지르는 결정적인 계기가 되었다. 외국어를 현지인들처럼 완벽하게 잘하고 싶어졌고, 영어 외 한 가지 언어를 더 공부해야겠다고 결심을 굳혔다. 외국어가 탄탄히 자리 잡히면 여행도 더 즐거워지고 다양한 국적의 친구들도 쉽게 만날 수 있고 훗날 취업에도 좋은 영향을 줄 것이라 생각했다.

연관이 있는 듯 없는 듯 각기 따로 떨어져 있었던 내 세 가지 계획은 그렇게 딱 맞물려 나를 가운데 두고 삼각형을 만들었다. 나는 본격적으로 준비를 시작했고, 그해 겨울 캐나다로 어학연수를 떠나기로 결심했다.

남은 건
떠나는 일뿐

97학번이었던 내가 대학에 다닐 때만 하더라도 어학연수는 흔하지 않았다. 20년이 흐른 지금은 상황이 완전히 바뀌었지만 어떤 유행가 제목처럼, 그땐 그랬다. 유학원도 찾기 어려웠고, 원하는 정보도 바로 찾을 수 없었다. PC통신이 막 시작되었고, 인터넷도 초기 단계여서 필요한 것들은 알아서 찾고 결정해야 했다. 모든 것이 막연한 상태였기 때문에 의외로 무엇을 먼저 할지에 대한 결정은 쉬웠다. 일단 어학연수에 대한 결심이 섰으니 가장 시급한 것은 연수를 떠나기 전 최대한 회화 실력을 늘리는 일이었다.

누가 시킨 것도 아닐 뿐더러 부모님의 강압도 전혀 없었지만 어렸을 때부터 워낙 영어를 좋아했고 관심이 많아서 영어공부를 열심히 했다. 다른 무엇보다도 영어에 많은 시간을 투자한 덕분에 문법은 탄탄했고 기본적인 회화는 충분히 가능한 수준이었다. 친구들은 고교 졸업과 동시에 영어 해방을 외쳤지만 난 대학 진학 후에도 영어를 손에서 놓지 않았다. 단순히 개인적인 즐거움 때문이었다.

어학연수를 가겠다고 마음먹은 순간부터는 더 열심히 공부했다. 들고 다니기 좋은 영영사전을 항상 가지고 다니면서 소설책 읽듯 단어공부를 했고, 회화를 집중적으로 배울 수 있는 원서를 사서 파고들었다. 어리바리한 상태로 가서 돈과 시간을 낭비하고 싶지 않았기 때문이었다. 내 마음은 '만의 하나 설령 어학연수를 못 가게 되더라도 훗날 아쉬움이 남지 않을 정도로 준비해놓자'였다.

'연수는 어느 나라로 가야 하지?' 본격적으로 고민하기 시작하면서 이것 역시 빨리 답이 나왔다. 사실 가장 가고 싶었던 나라는 영국이었다. 유럽 배낭여행 때 영국에 머무는 동안 옥스퍼드에서 캠퍼스 투어를 한 적이 있는데, 그들의 교육환경이 너무 부러워 속이 쓰리고 눈물까지 났던 기억이 떠올라서였다. 덕분에 처음에는 멋도 모르고 무조건 영국을 가야겠다고 생각했다. 그런데 (어느 정도 예상했지만) 학비와 생활물가가 충격적으로 너무 높은 편이라 부모님께 말씀드릴 용기조차 나지 않았다. 영국에 가고 싶다고 말씀드렸더라면 아마도 보내주셨을 텐데 당시에는 너무 죄송하고 과하다는 생각이 앞섰고 이야기를 꺼내기도 전에 마음을 접었다.

영국을 접으니 미국과 캐나다가 남았고 학비는 미국이 월등히 높았다. 순전히 학비 때문에 캐나다로 결정하면서 뭔가 시작하기도 전에 움츠러드는 기분이었다. 그러나 캐나다에 대해 알아보면서 마음이 완전히 바뀌었다.

미국과 비슷한 환경에 훨씬 안전하고 생활 물가도 부담스럽지 않았다. 한국인 학생 비율이 미국에 비해 적다는 것, 미국과 영국의 중간 정도 되는 발음, 다양성이 인정되는 다민족 국가라서 인종차별이 심하지 않은 점, 미국보다는 캐나다를 선호하는 유럽과 중남미 국가 유학생들이 많다는 것 등이 굉장히 매력적으로 다가왔다.

밴쿠버와 토론토를 놓고 고민하다가 최종 겨울의 토론토^{Toronto, Ontario}를 선택했다. 극심한 추위 때문에 한국인 학생이 많지 않고 추위에 익숙한 유럽 학생들 비율이 훨씬 높다는 점이 크게 작용했다. 겨울방학을 통한 단기 연수였으니 대학기관보다는 어학원이 맞을 것 같았고, 어학원 중에서도 학생들의 모국어 사용 제제가 엄격하기로 소문난 곳으로 등록했다. 어학원과 연계된 캐나다 가정 홈스테이로 지내기로 결정하고, 비행기표를 구매하니 정말이지 이제 떠날 일만 남았다.

겨울과
여름의 캐나다

토론토의 겨울은 영하 20~40도 사이를 장난처럼 오고 갔는데 살면서 경험한 가장 혹독한 추위였다. 옷을 위아래 네 겹을 입어도 바깥 활동이 10분만 넘어가면 너무 추워서 뼈가 아팠고 숨을 쉬면 콧속으로 살얼음이 얼었다. 그럼에도 불구하고 토론토의 겨울은 20대에 막 들어선 나에게 가장 즐겁고 자유로운 시간이었으며 하루하루가 아깝고 애틋한 날들이기도 했다. 비록 날은 추웠지만 마음은 언제나 온기로 가득했다.

너무나 좋았던 기억뿐이었던 2개월의 겨울 캐나다를 보낸 후 이듬해 여름, 순간 이동을 하듯 같은 도시, 같은 학교로 2개월 다시 어학연수를 떠났다.

어학원은 총 7개의 레벨이 있었는데 나는 중급과 고급 중간쯤 되는 반으로 배정받았다. 함께 공부하게 된 학생들은 유럽과 중남미 출신이 대부분이었고 동양인은 나 한 사람이었다. 내가 어떻게 이 반에 들어온 것인지 시작도 하기 전에 몸과 마음이 바싹 위축될 정도로 다들 영어 실력이 아주 좋았고, 이는 꽤 자극이 되었다.

완벽하지 않더라도 일단 자기 입 밖으로 영어를 내보내는 것, 좋은 실력의 영어를 구사하는 친구들 곁에서 듣고 어울리는 것이 매우 중요한 환경임을 깨달았다. 유학원의 시스템상 수업 레벨은 한번 정해지면 쉽게 바뀌는 것이 어려웠다. 처음부터 낮은 레벨의 반에 배정이 되면 그 환경상 선생님을 제외하고는 수준 있는 영어를 구사하는 사람이 없어서 비슷한 수준에서 돌고 도는 악순환에 빠져버린다. 무엇보다도 첫 시작이 제일 중요한 셈이다.

캐나다에서 지내는 기간 동안 한국어는 전혀 사용하지 않았다. 한국인 학생들도 같은 공간에 있으니 생각처럼 쉽지 않았지만 결심한 부분은 지키고 싶었다. 내가 다닌 어학원은 모든 학생에게 모국어 사용을 엄격하게 금지했다. 적발 시 바로 1일 퇴원 조치되었는데 그럼에도 불구하고 은근슬쩍 한국어로 몰래 말을 걸어오는 학생들 때문에 무척 난감했다.

한국 학생들은 이미 끈끈한 자신들만의 그룹을 만들었고, 같은 한국인이라는 이유로 모임에 참여하지 않겠느냐고 규율을 어기며 한국어로 몰래 말을 걸어왔다. 나는 정중하게 영어로 거절했다.

그날 이후 난 어학원을 떠나는 날까지 그룹의 학생들에게 경멸의 눈길을 피할 수 없었다. 분명 그 한국인 친구들과 친하게 지냈더라면 어쩜 지금까지도 이어지는 멋진 인연으로 남았을지도 모른다. 나는 단지 거기까지 돈 쓰고 공부하러 가서 한국말을 하고 한국인들과 시간을 보내고 싶지 않았다.

거침없고 자유로운 영혼들, 성격 좋은 친구들과는 금방 친구가 되었다. 무려 20년이라는 시간이 흘렀는데도 여전히 몇몇 친구들과는 소중한 인연을 이어가고 있으니 분명 캐나다에서의 시간은 내게 언어 이상의 의미가 있었다. 유럽 친구들은 조금 차갑게 느껴질 정도로 매사 정확하고 이성적이라 가까이 다가가기 어렵지만 한 번 마음을 열면 오래도록 곁에 남았다. 차분하고 논리적으로 자신의 생각을 명쾌하게 전달하는 방법도 그들을 통해 많이 배울 수 있었다. 반면 천성이 낙천적이면서 열정적이고 밝은 라틴아메리카 친구들은 쉽게 마음을 열고 금방 가까워지지만 오래도록 깊이 있는 관계로 남기는 어려웠다. 하지만 곁에만 있어도 즐거움이 전해지고, 자신과 타인에 대한 선긋기 없이 매순간 최선을 다하는 모습들이 참 좋았다. 나는 이 친구들과 가깝게 지내며 그들의 모국어인 스페인어 매력에 푹 빠지게 되었다.

다시 20대로
돌아갈 수 있다면

신년 연휴를 앞두고 친구들과 토론토를 떠나 퀘백까지 로드트립을 떠나기로 했다. 국제학생증은 유학생활에서 필수라고 해도 과장이 아닌데 나는 당시 준비 부족으로 가지고 있지 않았다. 국제학생증 소지 여부는 여행 예산에 엄청난 차이를 주었다. 생각보다 큰 격차에 여행에 빠지려고 하자 친구들이 토론토에서도 발급받을 수 있다며 도와주겠다고 나섰다.

한국의 모교는 겨울방학으로 문을 닫았고, 지금처럼 인터넷으로 증명서류를 발급받을 수 있는 때가 아니었다. 달랑 한국어로 쓰여진 대학학생증이 내가 가진 전부였는데 가는 곳마다 서류미비로 단

칼에 거절을 당했다. 내 얼굴이 담긴 사진과 입학연도, 'University' 라고 적힌 학생증임이 명백한데 매사 철두철미한 캐나다인들은 확실한 영문 재학증명서, 즉 서류를 원했다. 두세 번 연달아 거절당하고 나니 속상하고 화가 났다. 여행이고 뭐고 관두고 싶었지만 포기하지 않는 사람은 내가 아닌 남미 친구들이었다. 멕시코, 칠레, 아르헨티나 국적의 친구들은 이 상황을 자기 일처럼 웃고 즐기며 나를 끌고 다녔고, 여덟 번째 장소에서 결국 내 이름으로 국제학생증을 받아냈다. 친구 누군가 소리쳤다.

"그것 봐, 될 거라고 했잖아!"

너무 기뻐 눈물이 났다. 지금 생각해보면 다들 20대 초반의 어린 청춘들이었는데 그들에게는 무서운 것도 안 되는 장벽도 없었다. 이 국제학생증 사건은 시간이 많이 흐른 지금에도 가끔 무언가 막히고 진행이 안 되면 자연스럽게 떠오르곤 한다. 이것도 결국 잘 해결될 것이라는 믿음과 함께 말이다.

처음부터 목표는 단 하나, 영어를 제대로 배우겠다는 생각뿐이었다. 오로지 영어만 사용해야 했으니 짧은 기간임에도 불구하고 하루가 다르게 실력이 쑥쑥 늘었다. 우리는 빠듯한 수업이 끝나면 하루도 쉬지 않고 우르르 몰려다니며 토론토 곳곳을 즐겼다. 안 해본 것, 안 가본 곳이 없었다. 지금 내가 그곳으로 다시 돌아가더라

도 마치 어제 일처럼 모든 것이 생생하게 떠오를 정도로 열정적인
날들을 보냈다.

> 지금까지 살면서 나에게 주어진 하루하루를 이토록 즐겁
> 게, 시간이 아까울 정도로 아쉽고 가슴 벅차게 감사했던 적
> 이 있던가?

아무리 생각해도 그때가 처음이었다. 영어는 도구에 지나지 않
았다. 서툰 그 도구를 가지고 관계를 만들었고, 그 관계를 통해 매
일 아침 찾아오는 24시간이 얼마나 큰 선물인지 배웠다.

내가 만일 다시 20대로 돌아갈 수 있다면 여전히 비슷한 길을 갔
을 것 같다. 고민 없이 캐나다를 선택했을 것이고, 아마도 더 열심
히 외국어를 공부했을 거다. 사실 스펙이나 취업은 두 번째 문제일
지 모른다. 특정 언어를 잘할 수 있다는 것은 인생의 즐거움이자 삶
에 있어 더 많은 선택의 옵션을 가질 수 있는 지름길을 열어준다.

캐나다에 다녀온 후 쓸데없는 걱정이 많이 없어졌고, 무엇이든
도전해서 못해낼 일은 별로 없다는 것도 알게 되었다. 세상은 우리
가 상상하는 것보다 몇 곱절 넓지만 동시에 우리가 못 갈 곳이 없을
만큼 지구는 작다는 것, 반드시 내가 태어난 곳에서 뿌리를 내려야

할 필요도 없다는 것을 배웠다.

어느 나라로 가느냐, 어떤 이름 있는 학교로, 무슨 책을 보면서, 몇 시간 수업을 들어야 할지, 얼마나 오래 머무를 것인가 등의 문제는 사실 크게 의미가 없다. 최대한 스스로 만족스러운 수준으로 준비가 된 후에 떠난다면 주어진 환경이나 조건에 상관없이 많은 것들을 얻어올 수 있다. 이것이 젊은 날의 어학연수이고, 그때만 누릴 수 있는 특권이기도 하다.

떠나는 일이 말처럼 쉽지 않다는 것도 잘 안다. 경제적인 부담이 제일 크고, 가족이나 친구들과 떨어져 지내야 한다는 것, 학기 중간이라면 학업을 중단해야 하는 상황도 겁이 날 수 있다. 무엇보다도

'과연 이게 될 것인가?'라는 어학연수에 대한 부정적인 견해들도 분명 부담으로 작용할 수 있다. 하지만 전혀 아쉽지 않을 정도로 준비되어 떠난다면, (그럴 수 있다면!) 욕심내어 한 번은 꼭 떠나보기를 바란다. 언어는 물론이고 그보다 더 큰 것들을 가슴에 꽉꽉 채우고 돌아올 수 있을 거라고 믿는다.

어떤 20대를 보낼 것인가! 젊음의, 그 청춘의 시간은 순식간에 지나가지만 그 찰나의 시간은 훗날의 인생에 길고 긴 여운을 남긴다.

제2외국어를
찾아서

　언젠가 영어 이외의 색다른 제2외국어를 배우고 싶다고 생각했던 막연한 꿈은 캐나다 어학연수를 다녀온 후 구체적으로 준비하기 시작했다. 사실 캐나다에 가기 전까지만 하더라도 훗날 제2외국어를 공부한다면 과연 어떤 언어를 선택하면 좋을지에 대해 결정해본 적은 없었다.

　90년대 말~2000년 초반까지만 하더라도 제2외국어로 사람들이 쉽게 떠올릴 수 있는 언어는 일본어, 중국어, 프랑스어, 독일어 정도였다. 특히 중국어의 경우 그 열기가 폭발적으로 증가하던 시기여서, 제2외국어를 고민한다는 말을 꺼낼 때마다 많은 사람들이 앞으로 중국어가 대세일 거라며 적극 추천하였다.

제2외국어 공부를 결심하는 많은 사람들이 그 시대의 대세를 우선적으로 따르는 모습은 지금도 여전한데 그들의 선택을 마주할 때마다 깜짝 놀라곤 한다. 자신의 재능이나 관심 분야에 대한 고민이 선행되어 결정에 영향을 미쳐야 하는데 현재 인기가 좋은 것, 앞으로 전망이 좋은 언어에 집중해서 선택하기 때문이다. 언어에도 분명 사람과의 궁합이 있기 마련이다. 나는 이 두 가지의 언어가 결코 나와는 맞지 않다는 사실을 이미 학창시절에 뼈저리게 느꼈다. 중학교 정규 과정에 있던 한문, 고등학교에서 나의 의사와는 상관 없이 배운 제2외국어 일본어는 매번 시험 성적이 바닥을 쳤다. 단순히 시험 성적을 떠나 해당 언어를 공부하는 것이 나에게는 괴로움 그 자체였다. 일본어와 한자는 내게 언어로 다가오기보다 추상화처럼 보였다. 일본어와 중국어를 제외하니 프랑스어, 독일어 그리고 친구들 덕분에 관심을 갖게 된 스페인어 정도가 남았다.

캐나다에서 친하게 지내던 친구들 중에 독일어, 프랑스어, 스페인어가 모국어인 친구들이 있었다. 어느 날 모두 모인 자리에서 내 고민에 대해 진지하게 터놓고 나눌 기회가 있었다. 프랑스 친구 입에서 '프랑스어는 이미 세계적으로 지고 있는 언어'라는 말이 나왔다. 뜨고 지는 언어는 사실 내게 큰 의미는 없었지만 친구의 말은 결정적인 한방이 되었다.

"아시아계 사람이 프랑스어 하는 것을 들으면 오래 공부를 해서 프랑스어를 진짜 잘한다고 하더라도 절대 쉽게 없앨 수 없는 특유의 악센트가 남아. 프랑스에서 몇 십 년을 살았더라도 말이야. 아마 서로 전혀 다른 발음기관을 사용하는 언어적인 특성 때문인 것 같은데 정말로 프랑스어를 잘한다고 하더라도 평생 현지인처럼 프랑스어를 구사하는 데는 분명 어려움이 있더라고."

평생 외국인 티가 날 수 밖에 없는 언어라니…. 물론 현지인처럼 프랑스어를 잘하는 아시아계 외국인도 분명 있겠지만 내가 그런 사람이 될 확률은 극히 낮을 것 같았다.

독일어의 경우 자리에 함께 있던 친구들이 이구동성으로 '우리가 상상할 수 없는 차원이 다른 복잡한 언어'라며 핏대를 세웠다. 어떤 언어권에서 접근해도 배움에 쉽게 이득이 되는 부분이 없고 독일어는 독일어 그 자체를 밑바닥부터 힘겹게 배워야 한다는 말에 겁이 덜컥 났다. 그런 이유로 유럽에 사는 사람들 중에 영어나 프랑스어, 이태리어, 스페인어를 능숙하게 구사하는 사람들은 흔하게 만날 수 있지만 독일어를 하는 사람은 만나기 쉽지 않다고 했다. 이건 뭐 듣기만 해도 무서우니 독일어도 안녕, 남은 것은 스페인어 하나였다.

새로운 도전,
스페인어

　스페인어권 친구들과 스페인어를 잘하는 유럽 친구들은 한결 같이 이야기했다. 스페인어는 언어의 규칙성 때문에 영어보다 훨씬 배우기가 쉽고 괜찮은 수준까지 배우는 데 그리 오랜 시간이 걸리지 않는다는 것이다. 영어 실력도 스페인어를 배우는 데 긍정적인 영향을 줄 수 있다는 것, 그리고 결정적으로 이 한마디가 내 마음을 확, 움직였다.

> "스페인어는 외국인이 공부하더라도 100% 현지인처럼 말하는 것이 가능해. 외국인이 스페인어를 할 때 그 사람의 출신지를 의심하게 될 정도로 완벽하게 발음하는 것이 가능하거든!"

그러면서 친구들이 나에게 따라 해보라고 몇몇 단어를 말했다. 그대로 따라 해보니 쉬운 이유가 있었다. 우리말의 된소리가 스페인어에도 있고, 스페인어에서 단 하나 유일하게 발음하기 어려운 알파벳인 'R', 즉 혀를 "드르르르르" 굴리는 이 발음 역시 연습으로 충분히 누구나 정확하게 발음하는 것이 가능했다.

스페인어의 언어장벽은 다른 언어와 비교했을 때 결코 높지 않았다. 영어에서도 어느 정도 도움을 받을 수 있고, 한국인이 입문하기에 크게 어렵지 않으며, 다른 언어에 비해 상대적으로 시간이 오래 걸리지 않는 점, 게다가 제대로 배우면 충분히 현지인처럼 구사할 수 있다니! 더는 고민할 필요가 없었다. 한국에 돌아가는 즉시 스페인어 공부를 시작하기로 완전히 마음을 굳혔다.

한국에 오자마자 스페인어 공부를 곧바로 시작했다. 유학을 가기 전까지 한국에서 대략 4년 정도를 열심히 공부했다. 지금은 스페인어를 배울 수 있는 기관이 예전에 비해 많이 늘었고 유명한 전문학원도 몇 군데 있지만 90년대 말에는 서울에서 스페인어를 배울 수 있는 기관은 두 곳뿐이었다. 나는 지푸라기라도 잡는 심정으로 그 두 군데를 모두 다녔지만 그다지 만족스럽지 않았다. 스페인어를 전공했다는 한국인 선생님들은 언어의 원리에 대한 설명 없이 그냥 주입식 강의를 진행했고, 원어민 강사들은 스페인어를 완벽하게 구사하지만 강의의 전문성이 떨어지다 보니 나의 "왜?"에 대한 답을 줄 수가 없었다. 심각하게 스페인어학과로 편입을 고민했다. 만약 당시 전공이 나와 맞지 않았다면 뒤도 돌아보지 않고 편입을 준비했겠지만 전공에 100% 만족하고 있는 상황에서 편입은 현실적인 결정이 아니었다. 결국 주어진 상황에서 배울 수 있는 것들을 최대한 배운 후에 독학을 하는 쪽으로 방향을 전환했다.

독학을 할 때 영어권 국가에서 만든 스페인어 교재를 사용했는데 한국어 교재와 비교했을 때 비교도 안 될 정도로 원리와 기본에 충실했고 언어의 흐름을 이해하는 데 큰 도움이 되었다. 공부를 꾸준히 지속하면서 스페인어에 대한 자신감도 생기기 시작했다. 유학을 가기 전에 최대한 시간을 벌어 공부를 해놓고 싶은 마음에 대학원 3차 학기까지 꼬박 4년을 선행학습하는 기간으로 삼았다. 그렇게 대학원 졸업 마지막 한 학기를 남기고 처음이자 마지막으로 휴학을 신청했다.

뭐?
멕시코?

    미디어 덕분일까? 한국인에게 이제는 멕시코가 멀고 낯선 나라
는 아닌 것 같다. 예전에는 아무도 알지 못했던 멕시코의 휴양도시
칸쿤^{Cancún}이 한국에서도 허니문으로 인기가 많아졌고 멕시코 여행
을 했다는 사람들도 어렵지 않게 만날 수 있으니 말이다. 하지만 당
시만 하더라도 멕시코에 간다고 했을 때 대부분 미친 거 아니냐는
반응이 많았다.

    "문학 전공자가 웬 멕시코? 마약이랑 마피아 많은 데 아니야? 거
기 가서 뭐 하려고?"

    멕시코가 어떤 언어를 사용하는지조차 모르는 사람들이 대부분
이었을 정도로 멕시코는 생소하고 무서운 나라였다. 스페인어를 배

울 수 있는 수많은 나라 중에 멕시코를 선택한 이유는 영어공부를 하기 위해 캐나다를 선택했던 이유와 크게 다르지 않았다.

1순위로 가고 싶었던 곳은 물론 스페인이었다. 나뿐만 아니라 스페인어를 배우려는 사람들의 꿈의 목적지가 스페인일 테니 이미 수많은 전문 교육기관이 탄탄하게 자리 잡고 있었다. 어느 하나 빠지는 도시, 학교가 없을 정도로 다 좋은데 유학비용이 상상을 초월하는 수준으로 비쌌다. 학비는 말할 것도 없고, 생활물가는 더 충격적이었다. 나는 재빨리 스페인을 마음에서 접었고, 본격 북중미와 중남미 나라들 위주로 알아보기 시작했다.

교육환경만 놓고 봤을 때 최종 마음에 두었던 나라는 멕시코, 콜롬비아, 아르헨티나 세 나라였다. 당시 콜롬비아는 정세가 너무 불안정했고, 아르헨티나는 IMF 금융위기에서 빠져 나오는 중이라 수도 부에노스아이레스에 사는 제일 친한 친구조차 아르헨티나로 유학을 오는 것을 말렸다. 그렇게 피할 수 없는 유일한 선택으로 남은 국가는 멕시코였는데 나에게 여러 가지 면에서 장점이 많았다.

멕시코의 학비와 생활물가는 두 가지 모두 부담스럽지 않은 수준이었다. 내가 가려고 마음 먹은 도시 몬테레이^{Monterrey}에 세계 50대 대학 랭킹 안에 매번 이름을 올리는 훌륭한 대학교 ITESM^{Tecnológico de Monterrey}가 있었다. 어학연수 시절에 알게 된 친구들도 유독 몬테레이에 많이 살고 있었는데 그것도 든든한 보험처럼 작용했다. 도시 또

한 한국인들에게 알려진 곳이 아니라서 한국인 유학생이 거의 전무
했다. 지리적으로는 미국 텍사스 주와 인접했는데 정말 만의 하나
있을 국가적 위험상황이 생긴다면 근거리 미국으로 이동할 수 있는
점 등 여러 가지로 유학하기에 괜찮은 환경이었다.

　대학원을 마치지 않은 상태에서 유학 결정을 내린 것은 나에게
도 쉬운 일은 아니었다. 부모님께서는 그저 내가 취미로 스페인어
를 배우는 줄로만 아셨는데 본격 공부하러 멕시코까지 가겠다는 선
언에 몇 개월에 걸쳐 반대하셨다. 하지만 이미 결심이 확고했던 내
마음을 돌릴 수는 없었고 절대 내 마음이 바뀌지 않을 것이라는 점

은 아마 부모님께서 더욱 잘 알고 계셨을지 모른다. 결정 앞에 단호한 아빠를 쏙 빼닮은 나였으니까.

사실 이렇게 시간이 많이 흐르고 나 역시 엄마가 되고 보니 당시의 부모님의 마음은 충분히 이해할 수 있다. 어쩌면 나 역시 그 입장이었더라도 반대했을지 모른다. 하지만 그때 부모님의 뜻에 따라 꿈을 접었더라면? 멕시코에 가지 않았더라면? 이건 정말이지 내 인생을 놓고 내가 할 수 있는 가장 끔찍한 상상이다.

멕시코에 가지 않았더라면 절대 스페인어를 제대로 배울 수 없었을 것이다. 졸업 후에 했던 모든 일들은 스페인어를 배우지 않았더라면 결코 할 수 없었던 일들이다. 그 일들을 하지 못했더라면 난 결코 페루에 갈 수 있는 경력에 미치지 못했을 것이다. 페루에 가지 않았더라면 마이크를 만날 수도 없었고, 지금의 노아도 없었고, 다시 글쓰기로 돌아올 일도, 문학에 발을 담글 일도 없었을 것이다. 물론 이 모든 일들이 내 인생에서 벌어지지 않았다 하더라도 분명 또 다른 일들로 채워졌으리라 믿는다. 하지만 그 삶이 지금보다 더 나았을 것이라는 확신은 없다. 삶의 모든 결정에는 분명히 이유가 있고, 그 한 걸음 한 걸음은 모두 긴밀하게 연결되어 있다.

Everything happens for reason. (일어나는 모든 일에는 이유가 있으니 그냥 어디에선가 뚝 떨어져서 생기는 일은 세상에 없다.)

"그러니까 엄마 말을 잘 들었어야지!" 엄마가 된 나도 아이에게 입이 닳도록 하는 말이다. 부모님 말씀을 들어서 손해를 볼 일은 크게 없다. 확률로 따지면 아마 95% 이상의 안정적인 승률이니 부모님의 말씀은 언제나 따르는 편이 옳다. 그런데 내 경우도 그렇고 친구들의 경우를 봤을 때도 살다 보면 반드시 그런 순간을 한 번 이상은 마주하게 되는 것 같다. 세상 누구의 어떤 반대에 직면하더라도 이건 반드시 내 의지로 밀어붙여야 하는 '결정적인 사건' 말이다. 그 사건은 정답을 알 수 없고 성공 확률은 50:50으로 불안하다.

내가 잘해낼 거라는 100%의 확신은 없었지만 잘한다면 분명 삶에 좋은 영향을 미칠 것이라는 확신은 100%였기 때문에 도전해보기로 했다. 분명 어려운 결정임이 틀림없지만 정말 온 우주가 나에게 진지한 목소리로 속삭이는 것 같았다. 이건 꼭 해보라고, 그래야 훗날 후회가 없다고 말이다. 오랜 설득 끝에 부모님도 결국 허락을 하셨고 그렇게 원하던 멕시코로 훌쩍 떠날 수 있었다.

그때 내 나이는 고작 스물다섯이었다.

올라,
아나스따샤!

아나스타샤^{Anastasia}는 내 세례명이다. 고등학교 1학년 때 천주교 세례를 받았다. 이름이 예쁘고 아나스타샤 순교자의 축일이 10월 28일 멋진 가을날이라는 이유로 선택했는데 훗날 자연스럽게 내 영문 이름이 되었다. 이제 나경이라는 이름보다 아나스타샤로 부르는 사람들이 훨씬 많으니 진정한 내 이름이 된 지도 오랜 시간이 흘렀다.

'Anastasia'는 영어권에서 '아나스타샤' '애나스테이지아' 정도로 불리고, 긴 이름을 짧게 부르기 좋아하는 사람들은 줄여서 '애나^{Ana}'로 심플하게 부른다. 시댁 식구들과 남편, 미국에서 가깝게 지내는 사람들 모두 나를 '애나'로 부른다. 스페인어권 국가에서 살 땐 내 이름에 박력이 더해졌다. 보이는 알파벳 그대로 발음하는 스페인

어에서 내 이름은 '아나스따씨아'가 되었고, 내 애칭은 '아니따' 즉
'리틀 아나스따씨아'였다.

합법적인 길만 열려 있다면 한국인이 가지 않는 나라, 한국인이
살지 않는 나라는 없다. 중남미도 예전에 비해 분명 한국과 많이 가
까워졌지만 거리상으로, 언어적으로도 방문에는 여전히 큰 용기와
결심이 필요한 곳이 미국 아래부터 아르헨티나 끝까지 펼쳐지는 남
미대륙이 아닐까 싶다. 지금도 그런데 10년, 20년 전에는 더욱 그랬
다. 많은 사람들이 남미대륙을 낯설고 생소하고 무서운 곳, 갱단이
판을 치는 가난한 나라 정도로 인식했다. 마치 서양사람들이 한국
을 생각하면 제일 먼저 북한, 한국전쟁, 가난을 떠올리던 것과 비슷
하지 않았을까?

사람들의 인식처럼 여전히 변하지 않은 부분도 분명 있지만 적
어도 내가 살면서 경험했던 두 나라 멕시코와 페루는 그 이야기만
몇 날 며칠을 할 수 있을 정도로 즐거움이 가득한 곳이다.

솔직히 20대의 나는 그들의 무한긍정 에너지가 부담스럽고 과하
다고 여겨질 때가 많았다. 하지만 40대를 막 시작하려는 지금의 나
는 몸과 마음이 힘들고 어려울 때면 자연스럽게 그때의 시간과 그
들의 넘치던 에너지를 떠올린다. 결코 과하지 않았던 긍정의 힘을
말이다.

열심히 내가 할 수 있는 모든 것을 다 준비한 뒤에 갔다고 생각했던 멕시코 유학이었지만 막상 살아보니 미숙했던 부분이 참 많았다. 현지에서 부딪치고 경험하는 일상적인 삶은 완전히 다른 문제임을 뼈저리게 느꼈다. 그곳에서의 시간은 분명 인생에서 빠져서는 안 될 중요한 조각임은 분명하지만 내가 그때 더 준비가 잘 되었더라면 훨씬 수월하지 않았을까, 덜 아팠을까 아쉬움이 많이 남는다.

유학이 목적이니 안전한 도시, 좋은 학교에서 열심히 공부만 하면 된다고 단순하게 생각했는데 현실은 그렇지 않았다. 더울 거라 예상했지만 몬테레이의 더위는 상상을 초월했다. 평생 겪어본 적이 없는 강력한 무더위에 언제나 정신이 몽롱했다. 첫 학기에 기숙사 선택하는 데 있어서도 별 생각 없이 제일 저렴한 기숙사동을 골랐는데 세상에나 에어컨이 없었다. 낮에도 밤에도 영상 35도 이하로 절대 떨어지는 법이 없는 곳에서 에어컨도, 보안상 창문도 열 수 없는 기숙사는 딱 지옥 같았다. 밤낮이 바뀐 파티걸 룸메이트에 대한 이야기는 그것만으로 책을 한 권은 쓸 수 있을 정도로 내 삶을 파란만장하게 해주었다. 덕분에 정식으로 보장받은 내 공간에서조차 편히 지낼 수 없었다.

음식도 문제였다. 멕시칸들의 고기 사랑은 익히 알고 있었지만 그것이 아침, 점심, 저녁 매 끼니인 줄은 몰랐다. 학교식당에서 모든 식사를 해결하는데 평소에 고기를 그렇게 좋아하지 않는데 눈에 보이는 것은 오직 고기뿐! 고기를 먹는 것도, 채소만 먹는 것도 금방 한계에 다다랐다. 더위에 지친 몸으로 음식도 제대로 먹지 못했으니 살이 그냥 쭉쭉 빠졌다. 생애 최저 몸무게인 40kg대를 찍고 평생 들어본 적 없는 '말라깽이'라는 소리를 다 들었다. 어찌 살아보겠다고 한국 음식을 챙겨 먹을 상황도 아니었다. 요리를 할 여건도 되지 않았고 한국음식을 먹을 만한 곳도, 한국요리 식재료 자체가 없었다.

멕시칸과의 관계도 쉽지 않았다. '어느 나라'라는 전제보다 '어떤 사람들'이 곁에 있는가의 문제는 언제나 나에게 가장 중요했다. 멕시칸들은 기본적으로 밝고 따뜻하고 긍정적이지만 동시에 한없이 가볍고 게으르고 깊이 없이 즉흥적이었다. 또한 모계중심의 사회, 여자의 성비가 월등히 높은 그곳의 멕시칸 여자들의 기氣는 상상초월이었다. 일상생활과 학교에서 매일 마주하는 그들이 무척 버겁게 느껴졌으니 인간관계에 마음을 못 붙이고 안정적으로 지내기가 굉장히 힘들었다.

내일?
절대!

멕시칸들이 일상에서 정말 많이 사용하든 표현 중에 '마냐나 Mañana(내일)'라는 단어가 있다. 처음에는 그들이 말하는 내일이 정말 '내일tomorrow'을 의미하는 줄 알았다. 행정적인 것은 물론이고 학교에서 함께 프로젝트를 하는 친구들도 내일을 입에 달고 살았는데 내일의 정확한 의미는 '눈까Nunca' 바로 'Never(절대)'였다. 학기 초 수강 신청 하나가 잘못되어 취소를 하고 수업료를 환불받을 일이 있었다. 학교 행정실로 찾아가 이의신청을 하고 담당자를 만났는데 "내일 해줄게, 내일 와."를 한 달 동안 매일 반복했다. 담당자는 한 달이 다 되도록 해야 할 일을 하지 않았다. 애초에 할 생각 자체가 없어 보였다.

한 달이 되던 날 아침 이를 부득부득 갈면서 행정실을 찾았다. 손톱을 다듬던 담당자는 아무렇지도 않게 너 또 왔구나 하는 눈빛을 한 번 던지더니 언제나처럼 내일 오라고 말했다. 순간 나도 모르게 이성을 잃고 그녀의 책상을 세게 '쾅!' 치고는 모든 사람이 다 들리게 소리쳤다.

"그 매니큐어 던져 부셔버리기 전에 지금 당장 처리해!"

학생의 괴성으로 일시정지가 된 사무실에서 담당자는 5분도 걸리지 않아 모든 일처리를 마무리해줬다. 그렇게 미루는 이유가 일이 엄청 복잡하거나 귀찮은 것인 줄 알았는데 그냥 하기 싫었던 것이라니!

이런 식의 행동은 은행, 정부기관, 유학생이 수시로 드나드는 이민국에서도 모두 마찬가지였다. 자신의 일을 제대로 책임 있게 처리하는 사람이 거의 없었다. 국민성이라는 것을 깨닫기까지 오랜 시간이 걸리지 않았는데 멕시칸들의 그런 성향은 국가의 발전에도 당연히 엄청난 영향을 미친다.

작은 것 하나 제대로 시작되기가 어려운 나라, 설령 시작되더라도 진행, 마무리되는 데 강산이 몇 번은 바뀌어야 하는 나라, 무엇이든 될까 말까 결코 알 수 없는 나라, 사람들은 그것을 당연하게 생각하는 나라가 멕시코였다. 그런 곳에서 오늘은 또 어떤 황당한 사건이 일어날까? 나는 매일 도를 닦는 기분으로 살았다.

물론 멕시코에서의 시간이 나쁘기만 했던 것은 아니다. 연륜 넘치는 교수진들과 탄탄한 프로그램 덕분에 스페인어 향상에 큰 발전에 있었다. 스페인어 체계에 대한 확실한 이해, 학습 방법은 모두 멕시코에서 기반을 다졌다. 학교 선택에 있어서는 조금도 후회가 없었다.

나와는 비교도 안 되게 이미 스페인어 실력이 좋은 외국인 유학생 친구들과 매일 어울리면서 도움도 많이 받았다. 특히 학교에서 외국인 유학생과 멕시칸 대학생을 1:1로 연결해서 유학생의 스페인어 학습을 멘토처럼 도와주는 프로그램이 있었다. 이미 여러 번 멕시칸 친구들에게 실망을 했던 터라 이게 얼마나 갈까, 누가 되었든 약속이 제대로 지켜질지 굉장히 회의적이었다. 그런데 나와 파트너가 되었던 힐베르또라는 새내기 남학생은 내가 멕시코를 떠나는 그 날까지 단 한 번도 약속에 늦거나 취소를 한 적이 없었다. 보기 드문 성실함으로 무장한 힐베르또는 언제나 같은 장소에서 나를 만나 내 학과공부를 도와줬고 최선을 다했다. 그 친구에게 나는 '오아시스'라는 별명을 붙여줬다. 나보다 나이가 한참 어렸던 열아홉 새내기 학생 힐베르또는 나의 진정한 멘토이자 선생님이고 친구였다.

　　일상을 함께한 나의 멕시칸 친구들과 룸메이트들, 스페인어를 배울 수 있는 많은 나라 중에서도 하필 멕시코를 '콕!' 찍어 선택했던 나와 같은 신분의 외국인 유학생들은 마음이 넉넉하고 여유롭다는 공통점이 있었다. 여전히 안부를 주고 받을 정도로 인생의 좋은 날들을 공유했던 친구들…. 그들도 나처럼 여전히 종종 멕시코를 떠올리며 미소 짓고 추억하리라 믿는다.

멕시코,
여전히 매력적인

멕시코는 놀기에 정말 안성맞춤이었다. 세계 여러 나라를 다녔지만 멕시코처럼 국가지정 공휴일이 많은 나라는 또 없을 것이다. 정말 한 달에 한 번은 이름도 모를 휴일이 있었다. (그것도 아주 길게!) 과연 이렇게 많이 쉬고 놀아서 나라가 제대로 굴러갈 수 있을지 내가 다 걱정될 정도였지만 외국인 학생 신분이었던 나에게 심심하면 찾아오는 긴 휴일은 멕시코 전역을 여행하는 데 꿀 같은 날들이었다.

내가 살던 멕시코 북부는 아무래도 미국과 국경을 마주한 환경적인 위치로 인해 미국 문화의 영향을 많이 받았고 도시 자체도 (심지어 사람들도) 미국화^{Americanized} 된 부분이 상당했다. 하지만 남부로 내려올수록 내가 기대하고 마음속으로 꿈꾸던 멕시코 고유의 매력이 넘쳐났다.

멕시코 대부분의 큰 도시들을 나는 10~20시간씩 로컬버스를 타고 다니며 여행했다. 전역에 퍼져있는 거대한 마야문명 유적지들은 이곳까지 오지 않았더라면 죽을 때까지 느껴볼 수 없는 감동으로 다가왔다. 오랜 시간 사랑했던 화가 프리다 칼로의 미술관과 생가를 찾아 오리지널 작품들을 감상하는 호사도 누렸다.

사람들 역시 훨씬 좋았다. 따뜻하고 친밀하고 자신들의 문화에 대한 자긍심이 대단했다. 난 모든 멕시칸이 진지함과는 거리가 멀다고 생각했는데 멕시코 남부로 내려올수록 삶을 대하는 그들의 방식이 진중하다고 느꼈다. 훗날 이런 이야기들을 멕시칸 친구들과 할 기회가 있었다.

너희 북부 사람들과는 달리 멕시코는 아래로 내려갈수록 사람들이 훨씬 더 따뜻하고 진지하더라는, 아무래도 남부로 유학을 갔어야 했던 것 같다는 내 말에 몇몇 친구들은 멋쩍게 웃었고 다른 몇몇은 시골 사람들이 원래 그렇다는 식으로 말했다. (아무래도 내가 그들의 정곡을 찔렀던 것 같다.)

"진정한 멕시코와 멕시칸을 경험하고 싶다면 남부 아래쪽으로 내려가시오!"

멕시코를 가려고 준비하는 사람들에게 항상 같은 조언을 한다.

난 너무 작은 크기의 나라에서 태어났기 때문에 잘 알지 못했다. 거대한 땅을 가진 나라는 우리가 지도로 보는 것으로는 상상도 할 수 없을 만큼 거대하고 그에 따라 환경과 지방색, 사람들도 확연하게 다를 수 있다는 것을 말이다. 지금 살고 있는 미국도 마찬가지지만 거대 대륙 국가의 스케일을 이해하는 데 경험과 시간이 필요했다. 그랬기 때문에 중남미 라이프 2탄이 된 페루에서의 삶은 멕시코에서의 그것보다 비교도 안 될 만큼 안정적으로 시작할 수 있었다.

또 다른 색깔,
페루

　좌우충돌 시행착오와 힘겨웠던 시간이 많았던 멕시코에서의 삶과는 달리 페루에서의 삶은 물이 흐르듯 자연스러웠다. 어느 나라가 내가 생활하기 더 좋고 나쁘고의 문제가 아니었다. 자유롭게 구사할 수 있는 언어의 힘이 제일 컸고, 그들의 삶에 대한 객관적인 이해도가 높았기 때문에 예전과는 달리 몸도 마음도 큰 충격이 없었다. 해외생활을 하는 데 있어 얼마나 준비된 상태로 시작하는가의 중요성은 이미 예전에 뼈저리게 느꼈음에도 불구하고 다시금 그 힘을 실감할 수 있었다.

　멕시코와 페루는 같은 언어를 사용하지만 분명 문화적으로 아주

큰 차이가 있다. 멕시코에서의 유학생활은 페루에서의 삶을 이해하는 데 도움이 되었고, 훗날 페루에서의 시간은 과거 멕시코에서의 삶을 재해석하는 데에도 큰 영향을 미쳤다.

페루사람들은 멕시칸과도 많이 달랐다. 물론 지리적으로도 엄청나게 멀리 떨어져 있는 두 나라를 같은 언어권이라는 이유만으로 비슷하지 않을까 기대했던 건 아니었다. 그럼에도 불구하고 생각했던 것보다도 페루인들은 내가 예전에 경험한 멕시칸들과는 달라도 너무 달랐다.

페루아노^{Peruano}(페루인)들은 일반적으로 천성이 여리고 눈물이 많다. 역사적으로 주변 강대국들에게 험한 일을 많이 겪었기 때문인지 그들 내면에 한^恨의 정서가 있다. 큰소리를 내는 것, 듣는 것을 두려워하고 잦은 강진으로 인한 트라우마 탓인지 겁도 굉장히 많다. 중남미 국가 중에서 평균 신장이 제일 작은 나라에 속하는 페루사람들은 작은 체격과 어울리게 참 순수하고 착했다. 물론 그 뿌리가 어디 가지 않으니 라티노답게 춤과 노래, 파티를 좋아하고 흥도 넘쳤다.

2년이라는 시간 동안 페루아노로 인해 힘들거나 마음에 상처받은 일은 거의 없었다. 일이 제대로 안 돌아가고 느려터진 것은 멕시코와 크게 다르지 않았지만 나도 이제 그들의 귀차니즘을 아무렇지 않게 웃어넘길 수 있는 인내가 생겼다.

언제나
또 봐!

페루는 수도 리마와 몇몇 규모가 있는 큰 도시를 제외하고는 여전히 심각하게 낙후되었고 극심한 가난이 삶의 일부이다. 지금도 물과 전기 공급이 원활하지 않고 물질적인 풍요로움과는 거리가 먼 삶을 살고 있는 페루아노들을 떠올리면 여전히 내 마음 한구석이 찡하게 아파온다. 가끔 들리는 지진 소식에 반사적으로 가슴이 쿵 내려앉는다. 내가 아는 그들은 모두 무사한지, 이번 지진도 큰 일 없이 지나갔을지 걱정스럽기만 하다. 한국과는 여전히 큰 관계가 없는 저기 멀고도 먼 나라 페루에서 그들을 위해 일하고 내가 가진 재능을 나눌 수 있었던 그 시간은 내 인생에서도 정말 소중했다.

워낙 땅이 넓은 곳이니 도시마다 기후에 큰 차이가 있지만 내가 살았던 도시는 기후가 환상적이었다. 그런 곳에 살고 있는 현지인들은 언제나 얼굴에 웃음이 가득했다. 찡그리고 있는 사람을 찾기가 어려웠다. 도시의 역사와 기후에 대한 자부심이 대단했고 나 같은 타지인, 평생 얼굴 볼일 없는 동양계 외국인에게도 무척 친절했다. 한번은 강의를 마치고 택시를 탔는데 운전기사 아저씨가 수줍게 웃으며 말을 건넸다.

"너 혹시 까이마 아파트에 살지 않니? 다른 운전기사에게 네 얘기를 들은 적이 있어!"

개인적으로 알지 못하는 낯선 사람이 내가 사는 곳을 안다는 것은 어찌 생각하면 소름 돋는 일이 될 수도 있으나 난 전혀 그렇지 않았다. 굉장히 반갑고 또 고마웠다.

안전을 이유로 항상 같은 회사의 택시를 탔으니 충분히 있을 수 있는 일이었다. 무엇보다도 기사님의 쑥스러운 듯한 눈빛에서 어떠한 위협도 느끼지 못했다. 그는 말로만 들었던 손님을 태우고 정말 신이 났을 뿐이다. 매일 같은 장소에서 만나는 노숙자 아줌마, 언제나 나를 반갑게 맞아주었던 환전소 아저씨, 은행의 총잡이 직원, 과일가게 아저씨, 아침마다 막 구운 빵을 내주던 빵집 사장님, 한 번 보면 절대 잊지 않고 반가운 인사를 건네던 마켓 직원들…. 난 그 모두를 지금도 생생하게 기억하고 추억한다. 가진 것이 많지 않았어도 그들은 여유롭고 참 따뜻한 사람들이었다. 우리들의 인사는 언제나 "Hasta luego!(또 봐)"였다. 그 누구와도 영원한 마지막 인사를 나누지 않았다.

페루에서의 시간은 훗날 내가 언제 어디서 무슨 일을 하면서든 씩씩하게 살 수 있는 용기를 가질 수 있게 해줬다. 더불어 지금 내가 가진 것들, 당연하게 생각하는 것들에 대해 깊이 감사할 수 있게 되었다. 절대로 동정이나 연민은 아니다. 깨끗한 물과 공기, 안정적으로 공급되는 전기, 언제든 마음대로 쓸 수 있는 온수, 비를 피할 수 있는 튼튼한 지붕, 안전한 주거환경, 빠른 통신수단, 믿을 수 있는 대중교통, 선진화된 의료 시스템, 심지어 지진이 없는 곳에 살고 있는 것조차 감사하다. 우리가 넘치게 가진 이 모든 것들은 절대 당연한 것이 아님을 페루에서 배웠다.

오랫동안 남미에서 살고 싶었다. 난 정말 남미가 좋았고 그곳 사람들을 여전히 뜨겁게 사랑한다. 운명이 나를 전혀 다른 방향으로 이끌어 미국에 터를 잡고 살고 있지만 만일 나에게 선택권이 있다면 한 치의 고민도 없이 남미 어느 국가를 선택할 것이다.

언제든 돌아가고 싶은 나의 고향이 저 아래 있다. 이 부분은 사실 여전히 아쉬움과 궁금함으로 남았다. 만일 계속 남미에서 머물렀다면 나의 삶은 어느 방향으로 흘러갔을까? 누구를 만나고 무엇을 하면서 어떻게 살고 있을까? 인생은 참으로 알 수가 없다.

처음부터 그곳에서 아나스따샤로 살면서 계획한 목표는 언어와 일이 전부였다. 그런데 이 두 가지는 내가 남미에서 보낸 삶에서 아주 작은 부분에 지나지 않는다. 공부하고 일을 한 시간보다 더 많은 것을 얻었다. 돈으로도 살 수 없는 값진 경험을 했고 그곳 사람들에게 넘치게 받았다. 남미에 갈 수 있어서, 그런 용기를 냈던 어린 날의 내가 정말 다행스럽다.

예전에 비해 요즘은 새로운 곳에서 삶을 도전해볼 수 있는 기회가 차고 넘친다. 준비과정도 정보의 홍수 덕분에 비교할 수 없을 정도로 수월하다. 지금 내가 20대 학생이라면, 학교를 마친 싱글 여성이라면, 나는 분명 더 많은 도전을 했을 것이다. 물론 그 대상이 반드시 중남미일 필요는 없다. 후진국이거나 선진국이냐의 문제도 중요하지 않다. 전혀 새로운 곳에서의 삶을 도전하고 꿈을 위해 노력해보는 시간은 청춘이라면 누구나 한번쯤 해봐도 조금도 아깝지 않은 시간이다. 분명 상상도 하지 못한 더 큰 보상으로 미래의 자신에게 돌아오리라 믿는다. 어떤 이름으로 살고 싶은가는 분명 자신의 손에 달렸다. 아나스따샤의 시간은 오래 전 끝이 났지만 지금의 나와 언제나 함께 한다.

아디오스, 아나스따샤!

뻬드로의
꿈

초중고교 시절, "차별하는 선생님=나쁜 선생님"이라는 공식이 오랫동안 마음에 있었다. 그런데 막상 내가 선생이 되고 난 후에는 조금 다른 방향으로 생각이 바뀌었다. 차별하지 않는 선생은 없다. 겉으로 표현하느냐 하지 않느냐의 차이일 뿐이라고.

선생 개인에 따라 차이가 있겠지만 학생 각각에 대한 애정의 깊이는 다를 수밖에 없다. 겉으로 드러내지 않았을 뿐이지 내 경우에도 더 마음이 가는 학생, 더 안타까운 학생, 더 사랑해주고 싶은 학생이 분명히 있었다. 난 언제나 무식해 보일 정도로 노력하는 학생을 마음속 깊이 예뻐하곤 했다.

아레끼빠에서 한국어 강의를 했을 때 내가 사랑하고 아꼈던 빼드로^{Pedro}라는 학생이 있었다. 반에서 제일 열심히 공부했고 성실하면서 기복 없이 꾸준한 학생이었다. 성적까지 압도적인 1등이었으니 예뻐하지 않을 수가 없었다. 빼드로는 분명 머리가 좋거나 언어적 감각이 월등한 학생은 아니었다. 집안도 어려웠고, 변변한 옷 한 벌도 없었다. 공부에 몰두할 여건이 안 되었음에도 순전히 100% 노력형으로 목표를 이뤄나가는 학생이었다.

3학기 무렵, 한국에서 '한국어 연수생 선발 시험' 공고가 날아왔다. 한국 정부에서 100% 전액 장학금으로 연수기회를 주는 것이기 때문에 학생들 누구나 목표를 가지고 이 날을 기다리며 공부했다. 예상치 못한 시기에 갑자기 공고를 받았는데 선발 인원이 단 한 명이었다. 나는 곧바로 담당자에게 강력히 항의했다.

"최소 두 명으로 해주세요. 학생들이 모두 월등해서 누구를 뽑아야 할지 모르겠으니 무조건 두 명 이상으로 부탁드립니다."

며칠을 여기저기 연락하고 국제전화를 하면서 절박하게 요청했더니 놀랍게도 인원을 두 명으로 늘려주었다. 내 편의를 생각하면 성적순으로 뽑아서 1, 2등을 한국에 보내면 될 간단한 일이었다. 하지만 성적에 관계 없이 모두에게 공정한 기회를 주고 싶었고 이틀간 누가 봐도 실력 차이를 분명히 느낄 수 있게 어려운 문법과 말하기 시험을 치르게 했다.

　시험은 거의 모든 학생이 지원했고 서로 격려하며 한번 해보자고 파이팅을 외쳤다. 나는 시험을 치르기 전부터 1등은 분명 뻬드로가 할 테니 2등 자리를 놓고 경쟁하지 않을까 생각했다. 다들 열심히 준비하고 공부했으므로 그 자체가 즐거움이고 멋진 이벤트로 여겼다. 시험 공고가 날아온 날, 나는 학생들에게 한 가지 제안을 했다.

　"얘들아, 누가 선발될지 모르니 이번 기회에 여권을 만들면 좋겠어. 너희들이 살면서 언제 어떻게 무슨 기회가 찾아올지 모르잖아?"

　해외여행이 일반화된 한국과 달리 페루는 수도에도 못 나가본 학생들이 부지기수였기 때문에 여권은 먼 나라 이야기였다. 학생들 대부분 자기 나라 여권이 어떻게 생겼는지조차 잘 몰랐다. 내 이야기를 들은 학생들은 얼마 뒤 삼삼오오 신나게 여권을 만들었다.

　시험 당일 아침, 모두 잔뜩 긴장한 모습으로 나를 기다리고 있었다. 그런데 뻬드로는 평소와 다르게 아무 준비 없이 그저 멍하게 앉아 있는 모습이 보였다. 큰 시험을 앞두고 있고 특정 누구에게도 관심을 보이고 싶지 않아 그냥 무시한 후 시험지를 나눠주고 교실 밖으로 나갔다. 창문으로 교실 안을 들여다 보니 뻬드로가 시험문제를 풀지 않고 엎어져 있었다. 뭔가 문제가 있음을 직감하고 뻬드로를 조용히 바깥으로 불러냈다.

"왜 그래, 무슨 일 있어?"

뻬드로의 커다란 눈에서 눈물이 주르륵 흘렀다. 심장이 쿵 내려앉는 것 같았다. 가족 누군가에게 사고가 생겼나? 어디가 아픈가? 수많은 생각이 순간적으로 머리를 스치고 지나갔다.

"선생님, 어제 여권을 만들려고 시청에 갔는데요, 제 신분증 갱신 시기가 만료되어서 여권을 만들 수가 없었어요."

뻬드로가 자신의 신분증, 일종의 주민등록증과 같은 것을 오래전에 갱신했어야 했는데 그걸 까맣게 잊었고, 여권을 만들러 가서야 그 사실을 알게 되었던 거다. 곧바로 신분증을 갱신하러 갔지만 갱신하는 데 걸리는 시간만 한 달 이상 소요된다는 답변을 받았다고 한다. 이미 교환학생들은 출국을 하고도 남았을 때였다.

내 앞에서 눈물을 뚝뚝 흘리는데 너무 가슴이 아파서 손을 잡고 같이 울었다. 누가 뭐래도 이 아이가 가야 하는데… 어쩜 이런 일이 있을까 싶었다. 그렇게 뻬드로를 제외하고 이틀 동안 시험이 진행되었고 그 결과는 이변이 없이 우리반 2등 3등 학생인 호세와 밀라그로스가 1, 2위를 차지했다. 시험 결과를 발표한 날, 뻬드로가 제일 먼저 자리에서 일어나 둘에게 다가가 악수를 청하며 꼭 안아줬다. 호세와 밀라그로스는 교환학생 자격으로 전액 지원을 받고 한국에 와서 열심히 공부했다. 서울에 계신 우리 부모님도 찾아뵙고 함께 추석명절을 보내기도 했고, 페루에 돌아와서는 남은 학기를 채우고 2007년 12월 함께 과정을 마칠 수 있었다.

내가 페루를 떠난 이후에도 뻬드로는 포기하지 않고 언젠가 다시 찾아올 기회를 위해 계속 공부했다. 무려 2년 반의 시간이 흐른후, 자신의 실수로 허무하게 놓쳤던 그 기회를 잡아 결국 한국행 교환학생의 자격을 얻었다. 뻬드로의 꿈이 마침내 이루어진 것이다.

뻬드로는 장학금을 받고 교환학생 자격으로 수원대학교에서 어학연수를 받게 되었다. 이 소식을 전해들은 엄마가 학교로 전화를 해서 뻬드로와 연락이 닿았고 뻬드로가 우리 부모님을 찾아왔다. 딸이 가르치던 페루 제자가 한국까지 왔는데 절대 그냥 보낼 수 없다며 엄마가 자리를 만든 덕분이었다. 당시 난 미국으로 이주한 지 얼마 안 되었기 때문에 뻬드로는 내가 한국에 더 이상 없는 것을 그제야 알고 많이 실망했었다고 한다. 내가 블로그에 자신에 대해 썼던 글을 아빠가 찾아서 보여주자 글을 읽으면서 훌쩍훌쩍 눈물을 흘렸다는 녀석… 우리가 그때 한국에서 만났더라면 어땠을까? 난 가끔 그 생각을 하면 가슴이 뜨거워진다. 결국 올 수 있어서 다행이었다. 뻬드로는 그럴 만한 자격이 충분했다.

내 특별한 학생, 사랑하는 나의 제자 뻬드로.

언제였더라? 강의 끝나고 학생들 다 나가기를 기다리는데 뻬드로가 안 가고 쭈빗쭈빗 서서 나를 기다리고 있었다. 무슨 일이지? 안 그래도 교실에 들어올 때부터 큰 기타 하나 들고 와서 오늘 무슨 일 있나 궁금했었다.

"집에 안 가고 왜? 할 얘기 있니?"

"제가 한국 노래를 하나 연습했는데요, 선생님 들어보세요."

기타를 꺼내 들고 뻬드로가 불러준 노래는 영화 〈엽기적인 그녀〉 OST 삽입곡으로 사랑 받았던 'I believe'였다. 사랑하는 제자가 텅 빈 교실에서 기타를 치며 불러준 노래는 페루생활 몇 개월 만에 처음으로 듣는 한국노래였다. 뻬드로의 따뜻한 음색이 우리의 교실 안에 울려 퍼졌고 내 눈에는 눈물이 핑 돌았다.

꿈이 있다면, 포기하지 말고 달리면 된다. 남들보다 시간이 조금 더 걸려도, 복잡하게 돌아서 가는 길이라도 포기하지 않으면 언젠가는 꼭 이루어질 수 있다. 작은 꿈, 큰 꿈, 마음에 품은 모든 꿈 말이다.

선생님,
사랑해요!

　살면서 극심한 짝사랑을 경험해본 적이 별로 없었는데 아무래도
내 성격 때문인 것 같다. 밝고 적극적이고 겁도 없어서 그냥 밖으로
감정이 모두 드러나곤 했다. 누군가를 좋아한다고 나 좀 봐달라고
온 세상에 티 나게 외치고 있었으니 짝사랑을 할 겨를이 없었다. 그
런데 딱 한 번, 학창시절 심하게 선생님을 짝사랑한 적이 있다. 나
의 일방적인 마음이었으니 '사랑'이라 부르기는 애매하다. 하지만
떨어지는 낙엽에도 눈물을 흘리고 밥 두 공기는 거뜬히 먹어 치울
수 있는 천하무적 여중, 여고생들에게 남자 선생님을 향한 이런 짝
사랑은 불쑥 찾아오는 감기처럼 흔하면서도 치열하다. 그러니 그냥
사랑이라 부르자.

내 짝사랑은 처음부터 난관이었다. 수백 명의 중학생이 한 명의 선생님을 놓고 치열한 경쟁을 벌였다. 이건 입시지옥보다 더했다. 더군다나 나는 선생님 학급 학생도 아니었고, 일주일에 한 번 한문 시간을 통해서만 선생님을 만날 수 있었으니 존재감에서 한참 밀렸다. 선생님을 좋아하지 않는 친구들이 거의 없었는데, 매력적인 모든 조건을 다 갖추고 있었다.

'20대 신참 교사 / 국어, 한문 선생님
만능 스포츠맨 / 총각.

이 젊고 매력적인 남자 선생님은 아이들을 심하게 차별하셨다. 언제나 약자의 편에서 겉도는 아이들에게 애정을 듬뿍 주셨다. 맹수 같은 질풍노도를 겪고 있었던, 소위 말하는 '문제아'로 낙인 찍힌 아이들도 선생님 앞에서는 온순한 양이 되었다. 그때 처음 느꼈다. '아, 이런 차별은 괜찮구나!'

어렸을 때부터 책을 좋아했고 많이 읽었지만 선생님 때문에 문학을 더욱 사랑하게 되었다. 선생님께서 추천해주시는 소설과 시집은 몽땅 찾아 읽었고, 독후감을 써서 선생님 책상에 몰래 올려놓기도 했다. 나만의 사랑고백 방식이었는데 한 번도 답장을 받지 못했다. 어쩌다 답장을 받았다는 친구들 이야기에 몰래 울기도 했다. 엄격하지만 모두에게 한없이 다정했던 선생님은 5월의 봄날을 닮았다고 생각했다. 어디를 가더라도 선생님만 보였고 나중에 결혼은 선생님 같은 남자와 해야겠다고 생각했다. 아주 오랫동안….

1학년 때는 일주일에 한 번 볼 수 있었던 선생님을 2, 3학년 때는 2년 연속 국어선생님으로 만났다. 적어도 일주일에 세 번은 수업시간에 만날 수 있었다. 제발, 한 번은 담임 선생님으로 만나고 싶다며 기도했는데 매번 옆반 담임 선생님이 되셨다. 난 새 학기 첫날마다 엉엉 울었다. 3학년 첫날에는 담임 선생님이 펑펑 우는 나를 따로 불러 "넌 국어 선생님이 그렇게 좋아?"라고 웃으며 물어보시기도 했다.

어느 수업 시간, 황순원 작가의 〈소나기〉를 배울 때였다. 교실 창문이 양쪽으로 활짝 열려 시원한 바람이 마구 드나들었다. 학생 누군가 일어서서 책을 읽고 모두 집중해서 눈으로 글을 따라가고 있었다. 이야기는 끝으로 달려갈수록 너무 슬펐다. 눈물이 날 것 같아서 옆에 앉은 짝꿍에게 소근거렸다.

"짝꿍아, 소나기 너무 슬프지 않니?"

난 분명 조용히 말했는데 선생님에게 딱 걸렸다.

"어이~ 박나경이, 책 들고 뒤로 나가."

교실 뒤에 홀로 무릎 꿇고 앉으니 눈물이 펑펑 쏟아졌다. 생각지 못했던 결론에 대한 충격과 사랑하는 선생님에게 쫓겨났다는 사실…. 수업이 끝나고 강당으로 끌려갔다. 선생님은 내가 울었다고 또 혼낼 참이었다.

"소나기가 너무 슬퍼서 그랬단 말이에요."

이제는 어깨까지 들썩이며 꺼이꺼이 울기 시작한 내 등을 토닥토닥 두드리시던 선생님.

"너는 혼낼 수가 없어. 얼른 들어가!"

선생님에 대한 내 짝사랑은 매년 더 깊어졌고 다른 친구들도 마찬가지였다. 경쟁자가 너무 많았기 때문에 한 번도 제대로 선생님께 마음을 보여드릴 수가 없었다.

고등학교에 진학한 이후에도 학교와 선생님이 그리워 친구들과 자주 중학교에 찾아갔다. 대학에 가서도 변함없이 학교를 찾았다. 사립학교였기 때문에 우리 선생님들은 언제나 그 자리를 변함없이 지키고 계셨다. 스무 살 넘어갔다고 선생님들과 술도 마시고, 그때 왜 혼냈냐고 따지기도 했다. 난 그래도 여전히 부끄럽고 떨렸다. 선생님이랑 만날 날짜를 잡을 때면 항상 친구를 쪼아댔다.

"네가 선생님께 전화 드리라고! 난 떨려서 전화를 못한단 말이야!"

넌 대체 언제까지 이럴 거냐며 선생님도 이제 애가 셋이라고 정신 차리라고 친구에게 구박받았지만 이건 내가 맘대로 할 수 있는 문제가 아니었다. 여전히 떨려서 전화를 못하겠는데 내 마음을 나

더러 어쩌라고!

우리들의 방문은 거의 매년 계속되었다. 난 자주 해외에 나갈 일이 생기면서 선생님을 오랫동안 뵙지 못하는 시간도 길어졌지만 한국에 돌아가면 곧장 선생님을 만나러 가는 것이 먼저였다.

참 좋았던 스물여섯 어느 날, 아직은 쌀쌀했던 이른 봄이었다. 항상 만나는 선생님들과 친구들과 모여서 학교 근처에서 고기 구워 먹고 술도 마시고 있었는데 하루 종일 기다리던 소식을 그 자리에서 확인했다. 그 날은 내가 페루로 가는 것이 최종 확정된 날이었다.

"선생님, 저 페루 가요!"

"잘됐다 나경아!"

축하를 받고 건배를 하고 있었는데 선생님은 혼자 조용히 밖으로 나가셨다. 그리고 잠시 후 돌아오신 선생님 손에는 케이크 하나가 들려 있었다.

"나경이 또 나가는구나. 건강히 잘 다녀오렴!"

시간이 흘러 선생님 표현대로 '마이클인지 마이꼴인지 하는 놈'과 결혼도 했다. 선생님은 내 결혼식도 찾아주셨다. 내가 선택한 마이꼴은 다른 것은 몰라도 선생님처럼 온화한 성품을 지녔으니 적어도 그 부분은 성공이었다. 결혼 후 멀리 미국으로 이민을 왔고 몇 년 후에 노아를 낳았다. 노아를 낳은 지 얼마 되지 않아 하루하루

지옥 같은 날들을 보내고 있는데 선생님께 이메일이 왔다.

> 넌 분명히 잘하고 있을 거고 네 아기는 잘 크고 있을 거야.
> 그러니 부디 다른 아무것도 생각하지 말고 네 자신의 몸과
> 건강만을 생각하렴.

누구에게도 듣지 못했던, 누군가에게는 듣고 싶었던 이야기였다.
선생님 말씀에 얼마나 많이 울었는지 모른다. 신생아 아기를 키우
고 있었으니 그 무렵에는 특히나 아기가 먼저였다. 심지어 엄마, 아
빠도 그랬다. 아기 잘 있니, 잘 먹니, 잘 자니, 아프지는 않고?

언제나 어린 아기의 안부가 먼저였고 나는 그 다음이거나 혹은
없었다. 나에 대한 믿음으로 아기의 안부를 접어두셨던, 너를 먼저
챙기라던 선생님의 말씀을 떠올리면 지금도 눈물이 흐른다. 선생님
말씀이 맞았다. 아기는 잘 먹고 잘 자고 하루가 다르게 쑥쑥 크고
있었다. 아기 엄마는 전혀 그렇지 않았다. 정녕 끝날 것 같지 않았
던 암흑의 시간은 결국 흘러갔고, 두 살 반이 된 아이와 함께 몇 년
만에 한국에 가서 처음으로 선생님과 만났다. 선생님은 좋아서 어
쩔 줄 모르셨다. 낯선 사람을 심하게 경계하던 아이도 엄마의 선생
님 곁에 다가가고 손도 잡았다.

"잘 키웠구나, 수고했다 나경아."

그보다 더 큰 칭찬은 없었다.

또 한 번의 한국행을 앞두고 선생님께 연락을 드렸는데 금세 답장이 날아왔다.

> 아침에 출근하면서 한 손 운전대 올리고, 한 손으로 너의 마음 담긴 메일 내용 위로 밀어 올리며 읽다 보니, 행복하더라. 나경아.
>
> 너의 따뜻한 눈길과 마음의 온기뿐 아니라 달콤한 향이 날아와 퍼지더라. 세상의 좋은 장점을 다 가진 듯 능력을 보여주니 반갑고 고마운데, 마음 한편에는 건강 걱정이 크다. 그것마저도 너를 지나치지 않도록 잡아주고 나아가 더욱 깊이 돋보이게 해주는 역할을 할 거야.
>
> 사랑하고 또 사랑하며 살다 가자. 그 마음이 너의 글쓰기의 밑바탕이기를 바라. 아플 거면 쬐금만 아프고.

우리들의 중학교 입학 즈음, 20대의 풋풋했던 나의 선생님은 이제 모교의 교감선생님이 되셨다. 매년 선생님을 만나러 가는 길, 혹시 그 사이 더 연로해지신 것은 아닐까 하는 걱정으로 조바심이 드는데 다행히 선생님은 내 눈에 여전히 가르쳐주시던 그때 그 모습 그대로다. 그리고 선생님은 내가 여전히 열네 살 중학교 1학년 꼬

맹이인 줄 아신다. 선생님과 우리들의 인생시계는 1991년에 멈춘
것 같다.

　선생님을 다시 만나려면 아직 시간이 한참 남았다. 아이의 여름
방학에 맞춰 한국에 가고 있으니 선생님을 또 만나는 그 날은 분명
후텁지근한 초여름 어느 날일 것이다. 어쩌면 이미 한여름일지도
모르겠다. 하지만 괜찮다. 그날이 언제가 되었든 선생님을 만나는
그 날은 나에게 언제나 5월의 봄날일 테니까!

축돌이

멕시코 유학 때, 공부하던 학교에는 여자축구팀이 있었다. '축구' 와 '종교'가 동급이라고 봐도 결코 무리가 아닌 이 나라에 여자축구 팀은 아마추어, 프로를 막론하고 흔했다. 내가 가끔 뛰던 곳은 우리나라로 치자면 대학의 동아리 개념으로 그저 경쟁 없이 취미로 모여 노는 수준이었다. 내 형편없던 실력에도 불구하고 그곳에서의 시간은 무척 즐거웠다.

어느 날 마이크에게 여자축구팀에서 있었던 에피소드를 말했더니 마이크가 데굴데굴 구르며 웃었다. 내 (천부적인!) 운동신경을 너무 잘 알고 있는 이 남자는 네가 축구를 했으면 자기는 발레를 했다고, 거짓말 말라며 내 활약상을 전혀 믿지 않았다. 그는 지금도 내 축구대표팀 경력을 허풍이라 생각한다. 얘기만 꺼내면 비웃는데 딱히 증명할 사진도 없고 답답하지만 나도 말하다 보면 굴욕적인 웃음이 터진다.

난 정말 운동은 꽝이다. 학창시절 체육 시간이 너무 싫어서 어떻게 빠져나갈까 온갖 궁리를 했고, 체육시험을 앞두고는 매번 남아 한 시간씩 더 연습하고 구박받았다. 이렇게 운동신경 및 의지가 제거된 상태로 태어난 것이 원망스럽지만, 운동을 못한다고 운동을 사랑하지 말라는 법은 없지 않나? 난 스포츠를 '눈으로 보는 것'을 정말 좋아하고 그 중에서도 축구를 가장 사랑한다. 마이크도 나의 축구사랑만큼은 엄지 불끈 올리며 인정한다.

대학에 가니 남자들은 듣던 대로 축구와 군대, 즉 군대에서 축구하던 이야기를 많이 했다. 군대 얘기는 별 재미 없었지만 축구와 관련된 이야기는 두 눈이 번쩍 뜨였다. 마침내 축구에 대해 무한히 대화를 나눌 수 있는 상대가 무더기로 생긴 것이었다. 축구를 좋아하던 여자친구가 거의 없었으니 오로지 내 대화 상대는 아빠뿐이었는데 대학에서 만난 남자친구, 선배들과의 대화는 신세계였다. 웬만한 남자들보다 그 세계를 잘 알고 좋아하던 나는 축구 이야기로 밤을 샐 수도 있었고 그런 나를 남자사람 친구들 역시 무척 신기해했다.

내 축구 사랑은 분명 아빠 때문에 시작됐다. 축구를 열정적으로 좋아하고 증오하는 경상도 아저씨 우리 아빠는 어렸을 때부터 나를 데리고 함께 축구를 봤다. 월드컵이나 중요한 A매치 등 큰 경기가 있는 날이면 아빠랑 새벽에 만나 손에 땀을 쥐고 경기를 지켜보기도 했다. 축구 하나를 봐도 그렇고 난 여러 가지 면에서 아빠를 많이 닮았다. 불 같은 성격은 안 닮았더라면 더 좋았겠지만!

대체 왜 2년마다 하지 않고 꼴랑 4년에 한 번 찾아오는 것이냐며 짜증냈던 월드컵은 한국의 전 경기뿐만 아니라 축구강국 대부분의 경기를 지켜봤다. 더불어 영국의 프리미어 리그, 스페인의 프리메라리가의 경기도 좋아하는 팀 경기 중심으로 꼼꼼히 챙겼다.

세계 축구의 흐름을 손바닥 위에 올려놓고 지켜봤는데 아마도 제일 오랜 기간 유지했던 취미가 아니었나 싶다. 아, 제발! 죽기 전에 한국에서 월드컵 한 번 했으면 좋겠다고 소원하기를 오래, 드디어 거짓말처럼 꿈이 이루어졌다. 이제는 너무 오래된 추억이지만 2002년 한일 월드컵은 우리나라에서 열린다는 것 자체가 나에게는 기적이었다.

한국에서의 월드컵이 확정된 이후 곧바로 돈을 모으기 시작했다. 모은 돈을 몽땅 티켓을 구매하는 데 사용할 생각이었다. 월드컵 개막을 수개월 앞두고 티켓 구매가 공식적으로 시작되었는데 예선 첫 세 경기는 붉은악마를 통해 뽑기 방식으로 운 좋게 뽑혀 세 티켓 모두 구입할 수 있었다. 예선 이후의 경기들은 한국이 조1위, 조2위를 했을 경우의 수를 따져 서울에서 열리는 4강까지의 전 경기 표를 모두 구매했다. 모은 돈 대략 150만 원을 몽땅 티켓 구매에 사용했다. 그때는 한국의 16강 진출을 예상하는 사람이 거의 없었기 때문에 다들 제정신이냐고 놀려댔다. 설령 한국이 16강에서 떨어진다 하더라도 다른 나라 경기를 보는 것이 전혀 문제가 되지 않았기 때문에 기쁜 마음으로 후회 없이 표를 구입했다.

월드컵이 코앞으로 다가오고 거스 히딩크 감독이 이끄는 한국 대표님은 월드컵에 참여하는 강팀들과 차례로 평가전을 가졌다. 모든 경기를 이긴 것은 아니었지만 결코 밀리지 않는 대등한 경기를 펼쳤고, 대표팀은 예전과 확연히 달라져 있었다. 이건 분명 지난 20여 년간 내가 본 팀이 아니었다. 자신감도 체력도 실력도 모두 완전히 다른 팀이었다. 막연했던 기대는 분명 16강 이상의 성적을 거둘 것이라는 확신으로 변했다. 많은 사람들은 여전히 회의적이었다. 그도 그럴 것이 월드컵 참가 역사상 단 한 번도 이긴 경기를 해본 적이 없으니 승리는 너무 멀고 두렵기까지 한 목표였다.

그렇게 우리 대표팀은 아마도 처음이자 마지막이 될 대단한 일을 2002년에 해내고 역사를 새롭게 썼다. 내가 구입한 표는 모두 우리팀의 경기가 되었다. 심지어 서울 월드컵 경기장에서 열리는

4강 경기는 당연히 다른 나라의 경기가 되겠지만 부모님과 함께 보면 좋을 것 같아 티켓을 세 장이나 구입했는데 우리팀의 준결승 경기가 되었다.

그해 2002년 여름은 내 축구 사랑 인생에 가장 감격적인 한 달이었다. 분명 많은 사람들에게 그런 행복을 안겨줬을 것이다. 내 나이는 고작 스물넷! 이 시대 한 가운데 태어난 것이 믿기지 않았다. 입시의 부담도, 육아의 부담도 없는 20대 청춘이었으니 경기장과 길거리로 나와 응원을 이어갔다.

지방에서 열린 경기를 보기 위해 부산, 대전, 전주를 날아다녔다. 지방 경기 때문에 몇 번 대학원 수업에 빠져야 했는데 너 정말 경기 보러 가는 것 맞냐고, 공부하기 싫어 도망가는 것 아니냐는 선생님 말씀에 다음날 신문에 올라온 사진으로 증명했다. 지인들에게 마구 전화가 왔다. 그것도 무려 세 번이나 내 얼굴이 들어간 사진이 신문에 나왔다. 축구에 미쳐 산 세월을 그 즐거운 날들로 한 방에 보상받는 것 같았다. 한국이 월드컵을 치르는 날이 올 거라 믿었던 사람이 없던 것처럼 언젠가 또 월드컵을 치를 수 있을지도 모르겠지만 아마도 매우 낮은 확률임을 안다. 그래서 더욱 소중한 내 2002년은 정녕 축복이었다.

매년 엊그제 있었던 일 같았던 월드컵의 추억은 이제 10년도 더 훌쩍 넘은 과거가 되었고 사람들의 기억에서도 많이 잊혀졌다. 난 지금도 종종 히딩크 감독의 기사를 일부러 찾아보는데 몇 해 전 영국 프로 팀 첼시에 단기 감독으로 부임했을 때 경기장에 선 히딩크 할아버지의 모습을 보니 무슨 친정아빠가 경기장에 감독으로 선 것 같았다.

아이가 태어나기 전에는 나만큼이나 축구를 좋아하는 마이크와 함께 주말마다 큰 경기를 놓치지 않고 보았다. 우리는 이것을 "Saturday morning soccer time"이라고 불렀다. 남편이 된 남자와 보는 축구는 더 재미있었고, "축구 좋아하는 사람을 만나게 해주셔서 감사합니다!" 감사기도가 절로 나왔다. 하지만 슬프게도 축구에 대한 나의, 우리의 사랑은 아이가 태어난 이후 많이 바뀌었다.

주말 축구는커녕 육아 이외에는 할 수 있는 것이 거의 없었고 많이 자란 아이는 축구를 진짜 싫어한다. (이럴 수가!) 케이블도 없는 집이지만 어찌 연결해서 축구 한 경기라도 보려고 하면 아이는 통곡을 한다.

축구 세상이 어떻게 돌아가는지, 어떤 팀이 잘하고 있는지, 어떤 유명한 선수가 있는지, 그 세계에서 멀어진 지 4년이 넘었다. 내가 세상에서 제일 좋아하던 취미생활이었음에도 불구하고 아이와 육아로 인해 한방에 무너지고 말았다.

오래 전 친구 하나는 나를 우스갯소리로 '축돌이'라고 부르곤 했다. 축돌이 혹은 축돌녀! 축구에 대한 첫 기억은 유치원 무렵이니까 적어도 35년은 축돌이로 살았다. 누군가 하나쯤 계산 없이 미쳐 있는 것, 나에게 그것은 축구였다. 홍명보 선수를 오랫동안 좋아하면

서 그가 졸업한 모교에 있다는 홍명보 관련 기념물을 보기 위해 보성고등학교에 혼자 찾아간 적이 있다.

홍명보 선수 은퇴 이후에는 아주 오랜 시간 '박지성 선수 바라기'를 보냈는데 그의 성공과 좌절, 투지 넘치던 선수생활을 응원한 10여 년은 가슴 벅차고 행복했다.

토요일 아침, 지금보다 더 자란 아이가 아빠와 함께 키득키득 문을 걸어 잠그고 분노의 비디오 게임을 두드리게 되는 그 날, 나는 다시금 은밀하게 제2의 축돌이 인생을 시작할 것이다. 이제는 잊혀질 때도 되었는데 축구의 갈증은 여전히 사라지지가 않는다.

누군가와 맥주 한 잔 마시면서 밤새 축구 얘기 하고 싶은 밤이다.

충분히
가치 있는 아픔

마이크의 귀향으로 우리 가족은 뉴올리언스로 돌아왔다.

이곳 삶에 추가된 여러 가지 즐거움 중 하나는 훌륭한 맛과 향의 커피 원두를 저렴한 가격에 구입할 수 있다는 점이다. 별다방이 맥을 못 쓰고 철수하는 뉴올리언스는 수준 높은 로컬 카페가 넘쳐나고 가격도 착하다.

한국에 머무는 동안 커피 원두와 카페에서 판매되는 커피 가격을 보고 얼마나 충격을 받았는지 모른다. 한국의 커피값이 비싼 것은 알고 있었지만 아무래도 해외생활이 너무 길었던 모양이다. 마음에 드는 커피 원두 한 봉을 살 때마다 후덜덜했다. 가격에 비해 맛이 기가 막히게 좋은 것도 아니니 미국에서 마음껏 사먹던 커피가 무척 그리웠다.

커피를 조금씩 마시기 시작한 것은 멕시코 유학시절 무렵이었다. 멕시코도 워낙 맛있는 커피가 다양했다. 카페인에 민감해서 자주 마시지는 못했지만 어쩌다 한 잔씩 기분 좋게 마시곤 했다.

내가 커피를 본격적으로 마시게 된 것은 어떤 한 사람 때문이었다. 2004년 따뜻한 봄날, 서점에서 만났던 그 사람은 대단한 커피광이었다. 맛있는 커피를 찾아 도전과 모험을 멈추지 않았다. 해외직구, 구매대행이라는 단어 자체가 없었던 시절, 그 사람은 자메이카에 위치한 로컬 커피회사에 연락해서 원두를 공수 받아 기쁘게 커피를 내리던 열정의 소유자였다. 그는 나에게 맛있는 커피를 많이 만들어주었고 서울에 숨어있는 커피 명소로 데리고 다녔다.

커피를 사랑하는 사람들의 공통점이 하나 있는데 기어코 주변인을 커피에 빠지게 만든다는 것이다. 어느 날 문득 돌아보니 하루 한 잔의 기쁨에 나는 이미 심하게 중독되어 있었다. 이후로 나 역시 주변인 여럿을 이 길로 끌어들였으며 기회가 될 때마다 맛있는 빈을 찾는 모험을 멈추지 않는다. 어떻게 더 맛있는 커피를 마실 수 있을까? 이 모든 것은 아마도 그 사람에게 받은 영향임이 분명하다.

결혼 후 한국을 떠날 날을 2주 정도 앞두고 그 사람에게 연락이 왔다. 그는 종종 내 블로그를 보고 있다고 했고, 나는 함께 커피 한 잔 하자고 말했다. 그는 두 시간이 걸려 약속장소에 왔다. 6년 만의 만남이었다.

난 그에게 뉴올리언스의 카페드몽Café du Monde 치커리 커피를 선물로 건넸다. 그는 한 번도 치커리 커피를 마셔 본 적이 없다고 했고, 돌아가는 대로 내려보겠다며 기뻐했다. 우리가 함께 나눈 두 시간 대화의 90%는 아이들 이야기였다. 나도 그 사람도 또래의 아들을 키우는 엄마, 아빠가 되었다. 존재감 없이 조용하고 순한 아들 덕분에 육아가 이렇게 쉬운 것인 줄 몰랐다는 그의 말이 뒷골을 잡아당겼다. 내 육아는 그 사람의 육아와는 정반대였기에!

모든 헤어짐은 고통스럽고 거기에는 분명 이유가 있다. 내 것이 그랬고, 내 친구들의 것이 그랬다. 헤어짐의 이유가 곧장 쉽고도 분명하게 판명되는 경우도 있지만 몇 년의 시간이 흐른 후 어렵게 깨닫게 되는 경우도 아주 많다. 게다가 종종 그 이유는 깊은 미궁에 빠져버리기도 한다. 이 사람과의 헤어짐을 친구들에게 이렇게 표현하곤 했다.

"등에 칼이 꽂히는 것 같았어."

많은 시간이 흐른 지금 당시의 충격과 아픔은 잘 기억이 나지 않는다. 헤어짐의 이유는 시간과 함께 더 분명해진다. 인연이 아니었고, 인생의 타이밍이 맞지 않았다. 끝까지 함께 할 사랑이 양쪽에서 부족했다. 이보다 더 분명한 이유는 없다. 너무 고통스러운 순간에

는 절대 그런 깨달음을 얻을 겨를이 없지만 아무것도 남기지 않는
관계는 세상에 없다.

"당신과의 시간은 인생 낭비였어!"라고 배신감과 분노로 몸부림
치더라도 많은 시간을 흘려보낸 뒤 마음을 가라앉히고 생각하면 그
곳에는 분명 무언가가 있다. 나를 좀 더 나은 방향으로 끌어줄 수
있는 원동력이 되는 무언가가….

내게는 커피가 그렇다. 여러 가지 방식으로 삶의 위안이자 친구가
되었다. 내가 피곤해도 즐거워도 언제나 같은 자리에 있다. 매일 아침
을 기쁘게 시작하는 원동력이다. 아무에게도 말할 수 없지만 떠올리
면 슬며시 웃음이 번지는 즐거웠던 추억도 그러하다. 흉터로 남은 그
시간은 현재 나와 평생 함께 할 파트너와의 관계에 긍정적인 영향을
미친다. 지금까지도 말이다. 난 많은 것을 배웠다. 충분히 가치 있는
아픔이었다. 찾아보면 분명히 있다. 언젠가는 반드시 찾아진다. 사랑
하는 누군가와의 이별에 '왜?'를 찾아 너무 오래 힘겨워 하지 않아도
괜찮다.

반드시 지나가고, 마음의 평화와 더불어 얻게 되는 것들이 생긴
다. 물론, 노화와 주름살은 덤이다!

실수

분명히 명백한 실수임을 알면서 덤빌 때가 있다.

온 세상이 아니라고 외친다. 듣기 싫은 그 외침은 아이러니하게도 내 마음 안에서 가장 크게 울린다. 이건 귀를 틀어 막을 수도 없다. 누구보다 내 자신이 제일 잘 알기에 내 안의 목소리가 북처럼 울리는 것을 어떻게 막을 수 있겠는가! 그럼에도 불구하고 다 알면서 덤비는 거다.

몸을 던지는 대상이 어떤 업무, 학업과 같은 '일'의 영역이라면 그나마 괜찮다. 비교적 뒤돌아서는 것이 어렵지 않고 마음만 먹으면 쉽게 빠져 나오는 것도 가능하다. 하지만 이 대상이 사람이 되었을 경우, 즉 인간관계의 문제라면…. 특히나 '사랑'이라는 천연첨가

물이 톡톡 들어간 경우 위험요소는 급격하게 수직 상승한다. 둘은 글자의 생김새마저 닮았다.

실수임을 알면서도 자신을 던지는 모습을 우리는 꽤 자주 마주한다. 심지어 그 실수는 반복되기도 한다. 재탕된 실수는 두 배가 아닌 열 배는 더 아프다. 내 친구들이 그랬고, 들려오는 누군가의 소식이 그랬고 나 또한 마찬가지였다.

부모님의 극렬한 반대로 한 번 관계를 접은 적이 있다. 인생에서 처음이자 마지막이었다. 그때의 나는 너무 어렸다고 말하기에도, 그렇다고 충분히 철이 든 나이었다고 말하기에도 애매한 스물네 살, 아직 학생이었다. 당시 내 눈에는 부모님의 반대 이유가 불충분하고 매우 불합리했다.

부모님은 높고 완강했고 내 사랑은 진도 8.0의 지진이 난 듯 마구 흔들렸다. 결국 모든 것이 끝난 후 꽤 오랜 시간 반항하고 마음 깊이 원망했다. 아픔에서 온전히 빠져 나오는 데 상당한 시간이 걸렸다. 솔직히 지금 생각해도 그때 부모님의 반대 이유는 여전히 쉽게 동의가 되지 않는다. 하지만 다행스러운 점은 현재의 내 상황은 과거의 그 선택보다 월등하게 낫다는 것이다. 그렇지 않았을 반대의 상황이 현재에 일어났을 상황도 분명 가능하니 이건 행운으로 부르는 것이 적절할 것 같다.

두 남녀가 확고하고, 곁에서 서슴없이 직언을 해줄 수 있는 사람들도 동의와 축하를 건네는데 유독 부모님이 극심하게 반대하는 경우가 있다. 유일한 반대표를 던지는 사람이 부모님이라는 점은 어려울 수밖에 없다.

오직 부모님의 반대를 무릅쓰고 커플의 의지대로 진행한 경우 시간이 흘러 결국 두 사람의 선택이 옳았음을, 이번만큼은 부모님이 틀렸음을 확인할 때가 종종 있다. 부모님들은 자식이 어릴수록 당신들도 모르게 높은 기대감, 비현실적인 희망을 은근히 품고 계시는 듯 보인다. 내 자식이 좀 더 나은 사람을 만나기를, 지금보다 좋은 환경에서 살기를 바라는 지극히 부모다운 마음가짐일 테니 주관적인 판단이 앞설 수 있다. 그러니 무작정 불평할 수도 없다. 왜냐하면 우리도 언젠가 그 자리에 서게 되었을 때 부모로서 그러지 않으리라는 법이 절대 없기 때문이다. 세상 모든 부모의 팔은 안으로 굽지 않는가!

문제는 두 사람을 제외한 부모님, 친구, 지인들 세상 모두가 아니라고 말할 때이다. 그건 정말 아니라고 가면 안 되는 길이라고 온 힘을 다해 잡을 때 이 망할 사랑은 더욱 견고해진다. 아닌 것을 알면서도 가게 되고, 이미 했던 실수를 다시 반복하게 되는 상황….

그 사람과 함께 하면서 단 한 번도 끝을 생각해본 적이 없었다. 관계는 흔들림 없이 안정적이었다. 비슷한 성향의 우리 두 사람은 몇 년간 특별한 부딪힘도 없었다. 주변 사람들과도 조화로웠으니 당연히 영원할 것이라 믿었던 그 관계는 생각지 못했던 순간 순식간에 끝났다.

그날 이후, 그와 함께 걸었던 꽃길은 떠올리는 자체만으로도 괴로운 과거가 되었다. 다시는 돌아갈 수 없고, 돌아가서도 안 되는 아픈 추억….

완벽하다고 믿었던 우리의 시간은 관계가 끝나고 자연스럽게 재해석되었다. 난 생각보다 무척 애를 많이 쓰고 있었음을 알았다. 그 사람의 지적 수준에 잘 어울리는 사람이 되고 싶어 항상 노력했고, 나름의 스트레스가 있었다. 비정상적으로 과하게 그를 의지했으니 동등한 관계로 볼 수 없었다. 무엇보다도 그 사람이 평생 지니고 살던 핵폭탄 급의 상처를 나는 별게 아닌 것으로 의미를 축소했고 애써 무시했다.

분명 여러 가지 면에서 건강하지 않았지만 사랑했기 때문에 보이지 않았다. 그래서 다시 한 번 우리 두 사람의 관계를 회복할 수 있는 꿈 같은 기회가 훗날 찾아왔을 때 그 손을 다시 잡지 않았다. 살면서 내렸던 정말 어려운 결정 중에 하나였다.

내가 잘나서 그런 결정을 했던 것이 결코 아니었다. 누구에게도 말한 적이 없지만 당시의 나는 한 가지 조건만 아니었다면 분명 그에게 다시 돌아갔을 것이다. 의심의 여지없는 100% 확률로 말이다. 관계를 아는 모든 사람이 뜯어 말리고 바깥에 못 나가게 눈썹을 밀어버린다고 했어도, 미친 거 아니냐고 들을 수 있는 모든 욕을 다 듣게 되더라도 한국에 돌아간 순간 제일 먼저 그를 떠올리고 금방 그에게 돌아가는 모자란 짓을 벌였을 것임을 나는 잘 알고 있다.

하지만 그랬다 한들 우리가 예전처럼 행복할 수 있었을까? 잃어버린 믿음과 시간은 되찾을 수 있었을까? 같은 실수를 반복한다는 것을 매일 체감하면서 내 성격에 결코 그 불안감을 떨칠 수 없었을 텐데 변함없는 사랑이 가능했을까?

내가 뒤돌아 가지 않았던 단 한 가지의 이유는 당시 곁에 진심으로 사랑하는 새로운 사람이 있었기 때문이었다. 순전히 그 이유 딱 하나였다. 만일 내가 여전히 혼자였더라면 절대 안 되는 그 모든 상황에도 불구하고 분명히 그에게 돌아갔을 것이다. 실수를 반복했겠지. 세상의 수많은 평범한 사람들처럼 나 역시도 그랬을 것이다.

30대 중반을 훨씬 넘기고 오랜 시간이 흐른 뒤, 그제야 난 관대해질 수 있었다. 누구나 쉽게 큰 실수를 할 수 있음에, 나라고 절대 그런 실수를 하지 않으리라 보장이 없다는 것을 알았다. 그래서 훗날 누군가의 실수를 마주하게 된다면, 차갑게 비난하지 않고 말없이 꼭 안아주겠노라 다짐했다. 누군가에게 그런 사람이 되기로 결심했다.

결심을 실천하기까지 오랜 시간이 걸리지 않았다. 난 꽤 여러 명의 친구와 동생, 제자들을 안아주었다. 이미 자책에 자책을 거듭하는 그들에게 비난을 더하지 않았다. 상대방의 아픔에 대한 단순한 위로 혹은 연민도 아니었다. 누구나 살면서 경험할 수 있는 일이기에 그저 진심이 담긴 따뜻한 마음으로 함께 있는 것만으로도 충분했다. 이것은 실수에서 얻은 무척 다행스러운 교훈이었다. 훗날 내가 저지를 수 있는 어떤 바보 같은 실수에도 누군가 날 위로해주리라 믿는다.

그래도 괜찮다고
그럴 수 있다고
너를 이해한다고.

Chapter 2

LOVE

같은 하늘
아래

우리

첫 만남

세상의 수많은 연인들은 두 사람의 인연에 큰 의미를 부여한다. 두 사람의 특별한 만남, 특별한 인연, 그렇게 시작된 특별한 사랑.

사실 나와 마이크의 첫 만남에 특별함은 없다. 그저 신기한 인연 이라는 생각이 든다. 제 3국에서 의미 없이 스쳐 지나갔던 우리 두 사람의 첫 만남은 아주 오래전으로 거슬러 올라간다.

내가 멕시코 몬테레이에서 공부하고 있을 때 마이크도 단기 어 학연수를 했다. 우리는 동선도 달랐고 서로의 존재에 대해 아는 것 이 거의 없었다. 겹친 기간 동안 나와 마이크가 나눈 대화라고는 "안 녕?" 정도의 인사였다. 사실 그마저도 별로 기억에 없다. 마이크는 조용하고 차분한 학구파 학생이었고 나는 매일 친구들이랑 놀러 다니기에 정신없었으니 함께 나눌 추억 자체가 우리에게는 없었다. 그러다 각자 학기가 마무리되어 나는 한국으로, 마이크도 미국으로 돌아간 것이 전부였다.

당시 대부분의 외국인 유학생들은 학교 주소록을 통해 서로를 MSN 메신저에 등록하고 큰 행사에 찍었던 사진을 주고받곤 했는데 그때 아마 내 메신저 상에 마이크가 등록된 것 같다. 서로 메신저에 이름이 있지만 한 번 이야기한 적도, 존재 자체를 별로 인식하지 못하던 사이였다.

난 한국으로 돌아와 남아있던 대학원 마지막 학기를 마치고 졸업 후 사회생활 시작했고, 몇 년이 지난 2006년 무렵부터 페루에서 한국어 강의를 하고 있었다. 그때 내 메신저 닉네임이 Anastasia @ Arequipa, Peru. 이렇게 적혀있었는데 그 짧은 메시지를 본 마이크가 나에게 처음으로 말을 걸었다. 그때가 2007년 초였다.

"애나, 너 나 기억하니?"

그 무렵 마이크도 칠레^{Chile}에 의료봉사를 왔었는데 내가 살던 아레끼빠와 마이크가 의료봉사 갔던 칠레의 아리까^{Arica}라는 도시가 가까운 편이었다. 마이크가 칠레 다녀온 후 메신저에 보니 내가 비교적 인근 도시에 살고 있다는 것이 새삼 눈에 들어온 것이다.

'그녀가 아직 날 기억할까? 아마 기억하지 못하겠지?'

마이크는 용기를 내어 말을 걸어본 것인데 다행히 나는 얼굴과 이름 정도는 기억하고 있었다. 짧게 스치고 지나갔어도 대부분의 국제학생들끼리는 서로 알고 지낸 덕분이었다. 그렇게 우연찮게 메신저를 통해 대화를 시작했다.

특별한 일이 있던 날들을 제외하고는 거의 매일 시간 날 때마다 종종 채팅을 했다. 영화 〈접속〉의 한석규와 전도연의 분위기는 절대 아니었다. 서로 워낙 아는 것이 없던 사이였기 때문에 채팅을 통해 몰랐던 것에 대해 알아가고 재미있는 수다를 떠는 정도였다. 우리의 대화는 생각보다 오래 수개월 지속되었고 어느 날 마이크에게 한 통의 메일을 받았다. 생각지도 못한 내용이었다.

96

"5월에 일주일 정도 휴가가 있어. 네가 괜찮다면 짧은 시간이지만 아레끼빠에 한 번 가보고 싶어. 의대 들어가고 그간 너무 오랫동안 여행이라는 것을 하지 못했는데 네가 괜찮다면 네가 살고 있는 도시를 꼭 가보고 싶어. 하지만 네가 나를 잘 모르고 우리가 그렇게 가까운 사이는 아니라는 것을 잘 아니까 혹시 내 방문을 거절한다 하더라도 괜찮아. 널 이해할 수 있어!"

솔직히 그 메일 받고 정말 부담스러웠다. 당시 아레끼빠시와 한국어학과 주최로 학생들과 함께 일주일 일정의 한국영화제를 준비

하고 있었다. 영화제 이후에는 방문객도 두 팀이나 예정되어 있었기 때문에 일이 너무 많은 시기였다. 마이크가 방문하려던 기간은 내가 제일 바쁠 시기 딱 그 중간이었다. 거절하고 싶은 마음이 컸지만 학업 때문에 몇 년간 아무데도 가보지 못했다는 사람에게 그 짧은 기간 이 먼 곳까지 오고 싶다는 조심스러운 마음을 거절할 수가 없었다. 그래서 고민 끝에 대답했다.

"네 마음이 그렇다면 와도 좋아. 그런데 난 매일 일정이 있어서 굉장히 바쁠 것 같아. 오전에는 너 혼자 시간을 보내고, 오후에 내가 시간이 괜찮으면 같이 다니자."

그렇게 마이크는 의대 2학년을 마치고 3학년으로 넘어가기 직전에 주어진 꿀 같은 일주일을 보내기 위해 아레끼빠로 날아왔다. 마이크가 페루에 도착할 당시 난 출장으로 수도 리마에 있었다. 리마 공항에서 마이크 도착을 기다리며 의자에서 날밤을 새고 만나 새벽 비행기를 타고 함께 아레끼빠로 돌아왔다.

이 날의 만남을 정식 첫 만남이라고 불러도 될 정도로 4년 만에 다시 만난 이 사람과는 참 어색했다. 우리집에 와서도 자꾸만 창밖의 경치를 바라보며 사진만 열심히 찍던 마이크는 뒤통수조차 어색함이 줄줄 흘렀다. 거의 밤을 꼴딱 샌 우리들은 각자 거실에서, 침실에서 한 숨 자고 일어났고 배고픔을 해결하기 위해 밖으로 나갔다.

첫날은 간단히 동네 한 바퀴 돌며 우리 도시의 역사를 소개해주고 혹시 갑작스러운 환경 변화로 향수병의 쓰나미가 몰려오지는 않을까 걱정되어 세상에서 제일 맛있는 피자집에 가서 상그리아를 곁들여 함께 피자를 먹었다.

마이크가 있는 기간 동안 난 매일 아침 일찍 출근해서 강의를 마치고 오후에 퇴근했는데 마이크는 내가 없는 사이에 잠만 잤다. 그 긴 몸으로 소파와 한 몸이 되어 기절한 모습을 매일 퇴근 후 목격했는데 이 먼 곳까지 잠자러 왔나 싶을 정도로 자고 또 잤다.

당시 나는 마이크의 누적된 피로도에 대해 잘 알지 못했다. 그저 잠이 많은 사람, 엄청 피곤했구나 정도로만 생각했는데 마이크는

지난 2년의 수면부족을 아레끼빠에서 보충하고 있었던 것이다.

    퇴근만 하면 자는 사람을 깨워 데리고 나갔다. 아레끼빠에서 가
장 아름다운 산타 카탈리나 수녀원^{Monesterio de Santa Catalina}을 함께 걸었다.

    "마이크, 꽃 향기 맡는 포즈 해봐. 사진 찍어줄게!"

    얼굴과 뒷목까지 불타오를지언정 그는 내가 시키는 모든 짓궂

은 장난을 열심히 실행했다. 머리끝부터 발끝까지 어색한 자세로 묵묵히 꽃향기를 맡았다. 내 요구의 경중에 관련 없이 언제나 진지한 마이크의 모습에 피식 웃음이 났고 간만에 보는 순수캐릭터는 신선했다.

우리는 역사가 300년도 넘은 동네 공원으로 매일 산책을 나가 눈앞에 흐드러지게 핀 꽃과 저 멀리 만년설을 감상했다. 우연히 만난 양떼, 소박하기 그지없는 동네 축제에서는 함께 춤을 추기도 했다. 나는 진정 충실한 관광 가이드의 마음이었다. 관광객 마이크가 머무는 동안 최대한 시간을 내서 예쁜 곳들을 많이 데리고 다녔고, 열심히 마이크의 사진을 찍어줬다. 우리는 함께 6일이라는 짧은 시간 동안 아레끼빠 곳곳을 누비며 재미있는 추억을 만들었다.

훗날 친구들에게 거짓말 아니냐며 의심을 받기도 했지만 함께 지내는 동안 우리 둘 사이에 어떤 로맨틱한 기류는 없었다. 그저 각자 사는 게 바빠 공백이 길었던 오래된 대학친구를 우연히 다시 만나 잠시 여행을 하는 것 같았다. 물론 매일 함께 얼굴을 마주하고 이야기를 나누면서 서로 몰랐던 것에 대해 아주 많이 알게 된 시간이기는 했지만.

만약에

내가 생각했던 마이크는 그저 무채색의 매력 없는 모범생이었다. 그런데 알고 보니 마음도 따뜻하고 은근 유머감각도 있고 착하고 성실한 남자였다. 무엇보다도 내가 삶에서 중요하다고 생각하는 문화, 예술, 고전에 감사할 줄 아는 남자였다. 예전에는 몰랐던 공통분모를 발견하니 사람이 다시 보였다.

훗날 알게 된 것이지만 마이크의 입장에서 나를 봤을 땐 자신이 오래도록 꿈꾸던 삶, 즉 세계를 여행하고 다양한 사람들과 어울리며 그곳의 언어와 문화를 배우고 현지인들을 돕는 삶을 이미 살고 있는 것에 감동을 많이 받았다고 했다.

함께 시간을 보내는 동안 우리 두 사람의 공통 관심사는 의외로 많은 부분 일치하고, 상당히 비슷한 가정환경에서 성장했다는 것, 성격은 완전히 다르다는 것 등, 이 시간이 없었더라면 알 수 없었을 것들에 대해 배우게 되었다.

6일의 시간은 금방 지나갔다. 두 사람 사이에 머물던 어색한 공기도 친밀함으로 바뀌었다. 마이크가 있는 동안 내 카메라로는 사진을 찍지 않았다. 마이크의 카메라로 독사진만 찍어줬는데 마이크가 뉴올리언스로 돌아가는 날, 뭔지 모를 아쉬움에 처음으로 내 카메라를 꺼내 몇 장의 사진을 남겼다. 결국 이 시간도 추억으로 남을 텐데 몇 장은 남겨두고 싶었다.

우리는 그렇게 아레끼빠 공항에서 헤어졌다. 마지막 인사는 "Bye!"가 전부였다. 분명 이 사람과 다시 볼 일이 없을 것이라고 생각했다. 오랜 유학, 해외생활에서 만남과 헤어짐은 나에게 익숙한 일이었다. 그 모든 순간에 의미를 두면 결국 힘겨워지는 것은 내 자신임을 진즉 깨달았기 때문에 더욱, 가벼운 마음으로 돌아섰다.

시간이 많이 흐른 후 알게 된 사실이지만 마이크 역시 나와 헤어지는 그 순간에는 아무렇지 않았다고 한다. 분명 웃으면서 헤어졌는데, 공항 입국장에 들어서자마자 눈물이 줄줄 흐르기 시작했다고 한다. 가슴이 무너지는 느낌이 들면서 이 여자가 너무 좋다, 언제

다시 볼 수 있을지 알 수 없는 이 여자가 너무 보고 싶을 것 같은 두려움에 눈물을 뿌리면서 뉴올리언스로 돌아갔다고 한다,

반면 마이크와 헤어지고 공항에서 집으로 돌아오던 길, 당시 홀가분했던 내 마음을 기억한다. 또 한 명의 방문객이 좋은 시간을 보내고 무사히 돌아간 것이 다행이었고, 잔뜩 쌓여 있는 일들을 얼른 해치우고 싶은 마음에 곧바로 일상으로 돌아왔다.

뉴올리언스에 무사히 도착한 마이크는 집에 가자마자 나에게 연락했다. 지난 일주일간 단 한 번도 본 적 없는 적극적인 모습으로 마음을 고백을 했다.

"나 네가 너무너무 좋아. 너랑 잘해보고 싶어. 그런데 알다시피 난 너무 바쁘고, 우리가 멀리 떨어져 있어서 너에게 해줄 수 있는 것이 많지는 않아. 하지만 너에게 정말 최선을 다 해보고 싶어. 나한테 기회를 줄래? 12월에 크리스마스에 꼭 다시 너를 보러 갈게!"

상상도 못한 고백에 깜짝 놀랐다. 언제부터였는지 알 수 없지만 그런 생각을 하고 있다는 것은 전혀 알지 못했기 때문에 정말로 의외였다. 아이러니하게도 우리 두 사람은 아레끼빠 공항에서 헤어진 순간 인연이 시작되었다. 스마트폰도 인터넷 전화도 없던 그 시절, 우리는 하루도 빼놓지 않고 전화와 메신저, 이메일, 가능한 모든 통신수단을 동원해서 이야기를 나누었다. 그리고 우리 두 사람은 크리

스마스보다 훨씬 일찍, 아레끼빠에서 헤어지고 3개월 뒤 내가 뉴올리언스로 날아가 다시 만났고, 그때서야 본격 사랑이 시작되었다.

　많은 사람들이 사랑이 시작될 것 같은 그 순간 주저한다. 용기를 내지 못해서, 자존심 때문에, 혹은 너무 많은 복잡한 생각들로 안타깝게 인연을 놓치는 경우가 많다. "용기 있는 자가 사랑을 쟁취한다!"라는 짧고 교과서적인 메시지는 진정 진리인 것 같다.

　지금은 굉장히 많이 바뀌었지만 마이크는 본래 마음이 무척 여리고 내성적인 편이었다. 그래서 자신의 마음을 그렇게 표현하기가 얼마나 어려웠을지 나는 잘 알고 있다. 자신의 원하는 사람, 사랑 앞에서 큰 용기를 냈고 확실하게 의지를 표현했다. 그리고 노력했고, 모든 약속을 지켰다.

　우리 두 사람의 관계에도 If, '만일'이 있다.

　만일 그가 용기를 내어 아레끼빠에 오지 않았더라면
　내가 오지 말라고 거절했더라면,
　우리가 그렇게 그냥 헤어졌더라면,
　그가 나에게 고백을 하지 않았더라면,
　고백을 했지만 그 마음을 받지 않았더라면,
　우리 두 사람이 긴 시간 노력하지 않았더라면…

분명 지금의 우리는 없을 것이다. 물론 함께 하지 않았더라도 현재를 불행하게 살고 있으리라 생각하지는 않는다. 어쩌면 각자 더 좋은 사람을 만났을 수도 있다. 지금보다 훨씬 나은 환경에서 살고 있을지도 모른다. 하지만 우리의 첫 만남 이후 10년의 시간이 흐른 이 시점에서 함께이기 때문에 행복하고, 운명의 장난이 없었던 것이 다행스럽다. 서로 너무 익숙해진 지금, 반복되던 만남과 헤어짐 앞에 가슴 찢어지게 안타까워했던, 서로를 미치게 그리워했던 우리의 연애시절은 영원히 잊지 못할 추억이 되었다.

부인이 한국 사람이라는 말에 많은 사람들이 마이크에게 "두 사람 어떻게 만났어요?" 하고 우리 첫 만남을 묻는다. 그때마다 마이크는 실제와 조금 다른 버전으로 사람들에게 말하는데 멕시코에서의 만남은 쏙 빼놓고 페루에서의 만남만, 그것도 미화해서 이야기한다.

"와이프는 페루에서 일을 하고 있었고, 저는 의대 2학년 마치고 오래전부터 가고 싶었던 페루에 여행을 갔어요. 그때 우연히 지그재그 $^{Zig\ Zag}$라는 레스토랑에서 처음 만났는데 첫눈에 반해서 결혼했어요."

으악, 이런 거짓말쟁이! 페루 간다고 했더니 둘째 아들 어디서 납치되어 죽는 것 아니냐며 반대하고 걱정했던 너희 부모님 이야기를 해야지, 왜 스스로를 마치 바람처럼 훌쩍 떠난 여행자로 묘사하느냐고 비웃었다. 그런데 마이크 말이, 처음에는 길게 설명하기 귀찮아서 생각한 이 버전의 이야기를 들으면 다들 눈에서 하트가 쏟아내며 "So romantic!" 굉장히 좋아한다는 거다.

나도 몇 번, 갑자기 훅! 들어오는 우리 두 사람의 첫 만남에 대한 호기심 가득한 질문에 마이크처럼 대답해봤는데 나 역시 쏟아지는 하트 눈빛을 본 이후로 우리는 마이크의 스토리를 짧은 버전으로 공식화했다.

이야기가 짧든 길든 어쩌리, 우리의 첫 만남도 세상 모든 커플들의 이야기처럼 떠올리면 그저 슬그머니 웃음이 나는 추억인 것을!

그의
옷차림

지금은 남편이 된 옛 남자 사람 친구 마이크를 떠올리면 한 장의 사진처럼 눈앞에 그려지는 옷차림이 있다. 평소 남자들의 패션에 관심도 없고 눈여겨 본 적이 없음에도 마이크의 옷차림은 눈에 띄었다.

빛바랜 청바지와 낡은 운동화, 얼마나 오래 쓴 것인지 세월의 흔적이 역력한 검은색 백팩은 여기저기 뜯겨져 생긴 작은 구멍이 보였다. 회색 면티는 보풀이 잔뜩 일었고 목도 살짝 늘어졌다. 여자들이 보고 열광할 만한 멋진 스타일과는 분명 거리가 있었다. 패션 감각도 없고, 아예 관심 자체가 없어 보이는 이 남자.

나를 보러 처음 아레끼빠에 왔을 때 일주일 내내 같은 옷이라고

믿어질 만큼 비슷한 스타일의 오래된 회색 셔츠만 주구장창 입었
다. 하나같이 목이 늘어났고, 보풀이 퍼져있었다. 그런데 이 남자의
곁에 가까이 다가가면 늘 좋은 비누향이 났다. 머리끝부터 발끝까지
몸과 옷차림이 깔끔했고 언제나 밝고 당당했다. 구김이라고는 전혀
찾을 수 없었다.

친구에서 연인으로, 또 부부로 관계가 발전하면서도 마이크의
옷차림은 나에게 한 번도 문제가 되지 않았기 때문에 그의 '오래된
잿빛 취향'은 꽤 긴 시간 함께했다. 낡은 것에 대한 무신경함이 귀
엽고 사랑스럽다고 생각했다. 그의 진정한 관심사들은 패션보다 훨

썬 강력하고 매력적인 주제들로 가득했다. 그는 사람 자체만으로 충분히 빛이 났다. 식상한 표현이지만 흙 속의 진주를 찾은 것 같았다.

결혼을 하고 남편의 옷장은 천천히 밝고, 그의 입장에서는 파격적인 색상의 옷들로 채워지기 시작했다. 너무 낡은 회색 셔츠들은 종종 정리했고, 비슷한 스타일의 회색 셔츠로 바꿔주었다. 절대! 나에게 남편을 바꾸려는 의도는 없었다. 이제 그만 정리해도 되는 낡은 옷은 버려도 괜찮았고, 밝고 독특한 색감을 좋아하는 나는 뭘 하나 사더라도 본능적으로 그쪽으로 손이 가니 남편은 군말 없이 입었을 뿐이다. 결혼 후 마이크는 평생 단 한 번도 들어보지 못한 칭찬을 사람들에게 듣기 시작했다.

"그 옷 어디서 샀어?"

"결혼하고 스타일이 많이 바뀐 것 같아!"

단순한 마이크는 엄청 뿌듯해 하며 나에게 공을 돌렸다. 난 진정 한 번도 이러쿵저러쿵 말한 적이 없는데 어느 날 아레끼빠에서 함께 찍었던 사진들을 보면서 자기 패션이 얼마나 칙칙하고 볼품없었는지 부끄러워했다. 뭘 보고 이런 남자를 좋아하게 된 거냐고 나에게 되물었다.

"무슨 말이야! 그 목 늘어난 회색 셔츠랑 구멍 난 닌자 거북이 가방에 내가 반한 거야."

지금도 가끔 이 이야기를 꺼내면 남편은 입을 내밀고 눈을 흘긴
다. 내 진심이 제대로 전달되지 않는 정말 몇 안 되는 에피소드일
거다. 난 그 모습이 참 좋았다.

남자친구 마이크는 삶에서 중요한 것들이 무엇인지 명확히 알
고 있었고, 우리의 의견은 상당수 일치했다. 그 외의 모든 것은 그
저 보여지는 부분들, 언제든 사라지고 바뀔 수 있는 가벼운 것들이
었다. '부족했던'이라는 표현은 쓰고 싶지 않고 적당하지도 않지만

남편이 30년 넘게 관심 없이 살았던 부분은 아내로 인해 예쁘게 다듬어졌다. 남편의 옷장은 스타일 좋은 셔츠와 바지, 재킷이 몇 년의 세월과 함께 따뜻하게 채워졌고, 그것에 대한 감사한 마음은 나에게 사랑으로 돌아온다.

지금은 남편이 된 남자를 처음 만난 소개팅 자리에서 그의 낡은 신발을 보고 가슴이 뛰었더라는 친한 동생의 글에 유레카를 외쳤던 적이 있다. 역시, 난 지구상에 혼자가 아니었다는 기쁨과 함께 말이다. 둘의 소개팅 자리에 난 당연히 없었지만 장담하건대 여자를 만나러 나온 남자는 깨끗한 옷차림과 밝고 당당한 웃음을 지니고 있었을 것이다. 그 부부는 언제 봐도 화사하고 아름답다.

나 역시 완벽하지 않은데 지금 당장 눈앞에서 반짝반짝 매력적으로 빛나지 않아도 문제없다. 그 사람의 눈이 빛나고 마음이 눈부시다면 그것만으로도 넘치게 충분하다.

내 인생의
플랜 B

혹시 살면서 "당신의 플랜 B는 무엇입니까?"라는 질문을 들어본 적이 있는지 모르겠다. 나는 20대 중반 넘어갈 무렵 한참 열렬하게 사랑하던 사람에게 난생 처음 들었다.

"나경, 네 인생의 플랜 B는 뭐야?"

질문은 낯설고 생소했다. 게다가 플랜 A는 알겠는데 플랜 B는 또 뭔가 싶었다. 그날의 멍했던 느낌이 오랜 시간이 흐른 지금까지도 생생한 것으로 봐서 나름 충격이었던 것 같다.

나에게 이 이야기는 언제나 재미없고 지루하면서 아프기도 하다. 굳이 꺼내고 싶지 않은 과거를 끄집어내야 하는 것도 매번 망설여진다. 하지만 우리가 살면서 결코 간과할 수 없는, 절대 잊지 않고 주기적으로 생각해봐야 하는 중요한 주제이기도 하다. 마이크와 페루, 뉴올리언스, 한국을 오가며 장거리 연애를 하던 시절, 우리도 세상 여느 커플처럼 당연히 헤어짐의 위기를 겪었고, 그 위기를 극복한 중심에 내 인생의 플랜 B가 있었다.

나의 Plan A

플랜 A는 쉽게 말해 현재 자신이 가장 열심히 몰두하고 최선을 다해 진행하고 있는 일이다. 사람들마다 자신만의 플랜 A가 있을 거다. 예를 들어 대학원에서 학위를 따는 것, 연구논문 쓰는 일, 회사에서 진행 중인 프로젝트를 잘 마무리하는 일, 결혼준비, 사랑하는 남자 혹은 여자를 내 사람으로 만들기, 취업준비, 정규직 전환이 걸린 인턴십, 외국어 공부, 갑자기 얻게 된 병으로 인한 치료 및 회복 등, 이 모든 것들이 플랜 A가 될 수 있다.

나는 집중하고 있는 주제에 대해 심하게 몰두하는 편이다. 복잡한 것을 싫어하고 일이 될 때까지 밀어붙이는 추진력도 있다. 그래서 무모하게도 20대 중반까지 플랜 A에만 모든 것을 걸었다. 그냥 하나만 바라보고 열심히 살았는데 운 좋게도 큰 이변이 없었고 원하는 것은 비교적 준비하는 대로 착착 잘 진행되었다.

'만약에 이게 잘 안 된다면 뭘 하지?'

이런 생각 자체를 전혀 하지 않았다. 긍정 마인드에 부정적인 기운을 불어 넣는 행위라고 믿었다. 그저 현재 열심히 하고 있는 것 하나만 바라보고 최선을 다하는 태도만이 간절히 원하는 그 일, 즉 플랜 A에 대한 예의라고 생각했다. 무조건 하나만 바라보기!

그런데 나이가 들면서 더 많은 일들을 경험하게 되니 삶이 언제나 내가 원하는 플랜 A로만 진행되지 않는다는 것을 알게 되었다. 예상하지 못했던 일이 발생하고 그래서 원래의 계획에서 어긋나는 상황 말이다. 어쩌면 플랜 A보다, 플랜 B, C를 마련해두는 것이 더 중요할 수 있다는 그 사람의 주장이 귓가에 빙빙 맴돌기 시작했다.

그제야 나는 평생 처음으로 하나만 바라보고 진행하던 삶의 방식을 바꿔 '만일 이것이 최선이 아니라면?'이라는 전제로 플랜 A가 어떤 이유에서는 잘 작동되지 않았을 때 놀라지 않고 차분한 마음으로 진행시킬 수 있는 플랜 B, C를 만들기 시작했다.

플랜 A: 현재 지금 내가 하고 있는 것으로 무조건 과정에 최선을 다하기

플랜 B: 플랜 A가 끝나면 이어서 진행할 일로 훗날 하고 싶은 것

이렇게 계획을 세우니 삶이 더 안정되고, 나도 모르게 자리 잡고 있던 혹시나 하는 불안감도 많이 사라졌다. 대략 20대 중반 무렵부터 이런 방식으로 살았다. 솔직히 플랜 A가 남자였던 적은 없었다.

한 번의 휴학 없이 학업과 유학생활을 이어갔고, 졸업과 동시에 일을 시작했기 때문에 언제나 학업과 일이 먼저였다. 그러다 보니 남자는 뒷전으로 자꾸 밀려났고 유학 간다고 헤어지고, 외국으로 일하러 가서 헤어졌다. 이래저래 남자가 우선순위에서 밀리다 보니 따라오는 것은 이별뿐이었다. 물론 지금은 전혀 다른 방향으로 해석되기도 한다. 내가 정녕 죽고 못 살았으면 일이나 학업을 핑계로 사랑을 포기했을까? 아마도 사랑을 포기하며 일을 선택하지 않았을 것 같다. 쓸쓸하지만 아마도 거기까지가 내 자신과 그 사랑의 한계였던 것 같다.

누군가 어떠한 이유로 사랑을 포기한다면 그 사랑은 딱 거기까지였을 확률이 높다. 그건 우리 삶에서 하면 안 되는 나쁜 일이 아니라 그저 현실이라는 것, 지금은 자연스럽게 이해가 된다.

페루에서의 내 플랜 A, B, C는 이랬다.

플랜 A: 현재 페루에서 하고 있는 강의 잘하고 스페인어를

완벽한 수준으로 끌어 올리기

플랜 B: 페루에서의 계약이 끝나고 한국 가서 6개월 휴식
하며 준비. 2009년 봄 부에노스아이레스 국립대 박사 과정
입학해서 다시 공부 시작

플랜 C: 혹시 입학 못하면 한국에서 다시 강의 시작하고
국내에서 박사과정 시작

확고한 결정이라 변동의 여지가 없었다. 페루에 있으면서도 빨
리 아르헨티나로 공부하러 가고 싶은 마음에 생각만 해도 두근거렸
다. 할 수 있다는 자신감과 미래에 대한 기대가 가득했다.

'그래, 내 인생의 30대를 아르헨티나에서 맞는 거야! 이왕 공부
할 것이라면 빨리 끝내야지. 그리고 운 좋으면 거기서 좋은 사람도
만날 수 있을 거야.'

이렇게 밝은 미래를 설계하며 즐겁게 지내고 있었는데 내 삶에
도 큰 반전이 일어났다. 바로 순수청년 마이크와의 만남이었다.

마이크는 연애 초반, 아마 3개월쯤 되었을 무렵 처음 나에게 결
혼이야기를 꺼내기 시작했다. 대놓고 결혼하자는 것은 아니었지만
결혼과 미래에 관련한 질문들이 자연스럽게 나왔다.

"나경, 한국 사람이랑 미국 사람이랑 결혼하려면 어떻게 해야 하

는지 알아?"

"너랑 나랑 결혼하려면 한국에서 특별히 무슨 서류가 필요해?"

"우리 결혼하면 너 뉴올리언스 와서 살아야 하는데 어쩌지?"

이런 이야기를 참으로 자연스럽고 당당하게 꺼냈고, 가만히 듣다가 그에게 "너 나랑 결혼할 거야?" 되물었다. 마치 그걸 질문이라고 하냐는 이 사람은 정말 연애 처음 하는 사람이 맞았다. 연애하면 다 결혼한다고 생각하다니…. (이래서 진짜 연애 초보랑 연애 안 하려고 했는데.)

아마 내가 몇 년만 더 어렸어도 저런 순둥이 남자와는 바로 헤어졌을 것이다. 연애하니까 결혼하자고 들이대는 남자는 무매력에 부담 그 자체였다. 연애가 결혼으로 당연히 이어진다는 망상은 이미 오래전에 끝냈어야 하는 것 아닌가?

"그래? 음… 알았어. 천천히 생각해보자. 나랑 결혼하고 싶다니 영광이네!"

그렇게 한 발짝 뒤로 쓱 물러나며 얼버무리고 말았는데 내 마음도 서서히 변화가 오기 시작했다. 그의 한결 같이 따뜻한 모습이 좋았고 무엇보다도 정말 착했다. 훗날 좋은 남편이자 좋은 아빠가 될 사람이라는 확신이 들었다. 친구들은 나에게 결혼은 이런 남자랑 하는 것이라며 독려했고, 심지어 만나던 사람마다 몽땅 마음에 안

들어 하셨던 부모님도 마이크에 대해서는 별다른 말씀이 없었다.

마음이 천천히, 하지만 물 흐르듯 자연스럽게 변하면서 내가 마이크를 아주 많이 좋아하게 되었다. 그렇게 우리는 본격적으로 결혼에 대해 서슴없이 이야기를 나누기 시작했다.

마이크와의 관계가 급진전되며 내 기존의 계획에도 거대한 지각 변동이 생겼고, 나도 모르는 사이 마음에 변화가 찾아왔다.

'페루생활 잘 마치고 마이크랑 잘해봐야겠다! 박사… 그것은 뭐 나중에 하면 되지!'

오랜 기간 계획하고 꿈꿨던 학업에 대한 열망이 남자 하나 때문에 한순간 플랜 C로 순위가 하향조정 됐다. 페루 이후의 삶인 나의 플랜 A는 하루아침에 남자 마이크가 차지했다. 지금 생각해도 그런 자연스러운 변화들이 신기하게 느껴질 정도로 내게는 큰 변화였다. 그렇게 나는 사랑에 풍덩 빠진 전형적인 여인의 길로 들어섰다.

그런데 이야기가 몇 개월 진행될수록 여자의 직감이랄까? 이 남자, 자기가 먼저 결혼하자고 그렇게 들이밀더니 이야기가 구체화 되자 슬쩍 뒤로 물러나는 것 같았다. 대화는 나누지만 집중이 잘 안 되고 핵심을 피해 겉도는 느낌… 혹시 문제가 있냐고 물으면 피곤해서 그렇다고 미안하다는 답만 돌아왔다. 당시 의대 3학년 학생이라 언제나 피곤한 상태였기 때문에 말하는 그대로 믿었다. 어쩌면 머리 아프지 않게 그냥 믿고 싶었던 것 같기도 하다. 분명 대화의 핵심을 피하는 모습인데 본인은 극구 아니라고 우겼다.

마이크는 다가오는 크리스마스에 나를 보러 오려고 사둔 비행기 표를 이미 가지고 있었다. 아레끼빠로 다시 올 때 결혼을 위한 비자

관련 서류를 준비해오겠다고 말했던 그는 날짜가 다가와도 그것에 대한 어떤 구체적인 진전이나 언급이 없었다. 난 무언가 집요하게 묻는 성격도 아니라 그저 마음만 답답했었다.

시간이 흘러 크리스마스이브를 하루 앞두고 마이크가 아레끼빠에 다시 왔다. 일단 그를 한 번 믿어보기로 마음먹었지만 솔직히 기대 반 불안 반이었다. 막상 공항에서 4개월 만에 다시 만나니 정말 반갑고 행복했다. 우리는 다음날 새벽 예정대로 꾸스꼬^{Cusco}행 비행기를 탔다. 몇 개월을 설레며 기다렸던 꾸스꼬에서 맞이한 크리스마스… 추적추적 내리는 비와 함께 이미 무거웠던 마음은 더욱 가라앉았다. 좋아하는 사람과 같이 있으면서도 행복하지 않았던 기분이랄까. 다정하게 나누어야 할 이야기들을 우리는 누구도 먼저 꺼내지 않았다. 아마도 내 불길한 예감이 맞았다는 것에 대한 실망감, '나도 여잔데!' 기쁜 마음으로 기대했던 서프라이즈와 약속, 어느 것도 그곳에 없었다.

마이크가 잠시 자리를 비운 사이 창틀에 올려놓고 한 장의 사진을 찍었다. 부슬부슬 비는 내리고, 당시 정말 복잡하고 아팠던 마음 상태가 그대로 사진에 담겼다. 그냥 이건 아닌가 보다 싶었다. 그러지 않으려고 했는데 나도 모르게 많은 것을 기대하고 앞서갔던 것

에 대해 후회가 몰려왔다.

'나와 그 정도로 대단한 인연은 아니었던 거야. 그냥 딱 여기까지구나. 친구들이 잘 될 거라고 기대 많이 했는데 아쉽게 됐다.'

혼자 이런저런 생각을 하다가 마음 훌훌 털고 기분 좋게 여행이나 해야겠다고 마음을 다잡았다. 이때부터 마음을 비우고 열심히 노는 관광객이 되었다. 꾸스꼬 시내 외각 여기저기 쏘다니고, 투어에 참여하고, 축제를 즐기고, 말타기 놀이를 하고. 뒤죽박죽이 된 뇌를 바깥에 살짝 꺼내놓고 나름 즐거운 시간을 보냈다.

우리는 이번 여행의 하이라이트인 마추픽추^{Machu Picchu}에 오르기 위해 아구아스 깔리엔떼스^{Aguas Calientes}라는 마을로 네 시간여 기차를 타

고 이동했다. 마추피추 여행객이라면 선택의 여지없이 잠시 머물러야 하는 시끄럽고 구질구질한 작은 마을이었다. 볼 것도 먹을 곳도 마땅치 않고 모든 것이 너무 비싸 어떠한 즐거움도 없는 곳이지만 우리도 마추픽추를 찾은 전 세계 관광객들처럼 다음날 새벽 등반을 위해 숙소를 잡았다. 동네 한 바퀴 돌고 한 잔 할까 싶어 눈앞에 보이는 레스토랑으로 발걸음을 옮겼다.

기분 좋게 서로 마주 보고 앉았지만 그의 얼굴을 주먹으로 한 대 날려주고 싶은 충동이 들었다. 그간 정말 잘 참고 또 참았는데 이제 도저히 참을 수가 없었다. 한 달도 더 넘게 참았는데 순간적으로 너무 답답해서 가슴이 터질 것 같았다. 이제 못 참겠다, 이야기해야겠다, 그냥 단도직입적으로 마이크에게 물었다.

"너 나한테 하고 싶은 얘기 있잖아. 오래 전부터 하고 싶은 얘기 있었는데 못한 거잖아. 네가 안 하면 내가 할 거니까 해봐. 우리 약속했잖아. 항상 서로에게 솔직히 하고 싶은 얘기 다 하기로 말이야."

이렇게 멍석을 쫙 펼쳐주니 처음엔 조금 머뭇머뭇했지만 천천히, 아주 또박또박 폭탄발언을 쏟아내기 시작했다.

> "나경, 생각해봤는데 나한테 아직 결혼은 이른 것 같아. 난 연애도 별로 못해봤고, 너랑 처음 제대로 연애하는 건데 처음 연애하는 사람이랑 결혼을 생각하는 게 부담스러워. 아직 하고 싶은 것도 많고, 그리고 나… 비디오게임도 해야 하고. 아직 학교도 마치려면 멀었고, 레지던트도 해야 하고. 너를 진심으로 사랑하는 것은 맞는데 너랑 결혼해야겠다는 확신이 없어."

이 충격발언을 들으며 그 와중에 내 귀를 의심한 그의 한마디. 비디오게임? 지금 게임 때문에 결혼을 못할 것 같다고? 미친 것 아닌가? 대충 예상은 했지만 막상 확인사살 당하니 시커멓고 차가운 바람이 가슴을 관통하는 것 같았다.

"그래, 알았어. 솔직히 얘기해줘서 고마워. 나도 생각해볼게. 시간을 좀 줘."

딱 여기까지만 말했는데 온 마음이 쎄~ 하게 부르르 떨렸다. 가슴을 뚫고 지나갔던 바람이 그새 온몸을 마구 흔들었다. 그렇게 숙소에 돌아왔고 둘이 12시간의 시차를 두고 앓아누웠다. 난 고열을 동반한 급성 인후염에 감기몸살, 마이크는 황열과 감기몸살이 시작됐다. 당시 꾸스꼬 전역에 황열이 유행하고 있었는데 백신을 맞았던 나는 황열은 피했지만, 그렇지 않았던 마이크는 바로 옮았던 것이다. 이후 둘이 정확히 일주일을 앓아누웠다.

지금까지도 살면서 그때처럼 심하게 아팠던 적은 없었다. 목이 너무 심하게 헐어 살점이 뚝뚝 떨어져 내리고 피고름 날 정도로 인후염을 앓았다. 마이크는 황열로 인해 머리끝부터 발끝까지 고열에 붉은 반점이 퍼졌고 몸살 기침 구토를 무한 반복했다. 사람이 이대로 그냥 확 죽을 수도 있겠구나, 죽었으면 좋겠다 싶었다.

꾸스꼬에서 아레끼빠로 죽기 살기로 돌아와서도 둘이 거실과 침실 방바닥을 전전하며 아프고 토하고 밤새 기침하고 한숨도 못 자며 최악의 2008년 새해를 맞이했다. 그 와중에도 나는 정신이 좀 들 때면 마이크의 폭탄발언을 떠올리며 가슴에 칼바람이 관통했고, 천천히 마음 정리를 시작했다. 조금 살 것 같다고 느껴졌던 어느 날 저녁, 거실에 쓰러져 있는 마이크를 불러서 내 진심을 이야기했다.

"마이크, 며칠 전에 꾸스꼬에서 네가 한 이야기 말이야. 나 다 이해했고. 네 마음이 어떤지 알 것 같아. 그래서 나도 생각을 많이 해봤어. 네 뜻이 그렇다면 난 원래 내가 가려고 했던 길을 갈게. 너 만나기 전에 하려고 계획했던 일들 그대로 진행할 거야. 내 플랜 B 알지? 페루생활 마치고 아르헨티나 가서 나 공부하려고 했잖아. 그거 계속 진행할 거야. 너를 만나고 지금까지는 네가 내 삶의 1순위였지만 이제는 예전처럼 너를 내 삶의 1순위로 둘 수가 없어. 그건 너에게도 부담이 될 테니까. 아직 너를 사랑해서 당장 너랑 끝낼 마음도 이유도 없고, 장거리 연애를 이어가도 상관없어. 하지만 이제 우리는 특별한 미래를 약속한 사이가 아닌 만큼 서로 부담 갖지 말자. 나도 이제 어디서든 너보다 더 좋은 사람 만나면 그 사람한테 갈 거야. 너도 좋은 여자 만나면 그렇게 해. 아직 아프니까 빨리 기운 차리고, 뉴올리언스 가기 전까지 잘 쉬다가 돌아가. 알았지?"

며칠 생각해서 내린 결론이었고 내 마음은 100% 진심이었다.

훗날 이 이야기를 들은 친구들은 꾸스꼬에서 그대로 버리고 왔어야 했다며 엄청 흥분했는데, 나는 솔직히 마이크 마음이 어느 정도 이해됐다. 처음 제대로 연애하는 건데 비교 대상이 없으니 어떻게 상대와 결혼에 대한 확신을 하겠으며 나도 처음 연애할 때 저러지 않았나? 혼자 널뛰고 북치고 장구치고 결혼은 열 번도 더 했었다. 그러니 그도 충분히 그럴 수 있다고 생각했다. 나랑 인연이 아니라고 내치고 미워할 필요도 없고 그저 안타까운 마음, 딱 거기까지만 생각하기로 했다. 마이크는 내 이야기를 듣고는 거실로 나갔고 나는 다시 깊은 잠에 푹 빠졌다. 진심을 말하고 나니 처음으로 마음이 개운했다. 다음날 아침, 방바닥에서 자고 있는데 인기척이 느껴져 눈을 떴다. 무릎 꿇고 앉은 마이크가 오렌지를 깎아 접시에 담아놓고 나를 기다리고 있었다.

"지금 그렇게 앉아서 뭐해?"
"일단 일어나서 이 오렌지부터 먹어."
비몽사몽한 와중에 피식 웃음이 나왔다. 조용히 기다리던 마이크는 잠시 후 폭풍변론을 하기 시작했다.

"난 너랑 절대로 헤어질 생각이 없어. 지금 내가 가장 공포스러운 것은 네가 나를 떠나려고 해서가 아니라 네가 '마이크는 나를 사랑하지 않는다'라고 생각하고 있다는 거야. 난 너를 너무너무 사랑해. 다만 너무 큰 결정을 하려니 혼란스럽고 겁이 난단 말이야. 아무리 생각해도 너 없이 못 살 것

같아. 조금만 시간을 줘. 그리고 절대 날 떠나면 안 돼. 나
떠나면 죽어버릴 거야. 난 바보 멍청이야. 미안해, 날 용서
해줘."

혼자 그 난리를 치더니 바닥을 막 치면서 엉엉 울기 시작했다.
잠도 덜 깨서 졸려 죽겠는데 눈 앞에서 쇼가 펼쳐졌다. (나랑 결혼하기
싫다며, 확신이 없다며, 오락해야 한다며!) 마이크는 눈물 콧물 흘리며 싹싹
빌고 절대 떠나지 말고 기다려 달라고 백 번은 말하고 빌고 또 빌었
다. 눈물을 뿌리며 뉴올리언스로 돌아가더니 3주 뒤에 내 뉴올리언
스행 비행기표를 강제로 끊어버렸고… 그렇게 영원히 끝날 것 같았
던 관계는 다시 이어지게 되었다.

그때 만일 마이크와 헤어졌다면….

나는 그에게 말한 그대로 내 계획을 차분히 실천했을 것이다. 페
루생활 마무리하면서 본격적으로 시험 준비하고, 아르헨티나에서
내가 계획했던 삶을 시작했을 것이다. 훗날 마이크가 말하기를 내
가 방으로 불러 했던 이야기를 듣고 큰 충격을 받았다고 했다.

가장 큰 충격은 이 여자는 자기가 없어도 어디 가서 잘 살 수 있
겠구나, 내가 1순위에서 밀렸구나, 난 이 여자 없이 안 되는데, 이
여자는 나 없이도 되는구나. 아르헨티나? 이름만 들어도 기절할 것

같다. 절대 못 보내. 절대 안 돼. 거기로 가면 우리는 정말 끝이다. 난 못 헤어지는데 이 여자는 나와 헤어질 수 있다니!

그러면서 정신이 확 들었다고 했다. 자기가 생각해도 그때 정말 바보 같았다면서. 하지만 마이크는 모든 남성의 마음을 대신하여 변호하기를 남자들은 결혼이라는 큰 결정을 앞두고 한 번씩은 다들 저렇게 허튼 짓을 한다는데 그건 원래 남자들이 바보 같아서 하는 행동이니 똑똑한 여자가 참고 기다려줘야 한다나? 정말 그럴까? 다른 남자친구들도, 다른 남편들도 모두 그랬을까? (에이, 설마!)

정말 긴 시간이 흘렀지만 나도 그 시간을 다시 떠올려본다. 만일 당시 나에게 플랜 B가 없었더라면 어땠을까…. 플랜 A가 예상대로 되지 않았을 때, 플랜 B에 대한 준비가 전혀 없었다면 그 상황을 버틸 수 있었을까?

"네가 아닌 것 같아. 확신이 없어."

남자의 담담한 말에 그 자리에서 와르르 절망하고 무너져 내렸을 것 같다.

남자와의 관계가 생각처럼 진행되지 않았지만 나에게 탄탄한 플랜 B가 있었던 것은 참 다행이었다. 여러 가지 면에서 말이다. 진심 그렇게 진행하려고 했던 내 의지가 상대방에게 일종의 깨달음을 주었고, 스스로를 돌아보는 계기를 마련해줬구나 하는 생각…. 그리고 나 역시 정녕 그가 아니었더라도 결국 아픔이 치유되고 어디에선가 분명 아주 괜찮은 삶을 살 수 있었을 거라는 믿음은 여전히 변함없다.

지금 내 삶에서 가장 중요한 것, 결국 플랜 B는 삶의 우선순위 문제이다. 학업, 직업, 이성, 결혼, 건강 그 모든 것들은 반드시 이루고자 하는 우선순위가 있어야 하며 설령 내가 원하는 의지대로 꼭 진행이 되지 않는다 하더라도 너무 크게 충격 받거나 놀라지 않고 얼마의 시간이 흐른 뒤 다시 아무렇지 않게 즐겁게 잘 살 수 있는 발판을 마련하는 것 말이다.

마음의 평화를 찾은 후 플랜 B를 묵묵히 진행시키며 다시 행복을 찾는 것, 그것이 우리가 할 일인 것 같다.

열정적으로 온몸 다 불태우며 하나만 바라보는 삶을 살고 있는 분들이 있다면 부디 이 재미없는 글을 읽고 마음속에 따뜻한 느낌표 하나가 반짝반짝 빛나기를 바란다.

국제결혼의
불편한 진실

　오랜 시간 공개된 곳(블로그)에 글을 연재하며 가장 신경 쓰고 있
는 부분은 소통과 진심의 전달이다. 더불어 가장 겁이 나는 부분은
잘못된 방식, 의도하지 않는 방향으로의 진실왜곡이다.

　그간 수많은 이야기들을 풀어내며 국제커플, 국제결혼을 전면에
내세운 이야기는 거의 하지 않았다. 그저 평범한 한 사람의 일상과
삶을 국제연애, 결혼, 해외생활 등으로 화려하게 포장하고 싶은 생
각이 없기 때문이다. 그럼에도 불구하고 변하지 않는 사실은 나는
미국인과 연애 끝에 국제결혼을 했고 미국에 살고 있으면서 아이를
낳아 키우고 있다는 점이다. 우리 가족의 사진 한 장이, 매일 보여
지는 일상의 모습이 그 모든 것을 사실로 보여준다. 그래서 예전부

터 제일 조심하려는 부분이 나이가 어린 20대 여성, 결혼을 많이 생각하게 되는 30대 싱글 여성들이 국제커플, 국제결혼에 대한 잘못된 인식이나 선입견, 환상 등을 심어주게 되지는 않을까 하는 점이다. 볼 때마다 매번 화들짝 놀라게 되는 말들… 실제로 나의 우려처럼 그런 일들은 종종 일어난다.

"국제커플이네요. 부러워요!"
"남편이 외국인이네요! 나도 외국인과 결혼하고 싶어요."
"나도 국제결혼 하는 게 꿈이에요!"

예전에 비해 많이 줄어들긴 했지만 여전히 심심치 않게 저런 메시지를 종종 접한다. 난 정말 이런 친구들을 보면 손 꼭 잡고 눈 맞추고 말해주고 싶다.

"이게 왜 부럽나요?"
"저 일부러 외국인과 결혼하지 않았어요. 그냥 좋아하는 사람하고 결혼한 거예요."
"어찌 국제결혼이 꿈이 될 수가 있나요? 세상에 멋진 일이 정말 많이 있잖아요. 그보다 더 높고 원대한 꿈을 꾸세요!"

이렇게 대답한다면 과연 내 진심이 전해질 수 있을지 모르겠다.

많은 사람들은 자신이 보고 싶은 부분만을 골라서 본다. 해외생활, 외국인 남편, 시집살이 없는 쿨한 시댁, 혼혈아이 등등. 언뜻 예쁘고 화려해 보이지만 정말 어려운 부분이 많은 것이 국제결혼인데… 경험해보지 않으면 잘 알 수 없는 국제결혼의 양날, 그 불편한 진실에 대해 이야기해보고 싶다.

첫째, 희생할 준비가 되어 있는지에 대해.

대부분의 국제커플들은 배우자 한 사람의 상황에 따라 다른 한 사람이 큰 희생을 하게 되는 경우가 많다. 오랜 시간 익숙하게 살아오던 환경에서 결혼으로 하루아침에 180도 달라진 상황에 놓이게 된다. 다 큰 성인이 마치 아이처럼 제2의 인생을 낯선 곳에서 시작하게 되는 것인데 누구나 얼마간 혹은 아주 오래 맨땅에 헤딩하는 시간을 보낸다. 우리는 마이크가 학업과 직업 문제로 상당기간 미국을 떠날 수 없다는 현실 때문에 자연스럽게 내가 미국으로 이주를 했고, 마치 유치원 입학하듯 이 낯선 곳에서의 삶을 시작했다.

한국에서 결혼한 같은 국적의 커플도 결혼 전후의 삶이 많이 달라지는데 국제커플들의 경우는 어떨까? 결혼으로 삶이 바뀐 것도 모자라 하나도 익숙한 것이 없는 장소에서 인생을 다시 시작하는 것. 아마 두 사람의 연고가 전혀 없는 제3국에서 시작하는 커플의

135

경우 그 막막함의 무게는 더 클 것이다. 물론 배우자가 최선을 다해 도와주지만 모든 것을 다 해줄 수 없을뿐더러 상당 부분 스스로 해결해야 하는 부분이 많다.

요즘 여행이나 학업을 이유로 해외체류를 하는 것이 흔한 일이지만 분명한 것은 결혼으로 이주하는 것과는 정말 큰 차이가 있다. 어디 가서도 잘 먹고 잘 사는 스타일에 해외생활 경험도 많고 언어적인 어려움이 없었음에도 결혼 후 이민자 신분으로 외국에서 거주하는 것은 시작부터 힘겨운 부분이 많았다. 사랑해서 결정한 일이고 누구도 강요한 사람 없는 자발적 희생이지만 문제는 이걸 또 희생이라고 생각하면 삶이 한 순간 지옥이 되어버리기도 한다.

'내가 너 때문에 여기까지 왔는데….'

이 생각을 해보지 않은 국제커플은 아마 한 명도 없을 거다. 분명 내가 원해서 결정하고 온 것임에도 종종 이런 생각이 나를 휘감을 때가 있다. 왜냐면 '삶'이니까….

희생이라 생각하지 않으려고 노력한다. 내 선택에 책임을 지려고 한다. 남편 역시도 나의 희생에 자주 고마움을 표현하고, 이 희생을 당연한 것으로 여기지 않으려고 노력함은 마찬가지이다. 국제결혼은 영화 〈비포 선라이즈$^{Before Sunrise}$〉처럼 외국인들이 운명적으로 만나 사랑에 빠지고 결혼을 하고, 낭만이 넘치는 이국적인 풍경의 나라에서 펼쳐지는 달콤한 삶이 아니다. 세상 모든 결혼이 그렇듯 국제결혼도 그저 현실이고 무척 버거운 상황에 처할 때가 많다.

둘째, 사랑하는 가족과 친구들을 떠나서 사는 것에 대해.

우리는 운 좋게 양가 부모님 반대 없이 수월하게 결혼했지만 부모님의 반대가 너무 심했다는 국제커플의 이야기는 어렵지 않게 들을 수 있다. 자식이 사랑하는 사람과 결혼하겠다는데 굳이 왜 반대하실까? 단순히 자식의 미래 배우자가 외국인이라서? 물론 그런 경우도 있겠지만 부모님 입장에서는 당신의 자식이 국제결혼을 할 수도 있겠다고 생각한다면 가장 먼저 떠오르는 마음은 아마도 평생 자식과 멀리 떨어져 지내야 한다는 공포가 아닐까 싶다.

사랑하는 가족, 친구들과 하루아침에 지구 반대편에 뚝 떨어져 살아가게 된다. 설령 경제적으로는 문제가 없다 하더라도 어린 아이와 함께, 남편과 시간 맞추기 등의 현실적인 부분을 조율하기도 어렵다. 이곳에서 생활하면서 10년이 넘게 고국에 못 가봤다는 외국인 배우자들을 자주 만난다.

한국의 가족과 친구들 입장에서는 하루아침에 사랑하는 자식을, 친구를 멀리 떠나보내게 되는 것이고, 내 경우를 보아도 모두에게 분명 큰 아픔이었다. 참 씩씩한 친정엄마도 내가 떠난 후 딸 목소리 환청이 들리고, 동네에서 환영을 봤을 정도로 굉장히 힘든 시간을 보내셨다. 자주 본국에 가고 어른들도 비행기 타고 오시고 하면 되지 않을까 생각할 수도 있지만 말처럼 쉽지 않다. 부모님께서 연로하시다면 더욱 힘든 일정일뿐더러 경제적 여유가 있다면 크게 상관없지만 그렇지 않는 경우 가계에도 타격이 된다. 그러니 한국 나가고, 또 여행가듯 외국에 자식들 보러 가고 하는 것은 그야말로 꿈같은 일인 경우가 그렇지 않을 경우보다 훨씬 더 높다.

한국에서 오랫동안 함께 했던, 내 뼛속까지 이해해줄 수 있는 유년시절 친구들은 이곳에 없다. 물론 친구는 언제든 다시 만들 수 있지만 내 모든 것을 다 아는 오래된 친구는 곁에 없다. 난 친구도 많고 친구를 너무 좋아해서 이 부분이 참 힘들었고 사실 지금도 가끔 힘들 때가 있다. 미국에 와서 혼자 살림살이 장만하러 다닐 때 나야말로 엄마와 친구들의 목소리가 환청으로 들리는 것 같았다. 같이 할 수 있다면 얼마나 좋을까, 난 왜 이런 것들을 혼자 이렇게 고생하면서 다니고 있을까 슬퍼지곤 했다. 남들이 그렇게 즐거웠다던 신혼 살림장만이 내게는 전혀 즐겁지 않았다. 연애하고 결혼할 때는 그저 좋아서 이런 부분까지 생각할 여력이 없지만 결혼을 하고 출국을 하게 되면 이 모든 것들은 아픈 현실이 된다.

셋째, 죽겠다는 소리가 절로 나오는 비자와 영주권 문제에 대해.

우리는 오래 전에 지나갔지만 분명 지금 이 순간에도 어디에선가 외국인 배우자 신분을 가진 우리 같은 사람들이 피를 바싹 말리며 힘겨운 싸움을 하고 있다. 결혼하면 그만인 줄 알았는데, 외국인과의 법적 혼인 및 이후 신분 문제, 비자, 영주권 등은 그야말로 산넘어 산이다.

미국은 외국인 배우자에 대한 예우가 세계 최악이라고 해도 과언이 아닐 정도로 비자를 신청하는 순간부터 어려움의 연속이다. 내 경우에도 서류상 특별히 문제가 없었음에도 입국 이후에 몇 번을 거절당하면서 수개월 끝에 어렵게 임시영주권을 받았다. 수많은 외국인 배우자들이 짧게는 몇 개월, 길게는 몇 년에 걸쳐서 이 문제로 큰 고통을 받는다. 과정이 진행되는 기간에는 어떤 혜택이나 권리도 주장할 수 없고, 국외로 나갈 수 없는 배우자들이 대부분이다.

우리도 함께 준비하면서 참 많이 싸웠고 울었다. 내가 외국인이니 어쩔 수 없지만 마이크는 무슨 죄인가 하는 생각이 절로 들었다. 오죽하면 둘이서 결혼에 이런 절차가 있었다는 것을 제대로 알았더라면 아마 우리관계를 진지하게 다시 생각해봤을 거라는 이야기가 스스럼없이 오갔을 정도였다. 왜 굳이 외국인을 만나서 이 고생을 하는지. 그냥 각자 미국사람, 한국사람 만났으면 좋았을 텐데…. 비자와 영주권을 준비하는 과정은 경험해보지 않은 사람은 알 수 없을 정도로 국제커플에게는 정말 험난한 여정이다.

준범죄자에 준하는 취급 받아가며 이 모든 것을 준비할 때 더럽고 치사하고 내가 미쳤다고 여기서 이런 짓을 하고 있나 머리를 쥐어짜고 눈물 흘렸던 시간은 지금도 쉽게 잊혀지지 않는다. 국제커플을 무조건 반겨주는 나라는 그다지 많지 않다. 국제커플들에게 결혼은 단순히 롱디 끝 행복 시작이 아니라 끝없는 신분과의 전쟁 시작이다.

넷째, 로맨틱한 외국인 남편과 쿨한 시어머니가 있을 거라는 착각에 대해.

이보다 더 성급한 일반화의 오류가 있을까 싶다. 여기도 평범한 사람들이 사는 곳이니 외국인이라고 로맨틱할 것도, 외국인 시부모님이라고 시집살이가 없지도 않다. 오히려 문화충돌 및 언어소통의 문제까지 더해지면 역시나 한 순간에 모든 것이 엉망이 되기도 한다.

사실 서양남자들이 동양남자들에 비해 자라온 환경에 의해서 몸에 익은 매너가 더 좋구나 생각될 때는 많다. 기본적으로 여성을 먼저 배려하는 문화가 사회 전반에 깔려 있으니 특정 행동만 놓고 봤을 때는 충분히 외국남자들이 더 매너 좋고 로맨틱하다고 느낄 수 있다. 하지만 그 부분들은 그저 사회적인 규범에 몸이 익숙해졌을 뿐, 그런 행동만으로 외국남자들이 더 로맨틱하다, 친절하다고 판단하는 것은 무리다.

외국인 시어머니라고 시집살이가 없을까? 국제결혼 여부와 상관없이 이곳에서도 어마무시한 시집살이 겪고 있는 사람들이 많다. 게다가 미국은 장모님과 사위의 갈등도 높은 편이다. 결국 사람 사는 모습은 어느 곳이나 다 비슷하다. 외국인 배우자라고 로맨틱 포인트에 두둑한 점수를 줄 필요도, 외국인 시부모님이라고 해서 시집살이가 없을 거라는 착각도 위험한 생각이다. 좋든 나쁘든 냉정한 판단을 흐리게 하는 색안경을 스스로 쓸 필요는 없다.

다섯째, 2세의 정체성과 언어 교육에 대해.

"아기가 혼혈이라 예쁘겠어요."

"얘는 태어나면 이중언어는 자동이겠다!"

아이를 키우는 국제커플들이 듣기 싫어하는 이야기들 중 하나가 아닐까 싶다. 칭찬으로 하는 이야기가 왜 문제일까? 우선 '혼혈'이라는 단어 자체를 별로 좋아하지 않는 국제커플들이 많다.

아이라서 예쁜 게 아니라 혼혈이라 예쁘겠다는 말은 굳이 그렇게 표현할 필요가 없다. 쉬운 비유를 하자면 한국커플 임산부에게 "아이 아빠가 잘생겼네! 아빠 닮아 아이가 예쁘겠어!"라고 말한다면? 빈정상한 임산부 홀로 중얼중얼할지도 모른다. '그럼 나는…? 나는 못생겼어?' 비슷한 이치다.

혼혈이라 예쁜 게 아니라 아기니까 예쁜 것. 이목구비 뚜렷하고 예쁜 아기가 나올 확률이 더 높을 수도 있지만 요즘엔 정말 인형처럼 예쁜 동양아이들도 정말 많다. 무엇보다도 아이를 놓고 외모에 대해 이러쿵저러쿵 평가하는 것 자체가 난센스이지 않을까? 하지만 국제커플들은 이런 이야기도 수시로 듣는다.

"아이가 엄마만 닮았네? 완전 동양아기야."

"이 아이 당신 자식 맞아요? 하나도 안 닮은 것 같은데."

"아빠만 닮아서 완전 백인처럼 생겼어요. 엄마는 슬프겠다!"

이런 이야기를 대놓고 아이 옆에서 한다. 나도 한국에서 아이와 지내며 외모와 관련된 이야기를 생전 처음 보는 낯선 사람들에게 참 많이 들었다. '아이가 뭘 알겠어?'라고 생각하겠지만 아이들은 다 안다. 그대로 듣고 있다. 이런 아이들은 자라면서 정체성 문제로 스트레스를 받는 경우도 많다. 해외에 거주자들은 상대적으로 덜하지만 한국에서 크는 국제커플 아이들은 정말 말도 못할 혼란을 겪게 된다.

"그래도 2개국어 할 거잖아. 그게 어딘데!"

이중언어는 단순히 부모가 외국인이라서, 해외에 거주한다고 해서 당연히 생기는 결과물이 아니다. 부모의 노력도 많이 필요하고, 아이의 입장에서도 오랜 기간 언어로 인해 어려움을 겪기 때문에 쉽지 않은 일이다. 2개국어를 구사하지 못하는 아이들이 2개국어 유창하게 하는 아이들보다 훨씬 더 많은 이유이기도 하다. 당연히 해야 되는 것 아니냐는 주변 사람들의 편견에 언어적 스트레스가 커지면 아이들은 갑작스러운 선언을 하기도 한다.

"나 OO어 안 할 거야. 안 배울 거야. 안 쓸 거야!"

비슷한 환경에 놓인 부모들과 아이들에게 참 버거운 언어교육은 정말 몇 배의 고민과 노력이 필요한 것 같다. 아이가 훗날 이중언어의 능력을 갖추게 된다면 그것은 아마도 힘겨운 성장과정의 작은 보상 정도이다.

모든 국제커플들이 아이를 이중언어 사용자로 키우는 것도 아니다. 어떤 이유에서든 해당 언어가 사는 데 큰 도움이 되지 않는다고 생각하면 엄마, 아빠 언어를 떠나서 한 가지 언어만 가르치는 부모도 정말 많다. 그럼 또 왜 안 가르치느냐고, 무책임한 것 아니냐는 태클이 들어온다. 언어 교육은 이래도 저래도 골치 아픈 문제다.

여섯째, 결국 나 혼자라는 사실에 대해.

예전만큼은 아니지만 여전히 가끔 하는 건강하지 않은 생각은 결국 나 혼자라는 것이다. 물론 사랑하는 남편과 아이, 시댁 식구들이 있지만 우리 부모님은 없고, 내 오랜 친구들 같은 사람 없다는 것. 남편과 부부싸움이라도 할 때면 제일 먼저 가슴을 파고드는 생각이 결국 나 혼자라는 쓸쓸한 생각이다.

한국에 있었더라면 남편과 싸우더라도 다음날 친정에 가도 되고 친구들과 만나 차 한 잔이면 훌훌 털어낼 수 있는데, 여긴 아무도 없고 늦은 저녁이면 밖에 함부로 나가기도 어렵다. 결국 나는 혼자고 모든 것을 스스로 책임질 각오가 되어 있어야 한다는 것은 비교적 미국 이주 초반에 금방 깨달았다.

이런 얘기하면 남편이 섭섭해 하겠지만 만일 내 앞에 미국인 마이크가 있고, 마이크의 도플갱어인 한국인 남자가 있다면… 둘 중 하나를 선택해야 한다면, 나는 한 치의 고민 없이 도플갱어 한국남자를 택했을 거다. 서로를 위해 서로의 가족을 위해서 그 편이 훨씬 수월하기 때문이다.

모든 어려움 다 뛰어넘고 예쁘게 사는 국제커플들도 참 많다. 보여지는 부분은 특히 더 좋게 부각되는 것 같다. 하지만 안타깝게도 환상이나 착각으로 시작하여 일생일대의 실수를 하는 경우를 종종 접한다. 국적이 다른 사람과 연애중이거나 국제결혼을 고려하고 있는 커플들은 정말 진지하게 서로의 상황을 객관적으로 파악하고 함께 고민해봤으면 하는 바람이다. 부디 한 번뿐인 소중한 인생에서 감정에 휘둘리는 실수는 하지 않았으면 좋겠다.

세 가지
우선순위

종교를 가진 사람들에게 배우자의 기도는 낯설지 않다. 솔직히 나는 배우자의 기도를 한 번도 해본 적은 없다. 하지만 마음속 깊이 훗날 내가 만나고 싶은 배우자가 이런 사람이면 좋겠다는 바람이 있었고, 거기서 크게 벗어나지 않는 사람을 만나고 싶었다. 미래의 파트너에 대한 소망은 누구나 나름의 목록이 있을 것이다. 사람에 따라 두세 개, 혹은 열 개가 훌쩍 넘을 수도 있다.

꿈과 소망은 많을수록 좋다지만 너무 많으면 실현가능성이 매우 떨어지는 신비의 목록이기도 하다. 그러니 이것만큼은 절대 양보할 수 없는 것, 스스로에 대한 약속이 세 가지 정도는 있으면 좋겠다. 세상에 모든 것을 다 가진 완벽한 사람은 단언컨대 없다. 정말 신중하게 내 자신의 행복과 미래를 생각해서 세 가지쯤은 마음속에 콕 박아 둔다면 적어도 그 세 가지의 바람은 이루어리라 믿는다.

나에게도 세 가지 강력한 소망이 있었다.

1. 성품이 훌륭한 사람
2. 좋은 가정환경에서 많은 사랑을 받고 자란 사람
3. 똑똑한 사람

보기 좋게 한 마디로 정리하면 '성격, 가정환경, 능력' 되겠다. 물론 이 외에 작은 소망들도 있었다. 그 사람이 문화, 예술을 좋아했으면 좋겠고, 여행을 좋아하는 활동적인 사람이었으면, 키가 아담했으면, 자상한 사람이면 좋겠다는 바람들이었다. 말 그대로 바람일 뿐 결정에 결정적인 영향을 미치지 않는 소소한 것들이다.

하지만 세 가지는 절대 내 자신에게 양보할 수 없는 것들로 언젠가 결혼을 한다면 꼭 세 가지를 갖춘 사람과 결혼할 거라고 다짐했다. 아무리 사랑하는 사람이라도 이 세 가지에 맞지 않는다면 차라리 혼자 살겠다고 고집스럽게 마음먹었다.

나에게 성품이 훌륭한 사람이란 마음이 따뜻하고 편안하게 안정

되어 있으며 상대방을 배려할 줄 아는 넉넉한 사람이다. 나도 철딱
서니 없던 시절에는 나쁜 남자, 섹시한 남자들에게 매료되었고 그
렇지 않은 남자들을 무매력으로 선을 그었다. 그런데 나이 들고 정
신 좀 차리고 나니 따뜻하고 배려심 많은 사람에게서 환한 빛이 난
다는 것을 알았다.

죽도록 사랑해서 결혼해도 힘든 일이 생기고 싸우는 게 결혼생
활이다. 하지만 성품이 훌륭한 사람은 기본적으로 위기 극복이 빠
를뿐더러 결코 나를 해하지 않는다. 좋은 성품을 가진 남편이자 아
이의 아빠, 그래서 평생 존경할 수 있는 사람이라는 사실 하나만으
로도 충분한 자리를 차지할 만큼 더 바랄 것 없는 중요한 덕목이 아
닌가 싶다.

좋은 가정환경에서 많은 사랑을 받고 자란 사람의 중요성은 특
히 부모님께서 내가 어렸을 때부터 강력하게 말씀하셨던 부분이
다. 여기서 좋은 가정환경은 사람들이 생각하는 조건적 관점의 '집
안'과는 별개의 문제다. 부모님의 넉넉한 사랑을 받고 형제들과 사
이좋게 성장하여 정서적으로 안정된 사람, 그래서 비슷한 방식으로
다른 사람을 사랑할 줄 아는 사람을 뜻한다.

오래 전 불우한 가정환경에서 자라 자수성가한 한 사람을 알았
다. 그는 아버지와 여동생에게 금전적, 신분적 사기를 당했고, 엄마

는 아이들을 전혀 돌보지 않았고 내연관계도 있었다. 쉽게 믿겨지지 않는 이야기에 진지하게 그에게 친자검사를 권한 적도 있었다. 이토록 어려운 환경에서 자랐지만 공부도 잘했고, 훌륭한 학위를 몇 개나 취득했고 그 덕분에 직업도 좋았다. 기본적으로 무척 똑똑한 사람이니 못하는 일이 없었다. 게다가 그는 유머러스하고 매력적이었다.

어른들이 가정환경 중요하다는데 이 사람은 예외가 아닐까? 이런 사람이라면 괜찮을 수도 있겠다는 생각도 들었다. 하지만 몇 년의 시간이 흐른 후 알게 된 이 사람의 아킬레스건은 '믿음'이었다.

자신의 부모도 형제도 믿을 수 없는 사람이 과연 누굴 믿을 수 있을까? 그가 지구상에 믿는 사람은 아무도 없었다. 자신을 제외하고는 아무도 믿을 수 없던 그는 자기 방어 본능이 과했고, 위기의 상황이라 느껴지면 맹수로 돌변했다. 친구나 연인, 사랑하는 사람들에게 그렇게까지 할 필요가 없고, 공격적으로 상처를 줄 필요도 없을 텐데 스스로를 통제할 수 없는 듯 보였다. 그 모습을 보고 왜 그렇게 어른들이 가정환경을 중요시 하는지를 뒤늦게 깨달았다.

물론 그럼에도 불구하고 여전히 예외는 존재한다. 가정환경이 좋지 않다고 모두가 그런 것은 아니라고 믿는다. 하지만 확률은 그리 높지 않고, 결혼 전 혹은 위기를 경험하기 전에 식별해내기도 무척 어렵다. 결정과 선택은 스스로의 몫이지만 상대의 환경은 그 사람을 완전히 지배할 수 있다는 것을 잊지 않았으면 한다.

사람의 성품이나 환경에 대한 중요성은 나이가 한참 든 후에야 알게 된 것이지만 마지막 하나, 똑똑한 사람은 남녀를 불문하고 어렸을 때부터 좋아했다. 공부 열심히 하고 아는 것 많고 지적으로 풍부한 사람, 그래서 내가 배울 수 있는 것이 많고, 함께 나눌 수 있는 대화의 스펙트럼이 넓은 사람이 좋았다.

사실 똑똑한 사람이라는 전제는 어찌 보면 이런 점을 염두에 두었을지 모른다. 아무래도 똑똑한 사람은 공부도 많이 했을 것이고, 좋은 직업을 가질 가능성이 높고, 당장은 아니더라도 훗날 경제적 능력도 언젠가는 따라올 테니 말이다. 단순히 현재 가지고 있는 능력이나 학력, 집안의 재력보다는 그 사람의 타고난 지적 능력과 성실함 여부, 미래의 가능성이 훨씬 중요하다고 믿는다.

내가 강력하게 원했던 세 가지 바람은 다행히도 거기서 크게 벗어나지 않는 한 사람을 만나며 이루어졌다. 물론 그는 부족한 부분도 많지만 나 역시 완전하지 않은 인간이니 서로 상호보완하고 모자란 부분을 채워가면서 큰 어려움 없이 함께 항해를 이어가고 있다. 누군가를 선택했는데 사랑만이 전부일 수도, 모든 것이 완벽할 수도 없다. 자신이 간절히 원하는 것이 무엇이 되었든 소중한 세 가지 바람은 부디 깐깐하게 지켜내면 좋겠다.

도대체
결혼이란

　결혼할 시기가 명확히 무엇이라고 단정해서 말하기 어렵지만 주변의 환경과 여건, 자신의 사회적인 위치, 마음가짐, 그런 복합적인 요소들이 자연스럽고 편안히 결혼으로 연결되는 그 시점이 결혼을 생각해볼 수 있는 좋은 때이다. 내가 지금 그 시점에 서 있느냐에 대한 고민의 중심은 바로 '나' 자신이어야 한다. 굳이 '나'를 강조한 이유는 놀랍게도 결혼을 꿈꾸는 수많은 싱글의 이야기를 듣다 보면 결혼의 중심이 본인이 아닌 상대방 즉 그 사람에게만 집중될 때가 너무 많기 때문이다. 나 자신의 마음가짐과 정서적 상태, 환경보다는 자꾸만 상대방에만 포커스가 맞추어진다.

그가 이러해서

그 사람 환경 때문에

그가 공부를 더 해야 해서

그의 일이 먼저니까

그 사람 나이가 많아서

그가 지금 너무도 결혼을 원해서

이렇게 심각하게 주객이 전도된 것 모습을 정말 많이 보게 된다. 엄연히 내가 중심이 되어야 하는 나의 결혼이자 나의 미래인데, 내가 무엇을 원하는 것인지 제일 중요한데 상대방에게 너무 과한 무게 중심이 쏠린 상황은 분명 잘못되어도 너무 잘못된 것으로 보인다.

지금의 내 마음은 어떤지

지금 결혼은 나에게 적당한 시기일까?

난 얼마나 이 사람에게 확신이 있지?

정말 내가 원하던 사람이 맞을까?

내가 해보고 싶은 일들은 다 해봤나?

아직 공부도 일도 여행도 더 많이 하고 싶은데, 괜찮을까?

삶에서 중요하게 생각하는 것들이 이 사람에게도 중요한가?

우리의 공통된 가치관은?

그가 아닌 내가 중심이 된 수많은 질문들이 해결되면 그때 비로소 관계에 대한 답이 명쾌하게 정리될 것이고 상대방 때문에 복잡했던 머릿속도 한결 편안해질 수 있다.

페루에서 돌아온 나는 한국 나이로 서른 하나였다. 오랜만에 먼 친척 이모를 만났는데 내 나이를 들으시고는 깜짝 놀라면서 말했다.

"어머! 네 나이가 벌써 그렇게 됐구나. 결혼적령기 한참 지났네. 빨리 결혼하고 아기 낳아야겠어!"

까칠한 나는 속이 부르르 끓어올랐다. 결혼적령기요? 그게 뭔데요? 애기 낳으면 이모가 키워주실 것도 아니잖아요. 이모는 결혼 생활 행복하세요? 뿜어버리고 싶었지만 꾹 참았다. 어차피 그런 말 해봐야 자신의 말을 되돌아볼 것 같지도 않고 그저 성격 나빠 아직도 결혼 못한 조카로 낙인찍히거나 바로 곁에 있는 엄마 얼굴에 먹칠하는 딸이 되어버릴 테니 말이다.

결혼적령기는 없다. 만일 누군가 그건 당신이 결혼했으니까 그렇게 말할 수 있는 것 아니냐고 반문한다면 억울할 것 같다. 분명, 결혼적령기는 존재하지 않고 의미 자체가 없다고 생각한다. 가까운 주변을 돌아보면 결혼적령기나 나이에 대한 압박으로 결혼해서 실패하거나 안 하니 못한 불행한 결혼생활을 이어가고 있는 사람들이 분명 있다. 물론 한국에서 결혼적령기에 대한 부담스러운 시선에서 자유롭기 쉽지 않다는 것 잘 알고, 그 스트레스도 통감한다.

예전에 같은 기관에서 근무하던 스페인 출신 선생님과 결혼을 주제로 대화를 나눈 적이 있다. 결혼에 관련된 한국과 스페인의 사회적 통념에 관한 이야기였는데 선생님에게 물어봤다.

"스페인에서는 남녀 결혼적령기가 어떻게 돼요?"

정확히 결혼적령기라는 단어는 스페인어에 없고 그냥 남녀가 통상 몇 살쯤 결혼하느냐는 질문이었는데 그 선생님은 마치 태어나서 이런 질문 처음 들어봤다는 표정이었다. 한참을 혼란스러워하며 잘 모르겠다고, 뭐지? 그게 언제지? 답을 못했다. 내 질문이 너무 이상했나? 다른 것을 물어봐야겠다! 또 다른 질문을 던졌다.

"그럼, 스페인에서 청춘남녀의 나이를 몇 살로 정의해요?

나의 연속된 바보 같은 질문에 선생님은 의외로 쉽게 답을 주었다.

"남자는 대략 마흔 살? 여자는 글쎄, 비슷하거나 약간 어리거나? 그 정도까지 젊은이^{Joven}로 생각하지!"

적어도 마흔까지는 결혼과 상관없이 할 수 있는 것은 다 해볼 수 있는 팔팔한 청춘남녀라는 말이 놀라웠다. 어쩔 수 없는 문화적 차이도 크게 느껴졌다. 굳이 나이로 청춘, 결혼적령기, 늦었다, 노처녀, 노총각 등의 정의보다 훨씬 여유롭고 자유로운 그들의 사고방식이 부럽기도 했다. 어느 누구도 인생에 아무런 도움이 되지 않는 결혼적령기라는 잣대와 나이로 스스로에게 압박을 가할 필요가 없다. 말만 앞세워 생각 없이 던지는 언어적인 폭력은 사뿐히 무시해 버려도 그만이다. 아이러니하게도 그들은 걱정을 듬뿍 담은 말과는 달리 그다지 내 인생에 관심이 없다.

결혼하지 말고 다른 것을 해야 한다는 말이 아니라 다만 간절히 원하는 것이 있으면 스스로를 나이와 결혼적령기의 벽에 가두지 말고 실컷 하는 편이 낫다. 그리고 인생의 모든 타이밍이 절묘하게 맞아 떨어질 때 곁에 함께 있는 소중한 이와 결혼을 고민해도 늦지 않는다. 적어도 결혼 여부와 상관없이 만족스럽고 행복한 삶을 살고 있을 테니 부족함이 없을 것이다.

많은 사람들이 연인, 배우자감으로 원대한 소망과 바람을 갖고 있다. 그러나 정작 나는 어떤 연인이, 배우자가 되고 싶은가에 대한 이야기는 듣기도 나누기도 쉽지가 않다. 상대방에 어땠으면 좋겠다는 바람보다는 내가 먼저 스스로에게 부끄럽지 않은 이상적인 사람이 되기 위해 노력하는 것이 먼저다. 나 역시 의식적으로 다짐하고 또 다짐했던 것들이다.

세상을 넓게 바라보는 사람

다양성을 인정하고 존중하는 사람
쓸데없는 걱정을 하지 않는 사람이 되기

세상은 우리가 상상할 수 없을 만큼 넓으니 영역에 제한을 두고 싶지 않았다. 다양성이 넉넉하게 인정되지 않는 것이 한국사회에 대해 가장 큰 불만이었으니 나 먼저 다양성을 인정하는 사람이 되고 싶었다.

쓸데없는 걱정이 많은 나의 성격은 부모님의 영향이 컸다. 어렸을 때부터 부모님의 걱정이 너무 과하다는 생각을 하면서 자랐는데, 나도 모르게 나 역시 그러한 사람으로 자라고 있었다. 이를 깨닫고는 그것을 떨쳐버리기 위해 무척 노력했다. 우리가 현재 안고 있는 걱정들의 90% 이상이 사실 며칠만 지나도 기억조차 나지 않을, 정말 아무것도 아닌 일이라는 누군가의 말에 격하게 공감한다. 걱정이 많지 않은 사람이 간절히 되고 싶었다. 의식적으로 노력한 지 몇 년의 시간이 흘러 조금씩 그런 이야기를 듣게 되었다.

"넌 별로 걱정이 없어 보여. 항상 긍정적이야."

얼마나 기분 좋았는지 모른다. 그리고 신기하게도 지금 곁에 있는 남자도 비슷하다. 그는 세상을 바라보는 시선이 무척 넓고, 그가 존중하는 다양성의 범위는 나의 것보다 훨씬 넓다. 걱정은 많은 편

이지만 그 걱정의 상당 부분을 내가 없애주고 있으니 우리 두 사람
은 비교적 괜찮은 조합이었다.

> 더 늦기 전에 결혼식을 올리고, 예식장 아니면 호텔?
> 대세라는 스몰웨딩도 좋아 보이던데!
> 어디로 신혼여행을 갈까?
> 웨딩촬영은?
> 어떤 브랜드의 결혼반지와 시계를 사지?
> 어느 지역에 몇 평의 신혼집을 얻고 어떤 차를 살까?

결혼을 떠올리는 순간부터 가장 먼저 시작되는 고민이자, 준비
기간 내내 머리가 지끈하게 사로잡히는 생각의 꼬리들이다. 하지만
지나고 나면 인생을 뒤흔들 정도의 힘을 가졌던 일이 아니었음을
깨닫게 되는 데 오래 걸리지 않는 일들이기도 하다.

자신에게 물어보자. 준비가 되었는지, 충분한 고민의 시간을 보
냈는지 말이다. 머리 위를 둥둥 떠다니고 가슴으로 훅훅 들어오는
물음표가 더 이상 없다면 이제 웃어도 좋다. 그대는 이미 행복의 필
요충분 조건을 넉넉하게 갖추었다.

부부가
되던 날

    2년 반의 장거리 연애를 마무리한 2009년 12월 19일, 마이크와 나는 명일동 성당에서 혼배미사를 드리며 결혼했다. 그날 서울 아침 기온은 영하 15도였다. 미국에서 오신 가족과 일가친척, 내 친구들 모두 어쩜 이렇게 추운 날 결혼하느냐고 너무 춥다고 난리였다. 그런데 난 얼마나 긴장을 했던 것인지 오프숄더 웨딩드레스를 입고 이동하면서도 날씨가 그렇게 춥다는 것을 알지 못했다. 꽁꽁 얼어붙은 날씨에 먼 곳까지 걸음해준 모든 분들을 생각하면 지금도 감사하고 또 아무런 사건이나 사고 없이 그 날의 이벤트가 무사히 마무리된 것이 매우 다행스럽다.

처음 만나 결혼을 마음먹기까지 우리는 꽤 오랜 시간을 보냈다. 반면 시댁 식구들은 내가 처음 뉴올리언스를 방문하고 마이크와 함께 있는 모습을 보고 두 사람이 언젠가 반드시 결혼할 것을 확신했다고 한다. 언젠가 있을 우리의 결혼식은 꼭 한국에서 했으면 좋겠다고, 그때 누구누구 같이 한국에 갈까 멤버 구성까지 마친 상태였다는 것이다! 어른들께서 그런 비밀논의를 나눌 때 우리는 단 한 번도 결혼을 생각해본 적이 없었거니와 미래에 대해 불확실한 상태로 데이트를 막 시작하던 때였다.

우리는 몇 년이 지나서야 뒷이야기를 들었다. 결혼하기로 결심했습니다! 모두에게 알리는 자리였는데 놀라는 사람 하나 없이 "그럴 줄 알았어! 왜 이렇게 오래 걸렸니?" 하는 반응이었다. 어른들의 선견지명 혹은 김칫국 때문이었을까? 우리는 아무도 실망시키지 않고 모두가 바라던 한국에서 결혼식을 올릴 수 있었다. 그때 주인공들 빼고 속닥속닥, 미래의 한국행 멤버였던 시부모님과 고모부, 고모님 네 분은 약속대로 우리 결혼식을 위해 뉴올리언스에서 한국까지 날아오셨다.

우리의 결혼식은 거창할 것 없이 단순하게 준비했다. 난 처음부터 결혼식 자체에 불필요한 큰돈을 쓰고 싶은 생각이 전혀 없었고, 마이크 역시 마찬가지였다. 최대한 간결하고 소박하게, 하지만 즐

겁고 따뜻하게 우리의 특별한 날을 만들고 싶었다. 우리 결혼식에 대한 시부모님의 단 하나의 바람은 꼭 성당에서 올리는 것이었다. 나 역시 훗날 천주교 신자와 결혼한다면 무조건 성당에서 혼배미사를 드리고 싶었기 때문에 어려운 결정이 아니었다. 그런 결혼을 할 수 있는 사람을 만나게 된 것이 정말 다행스러웠을 뿐이다.

혼배미사를 드릴 장소와 날짜가 정해지고 대략 6개월의 시간이 있었는데 그 사이에 준비한 것은 미국에서 구입한 웨딩드레스, 한국에서 아빠가 사주신 웨딩밴드가 전부였다. 결혼 1년 전 의대졸업식 축하 선물로 아빠가 예비사위에게 정장 한 벌을 마련해주신 적이 있다. 마이크는 그 옷을 우리 약혼식에 처음 입었고, 레지던트 인터뷰를 다니면서도 열심히 입었고 우리 결혼식 당일에도 깨끗하게 손질해서 다시 입었다. 마이크는 지금도 중요한 자리에 갈 때 그 옷을 꺼내 입는다. 예비신부의 로망이라는 웨딩촬영도 하지 않았고 혼수, 예단, 예물 모두 생략했으니 우리가 예식 자체에 순수하게 사용한 돈은 100만 원 내외였다.

성탄을 일주일 앞둔 성당은 이미 그 자체만으로 충분히 경건하고 아름다웠다. 그 추운 날 성가대 단원 분들은 얼굴 한 번 본 적 없는 우리들을 위해 가슴 벅차게 감동스러운 선율로 성당을 꽉 채워주었다. 진심으로 결혼식을 축하해주는 분들만 모인 자리에서 우리는 수녀님들께서 직접 만든 꽃길 위를 함께 걸었다. 사진과 영상, 축가 등 모든 중요한 일들은 친구들이 나누어 도와주었으니 걱정스러운 부분 하나 없이 편안했다. 많은 사람들의 축하를 받았고 웃음이 끊이지 않았던 즐거운 결혼식을 할 수 있어서 참으로 행복했다. 그 날은 내가 마음속으로 꿈꾸던 그 모습 그대로였다.

오랜 시간이 흐른 지금도 우리의 결혼식을 추억하면 제일 먼저 떠오르는 장면이 있다. 바로 시아버지께서 직접 쓰신 축사를 낭독하던 순간이다. 시아버지는 우리가 결혼하기 훨씬 전부터 꼭 우리 결혼식에서 축사를 하고 싶다고 말씀하셨다. 그 바람을 들어드리는 것은 전혀 어려운 일이 아니었다. 진중하신 시아버지는 그 날을 위해 며칠에 걸쳐 축사 내용을 손보고 또 보셨을 것이다. 결혼식을 앞두고 시아버지의 축사를 미리 받아볼 수 있었지만 일부러 읽어보지 않았다. 그렇게 결혼식 당일에 듣게 된 시아버지의 축사는 우리 두 사람은 물론이고 미사에 함께 했던 많은 사람들을 눈물짓게 했다.

제 아내 캐시와 저는, 이 멋진 두 사람 아나스타샤와 마이클의 기쁘고도 사랑이 넘치는 이 축제의 일원이 된 것에 대해 감사를 드리고 싶습니다.
의사요, 음악가이며, 축구선수이며 우리가 언제나 사랑하

는 아들, 마이클에게 감사하며,

선생님이며, 작가이자, 여러 외국어에도 재능이 많으며, 또한 딸이 없이 아들만 있었던 우리 집안에 새로 딸을 얻은 기쁨을 준 아나스타샤! 정말 고맙다.

사돈어른께도 감사합니다. 마이클과 저희 가족을 당신의 가족으로 맞아주셨듯이, 저희도 사돈의 아름답고 훌륭한 가족을 우리의 가족으로 환영합니다.

캐시와 제가 함께 해온 34년의 시간과 더불어 이 기쁜 오늘, 함께 하려고 이 자리에 오신 여러분 모두에게 진심으로 감사의 인사를 드립니다.

그러나 그 누구보다 마이크와 아나스타샤, 이 두 사람은 70억 인구가 살고 있는 이 지구에서 어쩌다 서로를 발견하게 되어 인연으로 받아들이고, 서로 너무도 사랑하며 서로에게 진정한 의미 있는 존재가 되었습니다.

하느님의 사랑 안에서 늘 함께하고 너희의 결혼생활이 일생 동안 건강과 번영과 많은 친구와 가족을 이루고, 평화와 온유함과 강인함이 함께하는 멋진 일들로 가득하기를 바란다.

그리고 하느님께서 너희에게 무한한 사랑과 기쁨과 행복을 내려주시기를 기도한다.

시아버지의 축사는 우리 두 사람의 첫 만남과 그간 지구를 돌고 돌아 함께 한 시간, 마침내 부부라는 이름으로 또 다른 출발점에 선 우리의 결정을 환히 빛나게 해줬다.

결혼식을 앞두고 라우라가 나에게 이런 이야기를 한 적이 있다. 굉장히 시끌시끌한 어떤 가족 모임 자리에서 둘이 마주 앉아 나눴던 그 이야기를 어쩌면 라우라는 기억하지 못할 수도 있을 것 같다.

"결혼 후에 이런저런 힘든 일이 많이 찾아올 거야. 당연히 싸울 거고 화가 날 거야. 그때 그런 생각을 해봐. 우리 두 사람이 얼마나 사랑했었는지, 뒤돌아 헤어지는 순간부터 서로를 그리워하고 원했었는지 말이야. 그때를 떠올리면 아무리 화가 나고 마음이 힘든 일도 아무것도 아닌 것이 될 거야."

도저히 한국까지 올 수 없었던 시동생 부부, 특히 라우라의 이 한 마디는 나에게 세상 무엇보다도 귀한 결혼선물이었다. 난 스치듯 힘주어 말한 그녀의 한 마디를 지금도 종종 떠올린다. 라우라의 말대로 또 많은 사람들의 경고처럼 결혼생활이 달콤하지만은 않다. 각자의 방식으로 30년을 살았던 두 사람이 함께 맞춰가는 데에는 당연히 기쁨과 슬픔, 분노, 체념, 화해의 에너지가 소모된다. 그래서 마음이 힘들 때, 그 날들을 기억한다.

멀리 떨어져 너무너무 보고 싶어 했던 날들을

달력을 보며 하루하루 손꼽아 기다리던 날들을

드디어 함께 했을 때 감격의 포옹과 입맞춤을

언젠가 우리도 영원히 헤어지지 않고 함께 할 수 있기를 기

도했던 날들을….

그 시간을 찬찬히 떠올리면 우리를 괴롭게 하는 그것은 한 순간에 아무것도 아닌 게 되어버린다. 다시 손 내밀고, 사과하고, 안아주고 웃을 수 있는, 무슨 일이 있었는지 기억도 잘 나지 않는, 우리는 다시 거리낌 없이 사랑하는 연인이 된다.

서로에게 남편과 아내라는 이름을 선물한 지도 수년의 시간이 지났다. 앞으로 더 많은 날들이 기다리고 있다. 부부가 된 그 날의 선택은 분명 살면서 내린 가장 현명한 결정이었다.

연상녀를 사랑한
삼형제

한 번도 서로를 본 적이 없던 남녀가 어느 날 우연히 만나 사랑에 빠졌다. 그리고 가족을 이루었다. 시작부터가 작은 기적이다.

마이크는 삼형제 둘째 아들로 가운데 긴 샌드위치다. 샌드위치 속을 감싼 아래 위 빵까지 세 아들은 모두 연상의 여인과 사랑에 빠져 결혼했다. 요즘은 연상연하 커플들 흔하게 볼 수 있어 놀랄 일은 아니지만 삼형제가 모두 연상과 결혼한 것은 아무래도 보기 드물지 않을까 싶다. 시아버지는 시어머니보다 두 살 연상이시니 집안 내력은 아닌 것 같고 어쩌다 이런 일이 생겼을까?

마이크의 큰 형 매튜와 미셸은 양쪽 집안을 뒤흔들며 결혼했다. 매튜는 나와 동갑인 78년생이고 부인 미셸은 68년생으로 무려 열 살 연상이다. 나도 한참 후에야 두 사람 결혼의 뒷이야기를 알게 되었는데 솔직히 처음에는 정말 놀랐다. 둘이 함께 있는 모습을 보면 나이 차이가 크게 느껴지지 않아 더욱 그랬던 것 같다. 시어머니는 미셸이 연상인 것은 알고 있었지만 열 살이나 연상인 줄은 두 사람의 결혼식을 며칠 앞두고도 전혀 모르셨다고 한다. 어느 날 시어머니께 그 사실을 알고 어떠셨는지 슬쩍 여쭤보았다. 시어머니는 매튜가 결혼하고 싶어 선택한 사람이니 절대 나이를 이유로 반대하지 않았을 텐데 그 사실을 숨겼다는 자체에 상처를 받았다고 했다.

"아들의 선택이니 분명 이해했을 텐데 엄마를 이해심 없는 사람으로 생각해서 말을 안 했었던 걸까?"

시어머니는 눈물까지 살짝 흘리며 나에게 반문했다. 그렇게 결혼한 두 사람은 집안의 가장 독특한 캐릭터이자 동시에 스스로 아웃사이더를 자청하는 커플이다. 집안 어떤 행사에도 거의 참여하지 않기 때문에 시댁 식구들은 운이 좋으면 1년에 한두 번 두 사람을 만난다. 나 역시 지금까지 두 사람을 만난 것을 정확히 손꼽을 수 있을 정도다.

결혼과 동시에 절대 2세를 갖지 않을 거라고 선언해서 모두를 또 놀라게 했던 두 사람은 우려와 달리 행복하게 잘 살고 있다. 이런저런 굴곡이 많았던 매튜의 삶을 아내인 미셸이 든든하게 잘 잡아주고 있는 듯 보였다. 게다가 미셸은 보기 드문 치명적 애교의 소유자이니 두 사람의 서로를 바라보는 눈에서는 여전히 꿀이 떨어진다. 특이하지만 조화로운 커플, 둘은 나름의 방식으로 또 나머지 가족들은 두 사람의 방식을 존중하면서 지낸다. 두 사람이 행복하니 바랄 것도 모자랄 것도 없듯이.

우리보다 1년 먼저 결혼한 마크와 라우라도 연상연하 커플이다. 이미 큰 아들이 대형사고를 쳤기 때문에 둘의 나이차는 전혀 이슈가 되지 않았지만 이들의 나이 차이도 무려 다섯 살이다. 매튜와 라우라, 내가 동갑이고 시동생이 우리보다 다섯 살이 어리다.

두 사람은 '날씬한 몸매를 원하십니까?' 이런 살빼기 클럽에서 처음 만났다. 당시 둘 다 살이 많이 찐 상태라 열심히 운동하고 식이조절에 관한 정보를 나누는 모임이었는데 거기서 마크가 라우라를 보고 첫눈에 반했다고 한다. 그리고 마크는 깊은 고민에 빠졌다.

'저렇게 예쁜 여자는 당연히 남자친구가 있겠지?'

평소 조용하고 내성적인 성격의 마크는 적극적으로 라우라의 이메일 주소를 알아냈다. 작업용 이메일을 받은 라우라는 생각했다.

'이렇게 멋진 남자가 왜 나에게 왜 메일을 보내지?'

두 사람은 그렇게 데이트를 시작했다. 2주년 기념일을 앞둔 어느 날, 공원에서 단어 맞추기 퍼즐을 하고 있었는데 마크가 자신의 글자판을 돌리자 거기에는 단어가 아닌 문장이 있었다.

WILL YOU MARRY ME?
나와 결혼해줄래?

라우라의 손가락에 프러포즈 반지를 끼워주며 약혼한 두 사람은 1년 뒤 부부가 되었다. 최근에서야 라우라를 통해 알게 되었는데 처음에는 시아버지가 크게 반대하셨다는 거다. 프러포즈 당시 시동생은 아직 학생이었고 훗날 어떤 일을 할 것인가에 대한 뚜렷한 계획이 없는 상태였다. 한 사람을 책임지려면 안정적인 직업과 수입이 있어야 하는데 한 마디로 막내 아들이 아직 자격미달이라는 것이 시아버지의 논리였다. 이미 프러포즈 결심이 선 마크의 마음을 바꿀 수 없었지만 후에 이야기를 전해들은 라우라는 시아버지를 만나 직접 상황을 종결했다.

"제가 지금 충분한 돈을 벌고 있으니 마크의 경제적인 상황은 당장 중요하지 않아요. 우리는 충분히 가족이 될 수 있어요."

마크의 시작이 다른 사람보다 조금 늦었지만 라우라의 말대로 둘은 아무 문제가 없었다. 결혼하고 수개월 뒤 마크는 직장을 얻었고 몇 년 열심히 돈을 모은 두 사람은 집을 장만했다. 그 공간에서 아이도 태어났다. 두 사람은 사랑을 가장 큰 무기로 용감하고도 현명한 선택을 했던 것이다.

내가 삼형제를 봤을 때 시아버지를 가장 많이 닮은 아들이 마크인 것 같다. 요리도 잘하고 다정하지만 화끈하고 터프한 면도 있는 상남자 스타일이다. 라우라는 명랑한 친정어머니를 꼭 닮았다. 정말 밝고 털털하고 착하다. 언젠가 라우라가 나에게 말했다.

"아들만 있는 집에 시집오면서 좀 걱정스러웠는데 너 같은 자매가 생겨서 정말 기뻐. 앞으로 똘똘 뭉쳐서 아이들 잘 키우고 도우며 행복하게 살자!"

오래 전의 이 약속 때문이었을까? 우리는 아들, 딸 하나씩 낳고 근처에 살면서 서로 바쁘고 힘들 때 돕고 지낸다. 아이들은 서로를 최고의 사촌이라고 부른다. 어쩌면 시부모님보다도 우리가 더 믿고 의지하는 사람이 시동생 부부일 정도로 두 사람이 곁에 있어서 정말 감사하다.

마지막으로 결혼한 우리 커플도 연상의 늪을 피할 수 없었다. 내가 마이크보다 두 살 많고 마이크는 내 남동생과 동갑이다. 처음 내 나이를 알게 된 마이크는 혹시 자신을 어리다고 싫어할까 속으로 무척 안절부절못했다고 한다. 두 살 차이는 별거 아니라고 친구랑 다름없다고 태연하게 말하던 마이크가 어색하고 생뚱맞다고 느껴졌었

는데 두 살의 나이 차이는 사실 누구에게도 큰 문제가 되지 않았다.

살면서 종종 둘째들이 은연중에 소외 받은 유년시절에 대한 이야기를 듣게 되는데 샌드위치 마이크 역시 그랬다고 한다. 사고뭉치 형이랑 클 때는 모든 것이 형 위주였고, 막내가 태어나니 모든 관심이 막내한테 갔다고 한다. 매튜나 마크는 안 그랬을 것 같은데 마이크는 그때 제대로 꽃피우지 못한 어리광 폭탄을 나에게 몰아서 던지고 있다. 여자인 나도 절대 쓰지 않는 온갖 닭살 돋는 의성어를 동반하여 몸을 흔들고 어리광을 피우는데 눈 뜨고 볼 수 없을 정도로 소름 돋는다. 심지어 그 모습을 여러 번 목격했던 친정 엄마가 이렇게 말씀하실 정도다.

"마이크도 나처럼 가운데 껴서 살다가 그때 못 피운 어리광 이제 피우고 있구나! 네가 잘 받아주렴."

엄마 말씀처럼 이 사람은 그러려고 나를 선택했던 것일까? 장녀의 믿음직스러움과 누나의 든든함에 끌렸던 것일까? 고민하면 뭔가 난감함이 몰려온다.

만일 한국이었다면 많은 예비 시어머니들이 강력하게 반대하지 않을까 싶다. 그 마음을 결코 이해할 수 없다면 거짓말일 것이다. 하지만 우리 시부모님은 어떤 반대 없이 넓은 마음으로 세 여자들을 한 가족으로 품어주셨다. 시부모님은 아무래도 아들 셋 모두가 연상녀에게 끌리는 유전자를 갖고 태어난 것 같다고 한다. 연상녀

끌림 DNA가 존재한다면 분명 아이에게도 유전되었을 테니 마음의 준비를 해둬야겠다. 나이는 전혀 중요한 문제가 아니라고 말하는 쿨한 엄마가 될 수 있을까?

결혼해보니 부부의 나이차, 연상연하 여부는 정말 중요하지 않은 것 같다. 한 사람의 성숙함과 인품, 그 깊이는 나이와 정비례도 반비례도 하지 않기 때문이다. 나이는 보여지는 숫자일 뿐, 세상을 살아가며 얻는 세월의 나이와 그 속도는 빨라지기도 느려지기도, 때로는 정체하기도 한다.

두 살 어린 남편은 내가 가지지 못한 느긋함과 대륙 스케일의 커다란 그릇, 뾰족하게 모난 곳을 말끔하게 다듬을 수 있는 착한 사포를 가지고 있다. 두 살 많은 아내는 남편이 가지지 않은 추진력과 결단력, 모험심을 가지고 함께 중요한 일들을 헤쳐나간다. 부족한 부분과 좋은 점들을 서로 채워주는 관계에서 나이는 어떤 역할도 담당하지 않는다. 세상 모든 연상연하 커플이 그렇듯 우리도 마찬가지다.

Piece of cake!

사랑하는 이들의 나이 차이는 쉽게 냠냠 먹어 치울 수 있는 한 조각의 케이크처럼 아무것도 아니다.

그녀에게는
너무 어려워!

　시부모님에 대한 나의 호칭은 처음 마이크를 만났을 때부터 'Mom' 'Dad' 우리말로 '엄마' '아빠'였다. 내 입장에서는 지극히 한국적인 마인드였다. 시부모님은 물론 친구 부모님도 어머님, 아버님으로 자연스럽게 호칭하는 문화권에서 자랐으니 아무리 남자친구이지만 두 분을 Mr. & Ms. 누구로 호칭하는 것이 입 밖으로 떨어지지 않았다. 그렇다고 처음 보는 두 미국인 어르신들을 무작정 나 편하자고 엄마, 아빠라고 부른다면 당황하실 테니 한국의 문화적인 배경을 먼저 설명해드렸고, 당연히 그래도 좋다는 두 분의 허락에 자연스럽게 호칭이 자리잡았다.

　한 달 후 마이크가 처음으로 한국에 와서 우리 부모님을 만났는데, 마이크 역시 미국식 호칭 대신 한국어로 "엄마" "아빠"라고 두 분을 부르기 시작했다. 우리가 인연이 되려고 해서 그랬을지 모르겠지만 이 모든 과정은 물 흐르듯 자연스러웠다.

우리 부모님 입장에서는 마이크가 두 분을 Mr. Park, Ms. Won 이라고 불렀더라면 위아래도 모르는 사람 아니냐며 기함할 노릇이었을지 모른다. 비록 미국인이었지만 두 분을 자연스레 엄마, 아빠로 부른 것에 대해 문화적 충돌은 훨씬 덜했을 것 같다.

문제는 우리 시부모님이었는데, 생전 처음 보는 아들의 외국인 여자친구가 어느 날 갑자기 당신들의 인생에 찾아와 "엄마!" "아빠!"라고 부르는 상황을 한 번 상상이라도 해보셨을까? 허락을 했음에도 불구하고 뭔가 어색하거나 싫으실 수도 있겠다 싶었는데 웬걸? 두 분은 얼굴에 함박웃음을 지으시며 감격했고, 당신들의 호칭을 "마미가 말이야~" "대디가 해줄게!"라고 한 단계 업그레이드 시키며 이 문화적 충돌을 즐기기 시작했다.

막대기 같은 세 아들만 키웠던 두 분은 정말로 좋아하셨다. 성격상 점수를 따려거나 더 가까이 다가가려는 꼼수는 전혀 없었는데 결과적으로 봤을 때 두 분을 엄마, 아빠라고 부르기 시작했던 것은 시부모님 입장에서 봤을 때 우리의 거리가 가까워지는 데 굉장히 큰 역할을 했던 것 같다. 결혼했으니 망정이지 만일 헤어졌더라면… 딸을 잃은 충격을 느끼셨을까?

세 아들 중 마이크가 마지막으로 결혼을 하고, 시부모님은 며느리 셋을 두었다. 아무도 쉽게 범접할 수 없는 포스와 거리감을 지닌 큰 며느리, 외국인 둘째 며느리, 따뜻하지만 좋고 싫다는 표현이 확실한 전형적인 미국인 스타일의 셋째 며느리는 각양각색이다. 새로운 가족 체제가 익숙해지고 오랜 시간이 흐른 어느 날, 셋째 며느리이자 동갑내기 작은 동서인 라우라가 조심스럽게 말을 꺼냈다.

"애나, 내가 너한테 물어볼까 말까 생각을 참 많이 했는데… 정말 궁금한 것이 있어. 왜 너는 시부모님을 엄마, 아빠라고 부르는 거야?"

앗! 털털하고 성격 좋은 라우라가 어렵게 꺼낸 질문은 생각지도 못했기 때문에 굉장히 당황스러웠다. 뭔가 우습기도 했고 민망하기도 했다. 왜 이런 질문을 어렵게 꺼냈는지 본능적으로 알 것도 같았다. 라우라에게 우리 호칭의 시작부터 문화적인 배경, 마이크의 우리 부모님에 대한 호칭, 어감의 차이 등을 찬찬히 설명해주었다.

라우라는 병원에서 이미 동양권 출신의 동료들과도 같은 주제로 대화를 마친 상태였는데 고개를 끄덕이며 내 대답에 완전히 수긍하고 있었다. 그런데 왜! 라우라는 몇 년이 흐른 이 시점에 이런 질문을 나에게 꺼낸 것이지? 설마?

"시부모님이 그러시는 거야. 애나는 당신들을 '엄마, 아빠'라고 부르는데 왜 너는 '미스터, 미쓰'로 부르냐고. 거리감 느껴져서 섭섭하니까 엄마, 아빠로 부르면 안 되겠냐고 말이야."

　나 하나로 부족해서 미국인 며느리한테까지 강요를 하셨을까? 나의 호칭이 평화로운 집안에 이런 부작용을 가져올 줄은 몰랐다. 라우라는 너무 고민하다가 친정 엄마하고도 의논을 했는데 라우라보다 더 털털한 것으로 유명한 친정 엄마는 그냥 원하시는 대로 불러드리라며 한 번 웃고 끝이었다는 것이다.

　"아… 미안해 라우라. 나 때문에 네가 그런 스트레스를 받고 있는 줄은 몰랐어. 근데 네가 원하지 않으면 하지 마! 너한테 그런 호칭을 강요하실 수는 없지."

　"나한테 부모님은 우리 엄마, 아빠뿐인데 아무리 생각해도 시부모님을 엄마, 아빠로는 못 부를 것 같아. 네가 시부모님을 Mr. Albert, Ms. Kathy로 절대 못 부르는 것처럼 말이야."

　라우라의 비유는 정말 적절했다. 내가 시부모님을 알버트, 캐시로 부르는 일은 아마 죽을 때까지 없을 테니까. 우리 둘은 웃으며 대화를 마쳤고, 라우라는 어느 정도 마음의 짐을 덜어낸 것 같았다. 라우라는 꿋꿋하게 두 분을 미스터 알, 미쓰 캐시로 부르고 있다. 자리에 난 없었기 때문에 정확히 어떤 대화가 오고 갔는지 알 수 없

지만 훗날 라우라에게 듣기로는 두 분께 솔직히 말씀드렸다고 한다. 두 분을 사랑하지만 내가 엄마, 아빠라고 부를 수 있는 사람은 친정 부모님뿐이라고, 계속 같은 호칭으로 부르고 싶다고. 시부모님은 섭섭해하셨지만 받아들이셨다고 한다.

　라우라의 솔직함과 명쾌함이 부럽다. 나도 직설화법이 훨씬 더 좋은 사람이지만 미국인들과 비교했을 때 여전히 한 발 물러나거나, 돌려 말하거나, 참을 때가 상대적으로 많은 한국 사람이기 때문이다.

가끔 시어머니 때문에 화가 나는 일이 생기면 시어머니를 엄마라고 부르는 것이 짜증날 때가 있다. 진짜 내 엄마였으면 나한테 이러셨겠냐며 아무 잘못 없는 남편에게 화풀이도 한다. (Mom이라는 호칭은 한 순간에 Your mom, 네 엄마로 변신하는 것이지!) 그런데 다행히 그 마음이 오래 가지 않는 이유는 남편이 언제나 내 편에 서주기 때문이다. 분명 난 화가 많이 났었는데, 이야기를 하다 보면 어느새 "그래도 네 엄마잖아!"라며 맘 넓은 여자인 척 남편을 진정시키며 마무리하고 있는 모습을 보게 되니까. 이것은 어쩌면 남편이 계획한 고도의 전략일지도 모르겠다.

국제결혼은 결혼의 당사자들뿐만 아니라 새롭게 맺어진 가족 구성원들끼리도 많은 이해와 배려가 필요한 것 같다. 상대의 다름을 신기함으로, 즐거움으로 받아들일 수 있는 그 마음 깊은 곳에 사랑이 있다.

178

메리에겐 뭔가
특별한 것이 있다

미국인과 결혼했으니 시집살이도, 고부갈등도 없어 좋겠다는 말을 자주 듣는다. 결론부터 말하면 이곳도 시집살이, 고부갈등이 있고 장모님과 사위의 갈등도 크게 부각될 정도로 가족간 갈등은 분명 존재한다. 나는 시집살이라고 불릴 만한 큰 사건은 없었지만 한국의 모든 며느리들이 시집살이를 하는 것은 아닐 테니 사람이 사는 곳은 다 비슷할 거라 생각한다. 인간관계가 있는 곳이라면 어디든 관계의 문제가 존재한다.

시동생 결혼식에서 메리를 처음 만났다.

"애나! 네 얘기 참 많이 들었어. 보고 싶었단다!"

처음 보는 나의 얼굴에 뽀뽀세례를 하셨던 그때를 생각하면 지금도 웃음이 번진다. 미국인 특유의 친화력을 알면서도 쑥스럽고 당황스러웠다. 시아버지와 케니, 메리 셋은 유년시절부터 삼총사였고, 고등학교 졸업 후 케니와 메리가 사귀기 시작한 뒤 결혼했다.

훗날 시아버지는 조지아 출신의 시어머니를 파티에서 우연히 만나 2년 열애 끝에 결혼했고 두 커플의 우정은 40년 가까이 진행형이다. 그렇게 시아버지의 유년시절 친구이자 절친의 부인 메리를 만났다. 처음 만난 그 날 이후 지금까지 나에게 메리는 친구이자 언니이고 엄마다.

"메리 숙모는 제게 엄마와 다름없어요."
"넌 내가 평생 가져보지 못 한 딸이란다."

살면서 이렇게 오글거리는 대화를 누군가와 진심으로 나누는 일은 없었다. 내 미국생활에서 누구보다 큰 힘을 주고 대나무숲이 되어주는 메리는 인생에서 만난 가장 다정하고 한없이 따뜻하지만 독립적이고 강인한 여성이다. 타인에게 끝없는 사랑을 주면서 이성적이고 합리적인 사고도 가능한 사람이다. 메리는 집안 살림도 요리도 훌륭하게 해낸다. 부족함이 없는 그녀였기에 어느 날 알게 된 메리의 고된 시집살이는 무척 충격적이었다. 이런 사람도 혹독한 시집살이를 겪었다니, 더군다나 미국인이 말이다.

　메리와 케니는 유년시절부터 지금까지 서로의 첫사랑이자 마지막 사랑을 나누고 있는 잉꼬부부다. 케니의 직업상 출장이 잦았는데 떨어져 있어도 하루에 다섯 번은 통화를 나눈다는 두 분은 20대 커플과 다를 것이 없었다.

　"난 케니가 없으면 병든 새가 되어버려. 언제나 보고 싶어!"

　수많은 커플을 알지만 내가 보는 두 분의 관계는 완벽에 가깝다. 서로를 존경하고 신뢰하면서 균형 잡힌 동등한 관계, 여전히 뜨겁게 사랑하는 이 사랑스러운 커플을 한평생 괴롭힌 한 사람이 있었다. 바로 케니의 어머니, 메리의 시어머니였다.

　평생 한 번도 며느리를 안아주거나 손을 잡아 주고 따뜻한 눈길을 준 적이 없었다. 며느리가 정성껏 만든 음식은 맛없다, 짜다, 부족해, 이런 것을 내 아들과 손주를 먹이냐며 분노했다. 메리의 어머니는 이탈리아인으로 엄마에게 배우고 함께 요리했기 때문에 음식 솜씨는 의심할 여지가 없었다.

　시도 때도 없이 아들을 불러 며느리 뒷담화를 하고, 손자들에게도 네 엄마는 형편없다는 표현을 서슴없이 했다. 없는 이야기를 지어내 이간질시키고 억울한 누명도 셀 수 없이 씌었다. 내일은 또 어떤 일이 터질까 메리는 하루도 마음 편히 지낼 수 없었다고 한다.

불합리한 일들을 겪으며 참고 또 참고 행복한 가정을 유지할 수 있었던 이유는 남편의 사랑이었다. 남편은 어머니의 험담을 믿지 않았고, 두 아들은 엄마의 보호막이 되었다. 가족들이 진실관계를 명확하게 인지하고 있는 것이 제일 중요하다고 힘주어 말씀하시던 모습이 지금도 선하다.

메리는 매번 참고 뒤에서 눈물을 흘렸지만 항상 마음에 맴돌던 생각 두 가지가 있었다. 훗날 병 들고 힘들어지면 어쩌려고 이러시는 것일까? 그리고 언젠가 며느리가 생긴다면 절대 시어머니처럼 하지 않겠다고, 며느리에게 든든한 친구가 되겠다는 마음이었다.

30여년의 악몽 같은 시간이 흐르고, 시어머니는 폐암 말기 판정을 받았다. 가족력도 없고, 흡연도 음주도 하지 않았던 분이 암 선고를 받고는 급격히 마르고 병들기 시작했다. 타주에 살고 있는 친자식들은 그런 어머니를 챙길 의지가 없었으니 언제나처럼 근처에 사는 큰며느리인 메리가 시어머니의 곁에서 24시간 병간호를 했다. 나라면 절대 병간호는 안 했다고 하자 메리가 말했다.

"아니야. 늙고 병든 그 모습을 보니 너무 슬퍼서 도저히 외면할 수가 없었어. 누구보다 케니를 위해서라도 무시할 수 없었어."

암 진행 속도는 빨랐다. 곧 세상을 떠날 날이 얼마 안 남은 것을

직감했을 무렵, 시어머니는 며느리를 따로 불렀다.

"메리야, 내가 아들 딸, 며느리, 사위 모두 포함해서 평생 가장 많이 사랑한 사람은 바로 너란다."

메리 숙모는 시어머니 말에 평생 처음으로 소리를 질렀다. 그렇게 자신을 사랑했으면 어떻게 무려 30년 동안 이럴 수 있었는지, 이제 와서 왜 이런 이기적이고 잔인한 말을 남기냐며 오열했다. 함께 눈물을 흘렸던 시어머니는 며칠 뒤 세상을 떠나는 순간까지 결국 미안하다는 말은 하지 않았다. 메리는 말을 잊지 못하고 눈물을 흘렸고 나도 함께 울었다.

세상 모든 엄마는 누군가의 며느리다. 누군가의 시어머니가 될 수도 있고, 소중한 딸이자 누군가의 하나밖에 없는 '엄마'가 될 사람들인데… 고부간의 관계가 서로에게 이렇게 큰 상처를 남겨야 하는지, 왜 이런 일이 생기는지 여전히 이해하기 어렵다.

결혼해보니 며느리는 결코 딸이 될 수 없고, 시어머니는 내 엄마가 될 수 없음을 알았다. 건강한 관계 유지와 존중을 위한 적당한 거리감도 필요하다. 우리 세대의 노력으로 이런 악습은 끊어낼 수 없을까? 언젠가 나도 누군가의 시어머니가 될 텐데 벌써부터 생각이 많다. 난 어떤 시어머니가 되고 싶은가, 훗날 아이가 이루는 한 가정을 어떻게 존중할 것인가에 대해서 말이다. 사실 내가 할 수 있는 일은 별로 없어 보인다. 그저 두 사람이 이룬 가정의 행복을 따뜻한 시선으로 존중해주는 것. 그게 두 사람을 위한 최선일 것 같다.

아내의
태몽

세상의 모든 어머니와 며느리, 딸들. 우리 모두 누군가의 참으로 소중한 존재로 태어났으니 함께 행복했으면 좋겠다. 우리는 충분히 그래도 되는 이 땅의 여자들이다.

한국에서는 누가 임신을 하면 자연스럽게 '태몽'에 대해 묻지만 미국을 비롯한 대부분의 서양권에서는 태몽에 대한 개념이나 단어 자체가 없다. 태몽이 오직 한국에만 있는지 혹은 주변 아시아 국가에서도 비슷한 문화가 있는지 알 수 없지만 난 솔직히 태몽을 믿지 않는다. 특히 태몽으로 남녀 성별을 예측하는 것은 더더욱 말도 안 된다고 생각한다.

엄마 몸에서 용이 튀어나와 하늘로 승천하는 꿈을 꿔서 100% 아들이라고 집안을 열광의 도가니탕으로 몰아넣었다던 내 친구는 딸 셋의 막내였고, 흔히들 이건 아들 꿈이야, 딸 꿈이야! 했는데 뒤집어지는 결과가 나온 것도 정말 많이 봤다.

그런데 나도 오래 전에 딱 한 번, 아침에 눈 뜨자마자 "어머, 이거 분명 태몽이야!" 너무 흥분해서 닭살로 뒤덮였던 일이 있었다. 당시 친구 한 명이 임신 초기였는데 친구의 태몽을 내가 대신 꾼 것이었다. 꿈이 얼마나 생생하던지 꿈의 모든 것이 10년이 넘은 지금까지도 생생하게 기억이 날 정도다.

밝고 초록빛이 가득한 숲 속에 갔다. 숲 속은 온통 밤나무가 가득했고 밤이 모두 탱글탱글 영글어 바닥에 와장창 떨어져 있었다. 나는 구멍이 숭숭 뚫린 커다란 대바구니에 열심히 땅에 떨어진 밤을 줍고 있는데 이 밤의 크기가 정말로 사과만한 왕밤이다! 어른 주먹 두 개 합친 것보다 더 큰 밤! 모든 밤들은 입을 쫙 벌리고 탁탁 터져있는데 밤의 갈색 껍질까지 모두 터져서 새하얀 속살이 마치 사과처럼 하얗고 예뻤다. 함께 밤을 줍던 친구에게,

"와! 지예 언니! 나 세상에 이렇게 큰 밤은 처음 봐! 밤이 완전 사과만하네? 속이 다 보일 정도로 빵빵 터졌어!"

룰루랄라 신나서 밤을 가득 담고 있었는데 밤나무 아래 놓인 바구니 안에서 아기가 활짝 웃고 있었다. 꿈속의 아기는 당연히 친구

의 아기였고, 나는 아기를 웃기려고 밤을 들고 막 우스꽝스러운 몸짓을 하면서 아기를 깔깔 웃겼다.

꿈에서 깨어나자마자 너무 놀라서 자고 있는 친구에게 전화를 걸어 흥분 상태로 꿈 이야기를 했다. 친구 역시 너무 신기하다며 이게 과연 아들 꿈인지 딸 꿈인지 궁금해했다. 그때 친구는 딸을 원했는데 인터넷으로 검색을 했더니 아들일 수도 있고 딸일 수도 있고, 밤이 안 터지면 아들이고 터지면 딸이라더라 하는 카더라 통신만 가득했다. 성별은 예측이 불가능했다. 훗날 친구는 아들을 낳았는데 아기는 정말 밤톨처럼 뽀얗고 귀엽고 사랑스러웠다. 이 왕밤 꿈이 누군가를 대신해서 유일하게 꾼 태몽이었다.

친구들의 임신 소식은 꾸준히 계속되었지만 비슷한 꿈조차 꾼 적이 없었다. 태몽의 생생한 느낌은 평소에 꾸는 꿈과 차원이 달랐다. 색감이 화려하게 살아있고 꿈의 시작부터 끝까지 모든 것이 실제 사건처럼 또렷하게 기억이 난다. 심지어 아기의 웃음 소리, 내가 내던 이상한 소리와 같은 세세한 것까지 모두 기억이 날 정도다. 거의 처음으로 친구의 임신과 출산 직전까지 전 과정을 곁에서 지켜본 것이기 때문에 정말 신기하기도 했고 친구의 태몽을 대신 꾼 특별한 추억이 되었다.

이후로 오랜 시간이 흐른 후 나는 생애 두 번째 태몽을 꾸었다. 사실 이 꿈은 하루가 지나서도 그냥 신기하다는 느낌 말고는 별 생각이 없었는데, 엄마와 친구들에게 얘기했더니 듣자마자 바로 100% 태몽이라며 난리가 났다. 아기도 없는데 무슨 태몽? 태몽은 임신하고 꾸는 것 아닌가? 했더니 태몽은 임신 전에 더 많이 꾼다는 거다. 먼저 태몽을 꾼 후에 임신으로 이어지는 경우가 많다는 주장이었다. 그래서 또 태몽의 시기에 대해 찾아봤더니 임신 전에 태몽을 꾸는 사람들이 아주 많고 그에 따른 역학적인 명칭도 있었다. 임신 전에 꿈을 꾸는 사람, 착상하고 임신과정으로 안정이 되면서도 꿈을 꾸는 사람, 물론 전혀 꾸지 않는 사람들도 많았다. 가까운 가족이나 친구들이 꿈을 대신해서 꿔주는 경우도 많고 글만 봐도 재미있는 이야기들이 가득했다. 나의 두 번째 태몽은 이랬다.

아주 큰 집이 있었다. 느낌에 우리 소유의 집 같았다. 집 전체가 유리로 되어서 바깥의 빛이 그대로 쏟아져 들어오는 채광 좋은 집. '아 정말 눈부시네!'라고 생각했다. 유리집을 통해 보이는 바깥 풍경은 녹음이 가득한 숲 속에 둘러싸여 있었다. 꿈속에서 나는 이미 임신 상태였고 집에서 베이비샤워를 하고 있었다. 사람들이 정말 많았다. 한 50명? 혹은 그 이상? 시끌시끌하고 사람들 표정도 다 좋고 웃음이 가득했다. 난 그 와중에 '사람이 너무 많아서 음식이 모자라면 어쩌지?' 걱정이 가득했다.

마침 거실 중앙 쪽에서 마이크가 나를 불렀다. 사람들이 모두 몰려든 것은 아니고 주변에 가깝게 있던 사람들이 우리를 중심으로 동그랗게 모여들었다. 갑자기 마이크가 무릎을 꿇더니 왼손에 반지를 끼워줬다. 타원형으로 된 다이아몬드 반지였다. 4캐럿 정도는 되어 보이는 정말 눈부시게 반짝반짝 거리는 반지였다. 그런데 이것만 끼워준 것이 아니라 반지 하나를 더 끼워줬다. 링 전체에 작은 다이아몬드가 둘러져 있는 웨딩밴드까지 두 개의 반지를 동시에 손가락이 끼워줬다. 갑작스러운 선물에 당황하고 놀라서 말했다.

"이 반지를 왜 나한테 주는 거야?"

마이크는 환히 웃으며 내게 소곤소곤 무언가 이야기해줬다. 내용은 기억이 나지 않는다.

그러고는 확 잠에서 깨어났는데 진짜 실제로 있었던 일처럼 모든 것이 너무 생생했고 기분이 붕붕 날아가는 것 같았다. 신기했던 것이 나는 평소에 액세서리에 전혀 관심이 없는 편이다. 더 큰 다이아몬드 반지가 갖고 싶다거나, 타원형 다이아몬드가 예쁘다던가, 다이아몬드가 쫙 둘러진 웨딩밴드가 갖고 싶다거나 하는 등의 생각을 단 한 번도 해본 적이 없었다. 그런데 그런 꿈을 꾸다니! 내가 나도 모르게 그런 반지에 열망이 있었나 싶고 그저 신기했다.

며칠이 지나서야 '이게 정말 태몽이었나?' 궁금해지면서 글들을 찾아보기 시작했는데 태몽으로 보는 견해가 많았다. 특히 다이아몬드 반지 태몽에 대한 해석을 찾아보니 딸을 낳았다는 엄마들이 아들을 낳았다는 엄마들보다 월등하게 많았다. 역학을 공부하는 전문가의 의견은 다이아몬드 반지 태몽의 경우 아들, 딸 성별의 의미보다는 아이가 가진 성향 자체에 의미가 많은 꿈이라는 것이었다.

다이아몬드처럼 튼튼하고 빛나고 재능이 많고 강단 있는 성격의 아이가 될 것이라는 의견이었다. 더불어 "다이아몬드 반지는 최고의 재물, 명예, 사업체를 상징하고 부귀영화를 누리는 삶이란다."라는 얘기를 친구들과 엄마에게 전하자 "어머, 성격이 너야 너! 너 닮은 아이 낳으려나 봐!" 이건 확실히 태몽이라며 더욱 흥분했다. 반면 마이크는 너 닮은 딸은 낳아 키울 자신이 없다고 침울해했다.

사실 꿈에 대한 얘기는 마이크한테 바로 하지 않았다. 아마 한국 남편이었으면 바로 했을 텐데 먼저 '태몽'의 개념에 대해 설명해야 하는 것, 듣기도 전에 미신이라고 부정하면서 이야기가 시작될까 조심스러운 마음이 먼저 들었다. 그래서 며칠 고민한 뒤 이렇게 시작했다.

"마이크 내가 재미있는 이야기 해줄게! 한국에 '태몽'이라는 문화가 있거든? 임신 전후에 본인이나 가족들, 친구들이 꾸는 의미

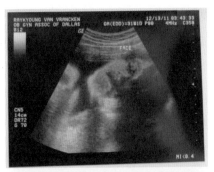

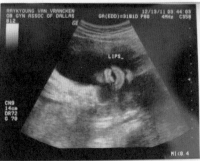

있는 꿈에 대한 이야기야."

"혹시 너도 그 꿈 꿨어?"

"응. 꾸긴 꿨는데, 그게 중요한 것은 아니야. 나도 100% 믿지는 않거든. 그냥 재미있고 신기해서 너한테도 말해줄게"

이렇게 시작된 우리들의 대화. 이미 예상한 대로 마이크는 태몽에 대해 한 번도 들어본 적이 없었고 개념 자체가 없으니 과학적인 근거가 없어 보인다고 단번에 잘라 말했다. 하지만 그게 중요한 것이 아니라 한국사람들에게 태몽이라는 문화가 있고, 본인은 물론 가족들 친구들도 꿈을 꿔주기도 하고, 또 임신한 사람들에게 태몽을 물어보고 그 이야기를 두루 나누고, 세대에 걸쳐 전해지고 하는 것, 정말 오래도록 전해져 내려오는 이야기고 살면서 태몽에 얽힌 이야기를 여러 번 듣고 접하게 되는 환경에서 자라는 것, 그러면서 자신도 모르게 무의식적으로 태몽을 인지하고 실제로 꿈을 생생하게 꿀 수 있다는 것이 신기하고 멋진 일이라고 말했다.

역시 이래서 국제결혼이 재미있다며, 서로 다른 문화를 체험하는 것이 정말 즐겁다는 엉뚱한 방향으로 이야기가 진행되었다. 맞다! 국제커플들은 분명 이런 즐거움이 있다.

"마이크, 저번에 내가 다이아몬드 반지 꿈 꿨다고 얘기한 거 기억나지? 사실은 그게 내 태몽이었어!"

나는 본격적으로 내 꿈 이야기를 시작했고 마이크는 무아지경에 빠졌다. 다이아몬드 반지 꿈을 꾼 날 짧게 지나가듯 "어제 꿈에서 네가 이~따~만한 다이아몬드 반지 끼워줬다!"라고 말했었다. 그때 마이크는 자기가 사준 반지보다 더 큰 것 갖고 싶어서 그런 꿈 꾼 것 아니냐며 살짝 입을 내밀었다.

쫙 풀어서 꿈 이야기를 자세히 해주고, 읽은 자료와 사람들 생각을 모두 말해주었더니 결론은 널 닮은 딸을 낳아 키울 자신이 없다는 거다. 모험심 많아 맨날 여기저기 돌아다니면 자기는 오래 못 살 것 같다고, 차라리 너 닮은 아들은 괜찮은데 딸은 큰 문제라며 아직 애도 없는데 풀이 죽었다.

그 후로 며칠이 지나고 친정엄마도 태몽 소식을 전해왔다.

엄마는 숲 속에서 파란 아기 사슴을 만났다고 했다. 앞에 뿔이 길게 달린 새파란 아기사슴인데 온 몸에 알록달록 점박이가 있는 예쁘고 귀여운 사슴이 엄마에게 와서 안겼는데 엄마가 "너, 나경이 한테 가!" 외쳤다는 너무나 우리 엄마다운 꿈이었다.

이렇게 이 두 가지 꿈이 우리끼리 공식 태몽이 되었다. 그리고 지금 나는 다이아몬드처럼 몸이 단단하고 튼튼하고 눈이 반짝반짝 빛나는 다섯 살 아들 노아를 키우고 있다. 친구들과 가족들의 우려대로 나의 외모와 성격을 꼭 닮은 아들을 낳았으니 그 꿈은 태몽이 맞았다!

준비된
부모는 없다

신혼 2년 차를 보낼 무렵이었다. 주변의 은근한 압박과 우리 부부의 진지한 고민이 시작됐다. 결혼한 부부라면 누구나 언젠가 한 번은 하는 2세 고민이 우리에게도 찾아왔다. 세상물정 모르고 결혼한 게 아닌 나이 실컷 먹고 결혼한 여자라 그런지 아이를 갖고 싶은 열망이 크게 없었다. 현실적인 부분이 제일 겁이 났다. 그 희생은 어쩔 것이며 난 아이도 그렇게 좋아하는 편이 아니니 스스로의 자격에 의문을 품었다.

우리 부부의 고민 목록

1. 꼭 아이를 가져야 하나?

2. 아이가 없으면 훗날 불행하다고 느낄까?

3. 경제적으로 감당이 될까?

4. 엄청 힘들게 하는 아이가 나오면 어쩌지?

5. 몸 완전 망가지는 거 아니야?

6. 남편 직업상 엄마인 내가 육아의 90% 이상을 담당해야 할 텐데 가능할까?

7. 노산이잖아. 어디 아픈 아이가 태어나면 어쩌지?

8. 계속 유산이 되거나 불임이라면?

9. 다 그만두고, 부모가 될 자격과 준비가 되어 있나? 아니잖아!

오랜 시간 대화를 나눴지만 결론은 언제나 같았다. 우리는 부모가 될 준비도 안 되었고 자격도 없는 것으로 흐지부지 얼버무리기 일쑤였다. 부담이 너무 컸고 지금의 편안함과 행복이 아이로 인해 깨지지 않을까 하는 방어적인 마음도 상당했다. 두 사람 모두 아이가 간절하지 않았기 때문에 충분히 딩크족으로 살 수 있을 것 같았다.

비슷한 대화가 오고 가기를 수개월, 그날도 역시 준비와 자격 운운하며 우리가 얼마나 형편없는지 이야기하는데 남편이 한마디 툭 던졌다.

"그런데 준비가 되어 아이를 갖기로 결심하는 부모가 있을까? 아무것도 모르는데 어떻게 준비가 되겠어. 부모가 되어야 자연스럽게 준비되는 것 아닌가? 상식이 있는 부모라면 말이야."

일리 있는 말이었다. 준비된 부모란 어떤 모습일까? 물질적인 것, 정신적인 것 모두 완벽하게 갖추어야만 부모가 될 수 있는 것은 아닐 텐데. 세상물정 모르는 아이가 태어나고, 역시나 세상물정 모르는 두 남녀가 아이와 함께 같이 부모로 성장하는 모습⋯ 그게 훨씬 더 말이 되고 자연스러운 것 같았다.

"우리는 평범한 사람들이잖아. 평범한 사람들은 결혼을 하고 자연스럽게 아이를 갖고 부모가 되지. 평범한 우리들이 평범하지 않은 선택을 하면 훗날 아쉬움이 생길 수 있을 것 같아. 남들처럼 평범하게 살았으면 어땠을까, 아이가 있었더라면 어떤 삶이었을까? 하는 아쉬움 말이야. 결혼한 친구들 모두 아이를 갖고 함께 어울리잖아. 우리도 그런 삶을 살아보는 것도 괜찮지 않을까?"

남편은 결코 설득의 어조로 말하지 않았다. 함께 머리를 쥐어짜는 과정에서 나온 생각 정도였는데 나는 남편이 주장한 '평범론'에 마음이 크게 동했다.

'맞아, 우리는 평범한 사람들이야. 평범한 삶을 사는 것이 언제나 바라던 것이잖아!'

그간 머리를 어지럽혔던 생각이 정리되면서 부모가 되어보는 쪽으로 가닥을 잡았다. 여자인 내가 마음을 먹으니 일사천리였다. 우리는 계획 임신을 준비했는데, 운 좋게도 쉽게 아이를 가졌고 2012년 2월 부모가 되었다.

부모가 되고픈 대부분의 사람들이 고민의 시간을 갖지만 돌이켜 생각하면 그 과정이 사실 얼마나 부질없었나 싶기도 하다. 왜냐하면 부모가 되긴 했지만 우리는 여전히 완벽하지 않고 준비가 되지 않았으며 아이의 성장에 우리가 매번 따라가는 모양새이기 때문이다.

아이의 성장은 우리가 예상했던 것보다 매우 빠르고 놀랍다. 덕분에 수시로 난관에 부딪히니 매번 완벽히 준비가 된 상태로 아이를 키우기는 사실상 불가능하다. 아이가 태어나고 얼마 지나지 않아 깨달았다. 아이는 매번 다양한 미션으로 우리를 준비 상태로 만들어준다는 것을, 그리고 우리는 함께 성장한다는 것을, 그게 자연스러운 것임을 말이다.

바닥에 엎드려 무거운 머리를 힘겹게 가누며 쩡쩡대던 아이는 벌써 사회생활 2년 차에 들어섰고 곧 유치원에 간다. (유치원이라니!)

우리는 여전히 준비가 하나도 되어 있지 않다. 하지만 예전에는 없었던 것, 결국 우리는 모두 괜찮으리라는 믿음이 있다.

천천히 함께 만들어가면 된다. 고맙게도 아이는 늘 우리들의 성장을 기다려주고, 조건 없는 사랑을 베풀어 준다. 부모로서 완벽하게 준비가 되어 있지 않아도 어설퍼도 괜찮다.

스스로를 누구의 엄마, 아빠라고 부르는 날을 꿈꾸는 것!

이건 누구나 충분히 한 번은 해볼 만한 일이다.

12개월의
겨울

　정확히 기억이 나지지는 않지만 대략 아이가 생후 6개월 무렵이었을 것이다. 새벽 시간 한국에 사는 친구에게 전화를 걸어 하소연했다.

> "내 육아는 너무 힘들고 지치고 안 아픈 곳이 없고 눈물이 마를 날이 없는데 다른 사람들의 육아는 참 예쁘고 사랑스럽고, 밝고, 에너지 넘치고 가뿐해 보여. 내가 원래 이렇게 나약한 인간이었니? 혹시 내가 엄살이 심한 거니?
> 저들은 저렇게 즐겁게 하는 육아가 나에게는 왜 이렇게 버겁니? 끊임없이 부정적인 생각을 하고, 엄마로서 할 수도, 하면 안 되는 생각을 할까?"

엄청난 자괴감에 빠져서 괴로움으로 허덕이던 때였다. 누군가의 도움을 조금이라도 받을 수 있는 사람들을 보면 내 상황과 비교하면서 더욱 절망에 빠졌고, 부러웠다. 많이는 바라지도 않았다. 일주일에 한 번, 아니다. 한 달에 딱 한 번이라도 누군가의 도움을 받을 수 있다면 얼마나 좋을까? 아무것도 하지 않고 밥도 안 먹고 15시간 잠만 자는 상상, 이루어질 수 없는 꿈이 머릿속을 맴돌고 또 맴돌았다.

생각해보면 35년 생애 가장 힘들고 우울했던 시간이었던 것 같다. 하루아침에 '나'라는 존재는 사라지고 내가 아닌 다른 사람을 위해 100% 헌신했던 시간은 결국 어렵사리 지나갔다. 물론 아이가 커가면서 매번 다른 차원의 어려움이 찾아오겠지만 적어도 첫 6개월, 첫 생일을 맞이했던 1년의 시간만큼은 아닐 것이라는 확신이 든다.

난 지금도 여전히 아이가 서 있는 모습, 허리를 꼿꼿하게 펴고 앉아 있는 모습을 보면 가슴이 뛸 때가 있다. 제대로 앉기만 했으면 좋겠다고 했던 때도 있었는데 이렇게 서 있고 뛰어 놀고 달리는 것 자체가 감격스럽다. 24시간 모든 것을 함께 하는 다시는 오지 않을 우리의 소중한 시간들, 매일매일 함께 만들어가는 우리의 날들은 하룻밤 사이 추억이 된다.

한 팀이 되어 맛있는 식재료를 찾아 이리저리 장을 보러 다닌다.

내가 만지는 모든 것을 아이는 마치 자기 지갑에서 돈 꺼내 쓸 사람
처럼 관심과 참견을 보인다. 아이스크림 한 통을 골라 집을 때면 상
상만으로도 천국을 경험하는 아이. 아무것도 아닌 새털 같은 일상

에도 자지러지는 행복한 아이 덕분에 나도 덩달아 행복해진다. 나와 아이만 알고 있는 비밀, 우리를 웃게 만드는 수많은 에피소드로 하루하루를 채워나간다.

얼른 키워서 함께 카페에 가는 것이 꿈이었던 때도 있었다. 정말 '꿈'이었다. 엄마, 아빠의 커피 사랑을 일찍 깨달은 아이는 우리와 함께 마주 보고 앉아 주스를 홀짝이고 디저트를 즐긴다. 긴 시간을 즐겁게 앉아있을 수 있는 작은 사람이 된 아이. 그렇게 간절히 꿈꾸던 날은 미처 인식하지 못한 사이에 당연한 일상이자 즐거움이 되었다.

겨울에 태어난 아이와 보낸 12개월의 겨울은 지나갔다. 나무에는 싹이 트기 시작했고, 초록이 세상을 덮었다. 활짝 터진 꽃망울은 사방에서 하늘거린다. 맑고 푸른 하늘은 매일 계속되니 내 마음의 봄도 그렇게 찾아왔다.

지금 이 순간에도 힘겨운 육아로 좌절하고 뜬 눈으로 밤을 보내는 엄마들이 있다는 것을 안다. 그들에게 필요한 것은 대단한 무언가가 아니다. 얼마나 잘하고 있는지, 최선을 다하는지 알고 있다는 마음의 표현… 그것만으로 마음은 새털처럼 가벼워진다. 남편이라면, 사랑하는 가족이고 친구라면 곁으로 다가가 따뜻하게 안아주고 손을 잡아주자. 한 마디면 된다.

"고맙고 사랑해. 반드시 겨울이 지나가고 봄이 올 거야."

공주와 왕자

　2008년 여름, 시동생 결혼식에서 시어머니의 언니 베벌리를 처음 만났다. 당시 나와 마이크는 서로의 관계를 공식적으로 약속한 사이도 아니었고 어찌 될지 모르는 남자의 일가친척이 모인 자리는 부담스러웠다. 덕분에 첫인사에 대한 기억이 별로 없는데 그 중 베벌리와의 만남은 어렴풋이 기억에 남았다.

　"애나, 너를 처음 만난 그날부터 널 사랑했어. 모두한테 널 사랑한다고 했어. 그 날 네가 검정색 드레스를 입고 있었는데, 나를 보자마자 다가와서 크고 따뜻한 포옹을 해줬지. 난 그때 바로 너랑 사랑에 빠졌어."

내 기억에는 뿌옇기만 한 우리의 첫 만남은 이랬다. 그녀의 묘사로 봤을 때 분명 내가 하고도 남았을 행동이다. 베벌리는 시어머니가 가장 가깝게 지내는 혈육이다. 내가 베벌리 인생사를 자세히 알지는 못하지만 확실하게 알고 있는 것이 있다.

베벌리는 오랜 시간 성정체성 혼란으로 고민했다. 70~80년대 많은 사람들이 그랬듯 평범하게 살기 위해 남자와 결혼을 했고 남매를 낳았다. 남편은 좋은 사람이었지만 결혼생활이 이어지며 더욱 큰 혼란에 빠졌고, 아이들이 성인이 되고 남편과 이혼 후 커밍아웃을 했다.

그렇게 수년이 흐른 후, 10년이 넘게 동성 연인과 행복하게 살고 있다. 나를 비롯한 가족 모두 베벌리가 레즈비언임을 안다. 더불어 베벌리는 내가 아는 시댁식구 중 가장 밝고 따뜻하고 강인한 사람이기도 하다.

결혼을 한 달 앞두고 시댁에서 추수감사절을 보냈다. 시댁 역사상 가장 많은 가족들이 한 자리에 모였고, 베벌리는 우리를 주인공으로 대해주며 모든 가족 앞에서 감격적인 축사를 해줬다. 한 달 뒤 우리는 결혼을 했고, 나는 그녀를 공식적으로 '앤트aunt 베벌리'로 불렀다.

베벌리가 뉴올리언스에 올 때마다 몇 번의 짧은 만남을 가졌다. 지난 2015년 추수감사절에는 거의 이틀을 붙어있으면서 쉴 새 없이 이야기를 나누었다. 서로 코드가 잘 맞으니 한 번 시작하면 끝이 없었다. 베벌리의 딸 롸나는 몇 해 전 남편과 함께 교수직 제안을 받아 아무런 연고가 없는 뉴질랜드로 이주했다. 소식을 접하고 제일 먼저 베벌리가 떠올랐다.

강인한 베벌리도 처음에는 충격과 아쉬움에 힘든 시간을 보냈지만, 지금은 종종 뉴질랜드에 가서 같이 시간을 보낸다. 자식들이 안정적으로 행복하게 살고 있으니 그것으로 족하고 그리움은 두 번째 문제라며 베벌리는 웃었다.

딸이 태어났는데 보석처럼 예쁜 거야. 이름을 짓고 '프린세스 롸나'로 부르기 시작했어. 애칭이 아니고 공주 롸나, 나의 공주 롸나! 항상 그렇게 불렀어. 아무리 화가 나는 일이 있어도 그리 불렀지. 그랬더니 롸나가 자기 이름을 '공주 롸나'로 알더라고. 사람들에게 자기 이름을 말할 때 "나는 공주 롸나예요." 이렇게 말했고 사람들은 웃었어. 롸나가 프리스쿨에 가기 시작하고, 어느 날 엉엉 울면서 나한테 말했어.

"엄마, 친구가 난 공주가 아니래. 진짜 공주는 멀리 있대. 나는 공주라고 하면 안 된대!"

그날이 왔구나 싶었지. 그래서 힘주어 말해줬어.

"너 공주 맞아! 넌 공주로 태어났고 평생 엄마의 하나밖에 없는 공주야. 누가 또 그런 소리 하거든 난 우리 엄마의 영원한 공주라고 큰 소리로 말해. 알겠지?"

다들 옆에서 깔깔 웃는데 베벌리는 대체 왜 웃느냐며 발끈했다. 사실 나는 함께 웃으면서도 마음은 걷잡을 수 없이 울렁이고 있었다.

라나가 커가며 아마도 자신이 '진짜 공주'가 아님을 금방 깨달았겠지만 괜찮아. 난 여전히 라나를 프린세스 라나로 불렀고, 라나도 항상 공주처럼 예쁘고 우아했어. 커가면서 점점 더 예뻐지는 거야. 인기도 많았고, 남자친구도 여럿 사귀었지. 그런데 어느 날 사귀는 놈을 데려왔는데 정말 마음에 들지 않았어. 딱 봐도 나쁜놈인 것처럼 보였는데 라나가 푹 빠져있었어. 결혼하고 싶다는 거야. 속으로 당장 찢어놓고 싶었는데 잠자코 있었어. 그리고 딱 한 마디만 해줬어. "프린세스 라나. 그 사람이 너를 진정으로 공주처럼 대하니? 그럼 결혼해도 돼. 하지만 한 순간이라도 널 공주처럼 대하지 않는다면 넌 공주가 될 수 없고, 그도 너의 왕자님이 아닐 거야. 좀 더 지켜보렴."
생각보다 두 사람 관계는 오래 갔어. 그런데 어느 날 라나가 울면서 전화가 왔어.

"마마, 그에게 난 공주가 아니었어요. 날 한 번도 공주로 생각한 적도 없고, 공주가 아니니 착각하지 말래요. 내 목을 조르고 소리를 지르더니 뛰쳐나갔어요!"

베벌리는 공주를 함부로 대한 그 녀석을 떠올리며 흥분했고, 가족들은 깔깔 웃었다. 그렇게 공주의 사랑은 끝났지만 훗날 롸나는 진짜 왕자님을 만나 리틀 왕자를 낳고 행복하게 살고 있다는 해피엔딩이다.

마흔이 넘은 롸나는 대학에서 학생들을 가르친다. 프레젠테이션 맨 마지막에 항상 자신의 이름을 '프린세스 롸나'로 적고 자신이 공주가 된 과정을 학생들에게 자랑스럽게 말한다.

다른 지역으로 강의하러 나갈 때, 자신을 픽업 오는 사람들에게도 이름을 꼭 '프린세스 롸나'로 적어 달라고 부탁한다. 그러면 사람들은 두근두근 '프린세스 롸나'를 기다리고 반겨준다는 거다. 베벌리가 꺼내준 사진 속 웃고 있는 공주의 얼굴을 보니 울컥함이 차올랐다.

나는 누군가의 공주였던 적이 있던가?
누군가 나를 공주로 불러준 적이 한 번이라도 있던가?

단 며칠이라도 스스로 "난 공주야!"라고 착각했던 적이 있던가?

"베벌리, 정말 좋은 이야기였어요. 지금 마음이 복잡해서… 말을 많이 하면 눈물이 날지도 몰라요. 진심으로 좋았어요. 나도 공주 한 번 해봤으면 좋았을 것 같아요. 롸나는 최고의 엄마를 가졌네요."

딸이 성인이 되고 베벌리가 제일 많이 했다는 얘기가 있다.

"넌 공주니까 네 목소리를 내는 것을 두려워하지 마."

내가 언젠가 결혼해서 딸을 낳는다면 내 딸을 공주처럼 키우고 싶었다. 외적인 부분이 아니라 베벌리가 말한 방식 그대로 딸을 키우고 싶었다. 긴 시간 그렇게 생각했다. 내가 받지 못했던 것을 해주고 싶었다. 그래서 공주 이야기가 시작되자마자 내 가슴이 마구 울렁대기 시작했던 것 같다.

뱃속의 아이가 딸이라는 이야기를 들었을 때 마침내 꿈이 이루어지는구나, 나의 공주가 오는구나! 세상에서 제일 예쁘고 사랑스러운 나의 공주, 마음껏 공주라고 불러주리라 몇 백 번도 더 생각했다. 설령 아기가 돼지코에 못난 입술을 가졌더라도 넌 세상에서 제일 예쁘고 사랑스러운 코와 입술을 가졌다고, 넌 나만의 공주라고 말해줄 거라 결심했다. 그런데 주님은 급 마음을 바꿔 나에게 아들을 주셨고, 오랫동안 그 결심을 잊고 지냈다.

꼭 공주여야 하나?
왕자도 있잖아!
내 소중한 아이를 왕자처럼 키워왔던가?

추수감사절, 가족, 음식, 사랑하는 이들과의 대화, 아들의 네 살
생일을 두 달 앞두고 뒤늦게 머리를 '땅' 치는 깨달음을 얻었다.
아들을 왕자처럼 존중하고 멋지게 키워주리라. 우리에게 찾아
온 왕자! 살면서 한 번쯤 누군가의 왕자가 되어보는 것, 영원히 잊
지 못할 추억을 아들에게 주고 싶다. 엄마와 아빠의 소중한 왕자님,
'프린스 노아'였음을 마음에 담고 살다 보면 언젠가 공주님도 만날
수 있으리라 믿는다.

누군가의 공주, 왕자가 아니었더라도 괜찮다. 새로운 방
식의 기회가 우리에게 엄마와 아빠라는 이름으로 찾아왔
으니!

최고의
선물

달라스에서 한참 신혼재미에 풍덩 빠져있었을 때, 오랜만에 나 홀로 떠나는 한국행 비행기표를 사고 가족과 친구들 볼 생각에 두근두근 잔뜩 들떠있었다. 결혼하고 매주 주말 뉴올리언스 시부모님과 전화로 한참 수다를 떠는데, 한국행 표를 샀던 주말에 두 분께 한국행에 대해 알려드렸다. 몇 주 시간이 흐르고 언제나처럼 주말이 되어 시댁과 통화를 하는데 시어머니께서 말씀하셨다.

"애나! 우리가 조만간 달라스에 너희들 보러 가려고 하는데 어떻게 생각해?"

"정말요? 저희는 좋죠! 언제 오시려고요?"

"우리가 2월 말에 휴가를 낼 수 있어서, 그때쯤으로 생각하고 있는데 어때?"

"앗, 그때 저 한국 가잖아요!"

"맞다! 언제였지?"

"저 3월 1일 출발이에요."

"난 3월 중순으로 알고 있었어! 얼마 동안 한국에 있니?"

"3월 1일에 가서 5주 뒤에 와요."

5주라는 말이 나오자마자 시어머니는 순간적으로 "5주? 오, 노! 불쌍한 마이키!"를 외치셨다. 세상에, 불쌍한 마이키? 불쌍한 마이키라니!

그 짧은 순간에 '아, 역시 시는 시구나. 마이키가 왜 불쌍해? 엄마아빠 못 보고 사는 박나경이 불쌍하지. 내가 한국에 너무 오래 가는 건가?' 오만가지 생각이 스치며 마음이 확 불편해졌다. 시어머니 말씀에 시아버지가 급히 수습에 나섰다. "마이크가 아기야? 잘할 수 있어 걱정하지 마. 애나도 당연히 한국 가야지!" 하셨고, 마이크 역시 원래 자기가 3개월 가서 있으라고 했는데 얘가 5주만 있다가 온다고 했다며 우리는 결코 나눈 적이 없는 거짓말까지 꺼내며 두 남자가 상황을 수습했다. 시어머니는 곧바로 실수를 직감하고 목소리 가다듬어 사과하셨다.

"미안해 애나! 그런 뜻이 아니야. 너 당연히 한국 가야지. 조카도 보고. 난 마이크가 혼자 있는 게 외로울까 봐 그랬어. 미안해!"

몇 번이나 미안하다고 말씀하시니 나도 웃음이 나왔다.

"괜찮아요! 사실 마이크 걱정돼요. 불쌍한 마이키 맞아요! 저 없으면 밥도 못 먹고 맨날 정크푸드 먹을 텐데. 그런데 엄마, 국제커플들은 어쩔 수 없이 이런 시간들을 갖게 돼요. 그러니 걱정하지 마세요. 마이크도 오랜만에 총각처럼 자유를 즐길 수 있고, 떨어져 있으면 서로 소중함도 더 알게 되겠죠! 어차피 스텝3 시험 준비 때문에 두 달 내내 마이크 공부 열심히 해야 돼요. 여러모로 저 한국 다녀오고 나서 오시는 것이 좋겠어요!"

그 와중에 머리가 막 돌아가서 나름 변명과 위로를 해드렸다.

"그래, 그럼 우리 4월에 만나자. 그런데 너희들 너무 보고 싶은데 4월까지 어떻게 기다리지?"

"그럼 저 없더라도 그냥 오세요. 마이크 보러 오시고 케니 삼촌도 만나시면 되잖아요!"

"싫어! 너 없는데 무슨 재미로 가니. 아들은 우리 신경도 안 쓸 텐데. 그냥 4월까지 기다릴게."

참으로 옳으신 말씀이다. 무뚝뚝한 둘째 아들이 부모님과 알콩달콩 함께 놀 것도 아닌데 나 없을 때 오셔봐야 찬밥신세 예약이겠지. 마무리는 웃으며 전화를 끊었는데 뻑뻑한 고구마 먹은 것처럼 답답하고 영 마음이 좋지 않았다.

"마이크, 나 마음이 너무 무거워. 네 걱정 너무 많이 하신다. 어쩌지? 귀한 아들 두고 혼자 한국 간다고 나 싫어하시는 것 아니야?"

마이크는 대학시절 내내 부모님과 떨어져 혼자 살았다. 몇 달에 한 번 어쩌다 전화했을 때도 아무렇지도 않았던 엄마가 갑자기 왜 저러시는지 모르겠단다. 잘 지내고 있을 테니 걱정 말고 재미있게 놀다 오라는 마이크. 눈치 주는 시부모님이 아닌데도 마음이 이렇게 불편한데 만일 눈치 주는 시부모님이었으면 내 나라도 마음대로 못 갔겠다 싶었다. 이런 게 시월드구나 조금 실감이 났달까? 그렇게 또 몇 주가 지난 주말, 시어머니는 흥분된 목소리로 서프라이즈를 외쳤다. (또 무슨 서프라이즈일까, 갑자기 무섭네!)

"우리가 너 한국 가기 전 2월 중순에 달라스에 가기로 했어! 너무 멋지지 않니?"

나는 순간 대한민국 최고 여배우로 빙의되어야 했다. "와! 신나요. 얼른 오세요!" 어렵게 스케줄 조정해서 내가 출국하기 전에 달라스에 오기로 일방적으로 결정하신 것이었다.

"아무리 생각해봐도 4월까지는 못 기다릴 것 같아. 아빠가 회사에 얘기해서 2월 중순으로 날짜를 조정했어. 너희들이 보고 싶어서 요즘 너무 힘들고, 주말이 되면 병든 새처럼 우울해져서 너 한국 가기 전에 꼭 보러 가야겠어!"

오잉? 내 귀를 의심한 병든 새! 두 분 사이도 좋으시면서 웬 병든 새? 마이크 시험공부 해야 한다고 은근히 흘렸는데도 소용 없었다. 이를 어쩌면 좋을까!

솔직히 시부모님께서 9시간을 운전해 신혼집에 오실 때마다 참 좋았다. 맛있는 것도 사주시고, 여기저기 데리고 다니면서 눈호강 입호강 시켜주시고, 냉장고 꽉꽉 채워주시니 얼마나 감사한지 모른다. 마이크도 겉으로 표현 잘 못하는 무뚝뚝한 아들이지만 부모님 보고 싶어 하고, 함께 있으면 얼굴이 밝아진다. 하지만 지난 추수감사절에 다녀가셨으니 고작 2개월도 안 되었는데 저렇게 아들 며느리 보고 싶어 힘들어하시는 모습이 솔직히 완벽히 이해가 되지는 않았다. 자식을 향한 부모의 짝사랑이 이런 것인가 싶기도 하고 말이다. 마이크에게 시부모님께서 2월 중순에 오시는 것으로 변경하셨다는 소식을 전하니 영혼 없이 "잘 됐네!" 한 마디가 전부였다. "내가 너 시험공부 해야 하니까 4월에 오시라고 했었잖아. 안 먹혔어. 우리 보고 싶어서 너무너무 힘드시다네." 잠시 침묵하던 마이크가 한마디 툭 던졌다.

"나경, 내가 누가 제일 보고 싶은지 알아?"

"누구? 동생?"

"아니… 험버기!"(험버기는 시댁에서 사는 고양이다.)

"음… 나도!"

우리는 깔깔 웃었다.

"마이크, 지금 우리가 험버기를 제일 보고 싶어 한다는 거 아셔봐 얼마나 섭섭하시겠어. 이러니까 자식 소용없어. 너랑 나랑 우리 둘 이 행복하게 사는 게 맞아. 그게 자식한테 최고의 선물이고. 우리도 나중에 힘들게 자식들 보러 다녀봐야 아마 우리집 고양이나 더 보고 싶어할 걸? 그러니까 우리 둘이 잘 살자. 자식한테 목숨 걸지 말고."

자식들에게 좋은 부모, 훌륭한 부모상은 과연 무엇일까? 시간이

흐르고 아이가 하나둘 태어나 진정한 부모가 되면 마음이 바뀔 수도 있겠지만 아무리 생각해봐도 자식에게 가장 좋은 부모는 부부가 서로를 끔찍하게 아끼고 사랑하는 부모… 그게 최고의 부모이자 자식에게 줄 수 있는 최고의 선물인 것 같다.

아이를 덜 사랑하겠다는 말이 아니다. 내 남편을 최고로 사랑하고, 부부가 서로 끔찍하게 사랑하고, 그 다음이 자식에 대한 사랑. 엄마 아빠가 먼저, 그 다음이 아이인 가정을 꾸리고 싶다. 이렇게 말하면 분명 아기 태어나면 그게 쉬운 줄 아느냐며 무조건 아이가 먼저라고 하는 사람들이 분명 있을 것이다. 하지만 지인들 중에 부부가 세상의 중심, 부부가 많이 사랑하고, 그 다음이 아이! 이렇게 가정을 꾸려가는 커플이 꽤 많다. 훗날 나도 꼭 그렇게 살고 싶다는 다짐을 하곤 했다.

친한 친구가 이런 이야기를 한 적이 있다. 부부가 중심인 가정에서 자란 친구인데 어렸을 때는 부모님이 너무 서로만 사랑하고 자식들은 찬밥 취급하는 것 같아서 섭섭한 적이 많았다고. 왜 다른 부모님들처럼 자식에게 헌신적이지 않은가 불평도 했지만 이제 자신도 결혼해 가정을 꾸려보니 엄마 아빠가 자신에게 준 최고의 선물은 두 분이 지금까지도 서로를 가장 끔찍하게 사랑하고 있다는 사실, 그게 두 분께 정말 고맙다는 것이었다.

우리 두 사람이 가진 것이 많지도 않고, 자식이 많은 것도 아니니 우리에게 아이는 태양이고 우주이다. 하지만 우리의 우주인 아이가 모든 것을 다 가질 수 있게, 그것도 최고로 해줄 수는 없을 것 같다. 다만 약속해줄 수 있는 것은 우리 두 사람은 너를 위해 서로를 변함없이, 끔찍하게 사랑하겠다는 것이다.

아이에게 몸과 마음으로 해줄 수 있는 모든 것을 해주려고 노력하겠지만 아마도 아이가 감당하기에 넘칠 정도는 아닐 것이다. 오히려 많이 모자랄 것 같다. 그 모자란 부분은 아이가 우리에게 받은 사랑과 정서로, 세상 살아가면서 스스로 채워나갈 수 있는 자신감을 키워주겠다고 약속한다. 오늘도 우리는 좋은 부모가 되려는 고민과 노력을 하고 있다.

아이에게 꽉 찬 우리 부부의 사랑을 최고의 선물로 주고 싶다.

믿음에
관하여

    분명 사람으로 태어났는데 내 눈에는 영 사람처럼 보이지 않았
던 시기는 생각보다 길었다. 앉을 수 있기만 해도, 서서 걸을 수 있
기만 해도 "와, 이제 사람 다 됐다!"라며 기뻐했던 그 날들 말이다.
새빨간 젖먹이 아기가 사람 다 된 것 같은 기쁨은 이게 마지막인 듯
하면서도 종종 다시 찾아왔다.

    온밤을 꼬박 자고 일어났을 때
    잔뜩 쟁여둔 기저귀와 마지막 인사를 했을 때
    더 이상 음식을 조각조각 잘라주지 않고 큰 것을 뚝딱 잘라
    먹는 모습을 봤을 때

두려워 오르지 못 했던 정글짐에 언제 그랬냐는 듯이 성큼
성큼 올랐을 때
처음 학교에 갔던 날 나와 인사를 나누고 헤어지던 그 뒷모
습을 봤을 때

이제 정말 사람이 되었다는 감탄이 절로 나왔다. 아이는 그렇게
Little Human, 작은 인간이 되었고, 못하는 말이 없고, 그저 단지 어
른들에 비해 크기가 작고 속이 훤히 드러나고 눈물이 많을 뿐 어엿
한 사람, 한 남자로 성장했다.

아이가 태어난 2012년 2월 6일, 다시 그 날로 돌아간다면….

물론 다시는 돌아가고 싶지 않다. 하지만 만일 다시 돌아간다면
아마도 많은 것들을 다른 방식으로 했을 것이다. '후회한다'라고 과
거의 선택을 단정 짓고 싶지 않지만 그때로 다시 돌아간다면 분명
그렇게 하지 않았을 것들, 지금 생각해도 나를 아프게 찌르는 것들
이 있다.

육아책에도 없었고, 육아를 먼저 시작했던 친구들에게도 들을
수 없었던 것들이 참 많았다. 온전히 내가 경험했기 때문에 그래서
나만의 방식으로 고민하고 선택해야 했던 정답이 없는 수많은 순
간들 말이다. 그때 다른 선택을 했더라면 지금 나는 훨씬 더 건강
한 몸으로 살고 있지 않을까? 이제 다시 돌이킬 수 없으니 이런 곱

씁음도 큰 의미는 없겠지만 한 번은 내 자신을 위해, 잃어버렸다고, 빼앗겼다고 느꼈던 시간을 위해 정리가 필요했다. 어쩌면 비슷한 길을 걸었던 모든 '엄마'라는 이름의 사람들에게도 꼭 필요한 시간일 것 같다. 그때 우리는 너무나 미숙했다.

그 시간을 떠올릴 때 나를 가장 아프게 하는 것은 의외로 모유수유다. 아이가 자발적으로 거부를 선언했던 그 날까지 정확히 11개월간 모유를 먹였다. 아이가 태어나고 이틀 정도 지났을 때 모유수유전문가가 병실을 찾았다. 그 분은 처음 보는 나에게 "모유수유 할 생각인가요?"라고 묻지 않았고 "모유수유할 거죠?"라고 물었다. 난 당연히 모유수유를 할 계획이었고 제왕절개를 했음에도 이미 넘치게 모유가 돌고 있었기 때문에 그 질문은 크게 문제가 없었다. 모유수유를 할 것이라는 내 대답에 "잘 결정했어요. 모유를 먹지 않는 아이들은 너무 불쌍하거든요."라는 그녀의 말은 아직 정신이 온전히 돌아오지 않아 해롱대던 상태였던 나에게 곧장 불편함으로 다가왔다. 그녀는 어떻게 해야 모유가 잘 도는지, 어떤 다양한 자세로 모유수유를 할 수 있는지, 모유 양을 늘릴 수 있는지 분명 도움 되는 부분이 있었고 열심히 경청했지만 지금의 나였다면 분명 다른 이야기를 그녀에게 했을 것 같다.

"꼭 모유를 먹어야 하는 것은 아니잖아요. 그런 말씀은 모유가 안 도는 엄마에게 상처가 될 것 같습니다."

"혹시 모유가 너무 많이 돌면 줄일 수 있는 방법도 있나요?"

난 이 두 가지 이야기를 꼭 했을 것이다.(내가 얼마나 뒤끝 있는 인간인지 세상에 꿈에도 몇 번이나 나왔다!)

모유수유 기간 내내 특히 첫 100일 정도는 나에게 모유의 양을 줄이는 것이 지상 최대의 과제였다. 아니, 죽고 사는 것 수준의 문제였다. 3일째 되는 날부터 갑자기 모유가 확 돌았는데 두 시간 단위로 칼같이 모유가 가슴에 꽉 들어차면서 평생 겪어본 적 없는 엄청난 신체적 고통을 느꼈다. 사람들과 책의 조언은 모두 하나같이 모유를 돌게 하기 위함, 모유의 양을 늘리기 위한 아기중심의 방법뿐이었다. 그 방법을 내 몸에 썼을 때 모유는 밖으로 나올지언정 내 몸은 더욱 모유를 만들어냈다. 두 달이 넘는 시간 동안 신생아 때문이 아닌 모유, 가슴 통증 때문에 2시간 이상 잠을 자본 적이 단 하루도 없었으니 난 95% 미친 사람이었다. 호르몬 때문이었을까? 눈물은 또 왜 그렇게 흐르던지, 새벽 수유와 유축은 왜 그렇게 버겁던지, 사람들이 말하던 모성애는 대체 어디 박혀 있는 것인지 찾을 수 없었다.

그때의 나는 미련하게도 모유수유를 안 하면 세상이 무너지고 아기가 어떻게 되는 줄 알았다. 남들은 모유가 안 나와서 울고불고

하는데 난 이미 넘치게 나오고 있지 않았던가? 더더욱 모유를 끊을 생각은 상상도 못했다. 분명 어떤 식으로든 멈췄어야 했다. 그 정도의 고통스러운 신체적 고통을 겪으면서까지 모유수유를 할 필요는 없었다.

아이는 분명 분유를 먹고도 잘 자랐으리라 확신한다. 세상의 많은 아이들이 분유를 먹으면서 건강하고 똑똑하게 잘 자란다. 여전히 모유가 분유보다 여러 가지 면에서 월등하게 낫다고 생각하지만 괜찮다. 모유 없이 분유만으로도 아기들은 문제없이 잘 성장한다.

그 80일, 100일여의 시간이 내 몸을 얼마나 심각하게 망가뜨렸는지, 다시는 예전처럼 건강한 몸으로 지낼 수 없다는 사실을 난 너무 잘 알고 있다. 한참 몸을 따뜻하게 하고 몸조리에 신경 써야 했던 그 시기에 나는 얼음주머니를 가슴에 넣고 살았고 수유를 마쳤을 때마다 냉동된 양배추 한 겹을 가슴에 붙였다. 지금 하라고 한다면 그 송곳 같은 차가움에 쓰러질지도 모르겠다. 단유에 도움이 된다는 엿기름도 마구 생으로 들이마셨는데 그것 역시 잘못된 방법이었다. 온통 잘못된 정보의 홍수 속에서 한 잘못된 선택은 내 몸을 훅훅 망가트렸지만 아이는 매번 상위 90% 이상의 곡선을 찍으면서 쑥쑥 자랐다. 아이의 성장은 적어도 하나의 달콤한 보상이었다.

그때 모유수유를 멈췄더라면…. 분유를 먹으며 수유텀은 훨씬 길어졌을 것이고 잠도 더 오래 푹 잤을 것이다. 온전히 내 몫이었던 모유수유는 우유병을 들 수 있는 누구든 함께 했을 것이다. 밤에 적어도 네다섯 시간 푹 잘 수 있도록 남편에게 한 번의 수유는 맡겼을 것이다. 몸에 뜨거운 물만 닿아도 모유가 확 돌아 그 겨울 차가운 물로만 샤워를 했는데 그럴 필요가 없었을 것이다. 설사 그렇게 했더라도 여전히 아이는 건강하게 잘 컸을 것이다. 분유도 충분히 믿을 만한 것인데 그때 내 눈에는 들어오지 않았다. 정확히 모유 이외의 차선책은 믿지 않았다.

나는 도움을 줄 수 있는 다른 사람을 찾았어야 했다. 더군다나 내가 살던 달라스는 높은 한인 거주 비율 때문에 도움 줄 수 있는 한국인 산후도우미도 조직적으로 많았다. 나의 가장 큰 문제는 믿음이었음을 인정한다.

다른 사람을 전혀 믿지 않았던 내 고집스러움이 제일 큰 장벽이었고, 두 번째는 결국 내가 두 시간마다 직수를 해야 하는데 무슨 도움을 받을 수 있겠냐는 상황에 대한 반문이었다. 모르는 사람이 집에 오는 것이 싫었다. 반 벗은 몸으로 가슴에 얼음을 붙이고 돌아다니는 나를 보이고 싶지 않았다. 낯선 사람이 집에 오면 TV에서 보는 무서운 일이 내 아이에게 일어날 것 같았다. 더 솔직히 말해 그 당시의 나는 가족도 온전히 믿지 않았다. 모든 것을 내가 다 해야 하는 줄 알았다. 이 얼마나 어리석은 판단이었던가 싶다.

적어도 하루에 서너 시간, 이틀에 한 번, 아니 그것도 너무 많다. 일주일에 한두 번, 누군가 우리집에 와서 집을 깨끗하게 청소해주고 빨래를 정리해주고 아이를 봐주고 수유도 해줄 수 있었다면…. 난 그 시간에 푹 잠을 자거나 샤워를 했을 것이다. 아이 없이 훌쩍 나가 장을 보러 다녀올 수도 있었고, 커피 한 잔 마시고 돌아올 수도 있었다. 끝없는 울음에서 잠시 벗어나 아주 잠깐이지만 나 혼자만의 시간을 가질 수 있었을 것이다. 그게 뭐 얼마나 대단한 시간이냐 한다면 아마 세상 엄마들은 다 한 목소리로 외칠 것이다. 그건 정말 대단한 시간이라고….

레지던트 2년 차로 얼굴보기 힘들었던 남편은 밤이면 피로로 떡이 되어 정신없었고 밤에도 수시로 병원에 불려나갔다. 남편은 밤에 한 번도 신생아였던 아기를 돌봐준 적이 없다. 내가 부탁하지 않았고, 남편은 이런저런 불평 없이 밤새 아기를 돌보는 나를 보고 그저 잘하고 있구나 믿었다고 한다. 난 그때 딱 죽을 지경이었는데 아무도 내 상태를 인지한 사람이 없었다.

남편의 일도 물론 중요하지만 새벽에 한 번 남편이 일어나 아이를 돌봤더라도 그는 좀 피곤한 상태로도 하루하루를 잘 버텼으리라 믿는다. 나보다 튼튼한 남자고 어른이니까 충분히 할 수 있었을 텐데 난 부탁하지 않았다. 피해를 주는 것이 싫었고 모두 내 몫이라 생각했고 무엇보다도 남편을 온전히 믿지 않았다. 분유도 남편도,

구하지 않았던 도우미도 분명 큰 도움이 되었을 텐데 나에게는 믿음이 없었다.

아이가 세 살 하고도 반이 된 여름, 미국으로 돌아와서 여름학교 Summer Camp를 시작으로 처음 학교에 갔다. 태어나서 엄마와 처음 떨어진 아이는 세상이 끝난 듯 공포에 휩싸여 떠나가라 울었다. 만약을 대비해 바깥에서 울음이 그칠 때까지 앉아 있었던 그 시간은 아마도 가장 긴 기다림의 시간이었을 것이다.

첫날은 20분, 다음날은 15분, 또 10분 그렇게 울음의 시간도 줄어들었고 마침내 정식으로 학교 정규 과정을 시작한 첫날 아이는 어떤 흔들림도 없이 웃으며 나를 보내줬다. 믿음은 내가 아니라 아이가 먼저 자기 마음속에 챙겼다. 엄마는 다시 돌아온다는 믿음, 다른 사람과 함께 있어도 괜찮다는 믿음, 친구들과 노는 것도 나쁘지 않다는 편안한 믿음이었다. 아이의 마음에 생긴 믿음을 보고 3년 반 만에 내 마음도 믿음이 작은 싹을 틔웠다.

따뜻하고 사랑이 많은 첫 선생님 두 분은 금방 아이의 성향을 냉철하게 판단했다. 아직까지도 마음 속 깊은 곳에 타인에 대한 의심이 완전히 사라지지 않았을 때였는데 두 분이 엄마인 나보다 훨씬 낫다는 것을 깨닫는 데는 오랜 시간이 걸리지 않았다.

아이는 학교에 가는 것을 즐거워했고 많은 것들을 배웠고 매일 즐거운 추억을 만들었다. 육아와 관련해서 처음으로 온전히 믿은 사람은 내 가족도 남편도 아닌 두 분의 선생님이었다.

프리스쿨 세 살 반 과정 일 년을 마치고 졸업식을 했던 그 날, 난 아이의 이전 발표회, 크리스마스 콘서트 그 어느 때보다도 많은 눈물을 흘렸다. 마지막으로 개인적인 인사를 나누며 두 분의 선생님께 마음을 고백했다.

> "노아를 키우면서 제 안의 풀지 못한 문제가 있었어요. 아무도 믿지 않았기 때문에 그간 모든 것을 혼자 해결하려고 했거든요. 그러면서 몸과 마음이 많이 피폐해졌어요. 그런 저에게 아이를 학교에 보내기로 결심하기까지 정말 큰 용기가 필요했어요. 사실 학교가 시작되고도 마음이 편하지 않았어요. 타인을 믿는 것이 너무 힘들었거든요. 하지만 지금 이 순간, 제가 세상에서 제 자신보다도 더 믿고 따를 수 있는 두 분이 제 앞에 계세요. 정말 고맙습니다. 저에게 처음으로 큰 믿음을 주셨어요."

내 이야기를 들으신 선생님들도 날 안아주며 함께 눈물을 흘리셨다. 한 아이를 키우는 것, 한 사람으로 만들어내는 그 과정은 분명 1인 과제가 아닌 협력프로젝트다. 난 너무 오랫동안 그 사실을 깨닫지 못했다.

매일 아침 아이는 가방을 들고 학교에 간다. 일주일에 두 번은 도시락도 챙긴다. 나와 떨어진 그 시간, 나는 집에서 홀로 글 작업을 하고 종종 아이의 모습을 떠올린다. 친구들과 뒹굴고 뛰놀고 그 작은 손으로 무언가를 열심히 쓰고 그리리라. 함께 맛있는 점심을 먹고, 선생님에게 꾸중을 듣기도 할 것이고 낮잠이 자기 싫어 투덜투덜 입을 내밀면서도 친구들과 눈을 맞추고 키득키득 웃기도 하겠지.

학교를 마치고 교실 문이 열리면 엄마가 기다린다. 세상 가장 격한 포옹을 선물로 주는 아이, 아이의 믿음대로 엄마는 언제나 그 곳 그 자리에 있다. 그 믿음에는 결코 흔들림이 없다.

아이가 성장하면서 앞으로 더 많은 선택과 믿음이 필요한 순간들이 찾아올 것임을 안다. 아이의 믿음이 나에게 말한다. 엄마도 믿으라고, 그래도 괜찮다고 말이다. 아이를 통해 믿음을 배우게 될 줄은 몰랐다. 이제 나는 많은 사람들을 진심으로 믿고 따른다.

그렇게 오늘도 어제보다 조금 더 나은 엄마로 성장한다.

섬세하고 예민한 사람들이
행복하게 사는 법

우리 부부는 정말 다른 성향을 가졌다. 결혼 전에는 나와 비슷한 성향의 사람들을 주로 만나고 끌렸던 것 같은데 결혼은 나와 정반대의 성향을 가진 사람과 했다. 성향도 그렇지만 우리는 성性이 바뀌어 태어난 것이 아닐까 싶을 때도 많고, 함께한 지 10년이 다 되어가는 데도 어쩌면 우리는 서로 이렇게 다를 수 있을까 여전히 놀란다. 분명 일장일단이 있다. 특히 결혼생활에서 더욱 그런 것 같다. 내가 가지지 않은 부분, 그가 가지지 않은 부분을 각자 가지고 있기 때문에 어떤 중요한 결정이나 위기의 순간에 둘 중 한 사람 덕분에 탈출구를 찾을 때가 많다.

결혼 초, 서로 맞춰가는 과정에 있을 때는 우리가 너무 달라서

이렇게 싸우는 것일까 고민하던 때도 있었지만 웬걸? 성격이 비슷하든 그렇지 않든 신혼 초에 안 싸우는 커플이 없었다. 나의 불같은 성격은 남편으로 인해 많이 부드러워졌고, 남편의 우유부단한 성격은 나로 인해 좀 더 단단하고 강해졌다.

반면 우리 두 사람이 가진 큰 공통분모도 하나 있다. 우리 둘 모두 무척 섬세하고 예민한 사람이라는 점이다. 섬세하고 예민한 사람, 영어단어로 표현하자면 'Sensitive' 'Sensible' 'Delicate' 등이 적당할 것 같다.

나는 타고나기를 그렇게 태어났다. 어려서부터 지금까지 쭉 그랬다. 섬세하고 예민하고 감수성 풍부하고 도전하는 것 좋아하고, 더불어 이성적이고 냉철한 성격이 섞여 있다. 지적 호기심도 높고, 집중력도 좋은 편이다. 한글을 일찍 깨우쳤는데 덕분에 집에 쌓여 있던 책들을 몽땅 읽고 또 읽고 했던 기억이 있다. 읽은 책마다 앞에 몇 번을 읽었는지 그 횟수를 알아볼 수 있게 스티커를 붙이는 것이 나의 놀이였다.

초등학교 가서는 친구들과 연극한다고 대본을 써서 연기하고 놀았고, 중학교에서는 방송반 아나운서를 하면서 2년간 하루도 빼지 않고 아침 8시 명상의 시간을 진행했다. 중고등학교 학창시절엔 문학에 점점 더 빠졌는데 소설, 시, 수필, 문학사와 종교 관련 서직 등

닥치는 대로 읽었고 어설프게 내가 쓰고 싶은 것들을 쓰기 시작했다. 음악과 영화, 현대미술사에도 심취해서 많은 시간을 보냈다.

같은 사물을 보더라도 남들과 다른 시선으로 보고 싶다고 열망했고 그러기 위해 의식적으로 노력도 많이 했다. 덕분에 머릿속은 항상 복잡했고 완벽주의 성향까지 있어서 고등학교 때까지는 스스로를 굉장히 피곤하다고 생각했다. 이런 성향의 사람들은 두통이 잦은 편인데 나 역시 어렸을 때부터 자주 두통을 경험했고 지금도 곁에는 언제나 진통제가 있을 정도로 두통은 삶 가까운 곳에 머문다. 이런 여러 가지 성장 환경, 성격 등이 문학과 자연스럽게 연결되었고, 섬세하고 예민한 감각은 제2외국어를 배우는 데에도 분명 도움이 된 것 같다.

마이크도 어렸을 때부터 많은 책과 음악을 즐겼고 조용한 자신만의 시간의 고마움을 알았다고 한다. 클래식 음악과 피아노에 아주 심하게 빠져있었는데 대학 전공으로 심각하게 고려할 정도로 음악에 대한 사랑이 컸다. 세상에서 제일 좋아하는 것이지만 결국 선택하지 않은 이유는 예술 분야에서 크게 성공하려면 천재적인 재능이 필수인데 자신은 진심으로 음악을 사랑하지만 스스로를 천재라고 부를 만한 재능은 가지지 않았다고 판단했기 때문이었다. 그래서 두 번째 관심분야였던 미생물학, 과학 분야를 선택했고, 대학을 마치고 의과대학에 진학했다.

　일반적으로 사람들이 섬세하고 예민한 사람들, 생각이 많고 꼼꼼한 사람들에 대해서 "피곤해, 피곤하겠다!"라고 많이들 생각한다. 알게 모르게 부정적인 시선도 살짝 깔려있음을 느낀다. 물론 그렇지 않은 사람과 비교했을 때 분명 피곤한 부분이 있겠지만 사실상 섬세남, 예민녀로 사는 것을 스스로 "아, 정말 피곤해 죽겠다!"라고 느끼지는 않는다. 그저 좀 더 신경 쓰고 살아야 할 부분이 다른 사람들보다 많을 뿐이다.

　구체적으로 예를 들자면 예민남녀인 나와 마이크는 잠자리 환경이 정말 중요하다. 나는 아무리 피곤해도 잠이 드는 데 긴 시간이 걸리고, 마이크는 아무리 피곤해도 얕은 잠을 잔다. 우리가 숙면하려면 주위 환경이 정말 조용해야 한다. 백색소음이 있어야 하고, 전자기기에서 나오는 조그마한 불빛도, 시계의 초침 소리도 없어야 한다. 침구가 바뀌면 잠을 잘 못 자기 때문에 어디를 가더라도 꼭 베개를 챙겨 다닌다. 귀마개를 하고 자기 시작한 지 10년이 훌쩍 넘었는데 내 귀마개 없이는 한 숨도 못 잔다.

　나는 시간이 오래 걸려도 한 번 잠이 들면 깊은 잠을 잘 수 있지만 마이크는 내가 아는 세계 최강으로 가벼운 잠을 자는 사람이기 때문에 간헐적인 소음에도 벌떡 일어날 정도로 쉽게 잠에서 깨고 그렇게 한 번 깨면 금방 잠들지 못한다.

내가 세상에서 제일 부러운 사람, 머리만 닿으면 잘 수 있는 사람은 아마 여기까지만 읽어도 이 두 사람 정말 피곤하게 산다 싶을 것 같다. 하지만 우린 피곤하지 않고, 서로를 피곤하게 생각하지도 않는다. 스스로 어떤 환경에서 숙면할 수 있는지 잘 알기 때문에 잘 시간이 되면 천천히 함께 그 환경을 준비하고 서로를 배려한다. 이런 방식이 익숙할 뿐 불편하게 여기지 않는다.

이런 예민남녀가 만나 결혼을 하고 아이를 가졌으니 낳기도 전에 공포스러웠다. 물론 우리 부부와 전혀 반대의 성향의 아이가 태어날 수도 있겠지만 확률은 낮을 테니 어느 정도 마음의 준비를 하고 있었다. 우리와 비슷한 성향의 예민한 아기가 태어날 것 같은 느낌…. 20주 무렵 첫 태동을 느낀 이후 말 그대로 폭풍 태동의 연속이었다. 아기는 뱃속에서 몸을 일자로 뻗치기 놀이하는 것을 좋아했고, 다른 태아처럼 몸을 동그랗게 웅크리는 것은 거의 하지 않았다. 일자로 뻗치며 놀다가 태어나는 그날까지 일자로 뻗어서 명치가 찢어지는 줄 알았다.

출산 일주일을 앞두고 선생님이 아기 자세를 동그랗게 바꿔보려고 여러 가지 시도를 했지만 모두 소용이 없었다. 키가 50Cm를 훌쩍 넘겼던 아기는 결국 일자로 뻗치며 세상에 나왔다.

폭풍 태동하던 아기의 움직임이 평소보다 10분의 1로 줄어든 때가 있었다. 20주에 여아 성별을 확인하고 8주가 지난 후 이 아기는 100% 남자라는 확진받았던 그 날, 몇 시간을 엉엉 울고 3일을 눈물바람으로 보냈는데 그때 아기는 거의 움직이지 않았다. 마치 엄마의 감정을 다 읽고 있는 것처럼 아주 천천히 슬쩍슬쩍, 평소 태동의 10분의 1도 미치지 못하는 수준으로 슬프게 떠다녔다. 그때 처음 이런 생각이 들었다.

"이 아이는 100% 예민남이네. 내 마음을 읽고 있구나!"

그 일은 마음의 준비를 더욱 단단히 하게 된 계기가 되었다. 예민남을 맞을 준비. 나는 예민한 아기의 반대말이 순둥이 아기라고 생각하지 않는다. 사실 지금도 사람들이 말하는 순한 아기의 정의를 잘 모르겠다. 더 드러나고 덜 부각되는 부분이 있을 뿐, 분명 세상의 모든 아기사람들은 인간의 보편적인 성향을 두루 지녔다고 믿는다. 통상 사람들이 생각하는 순한 아기를 '잘 울지 않고 이래도 흥 저래도 흥, 있는 둥 마는 둥, 조용하고 어디서든 아무데서나 잘 자는 아기'로 정의한다고 봤을 때 아마도 내 아기는 사람들이 생각하는 순한 아기와는 거리가 먼 아이가 나오겠다고 생각했다.

시간이 흘러 아기 노아가 세상에 태어났다. 제왕절개 마취 후유
증으로 이틀이 지나서야 혈압과 정신이 돌아오고 눈을 제대로 뜰
수 있었는데 처음으로 얼굴을 제대로 볼 수 있었던 내 아기는 예상
대로 100% 예민남이 맞았다.

태어난 지 이틀이 된 신생아는 섬세하고 예민함이 뚝뚝 흘렀다.
신생아는 그저 배부르면 잔다던데 내 아기는 전혀 그렇지 않았다.
모든 환경이 완벽하게 갖춰져야 잤고, 빛과 소음에 굉장히 예민했
다. 아무리 배가 고파도 주변 환경이 시끄럽거나 누가 말을 하면 먹
는 것을 멈췄다. 11개월 모유수유 기간 내내 그랬다. 아무리 배고파
도 조금이라도 시끄러운 환경에서는 한 모금도 먹지 않았다. 대화
나 상황, 주변 소음이 모두 정리될 때까지 기다린 후에 먹기 시작했
다. 친구들은 모유수유하면서 다른 일도 하고 전화통화도 하던데
나는 통화는커녕 재채기도 못했다. 조용히 집중해서 열심히 먹고
있는데 엄마가 재채기를 하거나 크게 움직이면 까무러치게 놀라며
먹다 말고 엄청난 오열을 선사했고 그대로 먹던 것을 쏟아내기 일
쑤였다.

수면환경도 마찬가지였다. 아주 조용해야 했고, 주변에 간헐적인
소음을 잠재워주는 백색소음이 있어야 잤다. 졸리면 놀다가 아무데
서나 잠드는 아기는 인터넷 사진 속의 아기였다. 침대에 눕혀야 할

그 몽롱한 타이밍을 놓치면 곧바로 재난으로 이어졌다. 그 순간을 놓치는 것이 육아 초기 큰 공포였다. 언제나 아기의 사인을 주의 깊게 살피고, 그 순간이 되면 곧바로 침대에 눕혀줘야 했다.

모든 것이 완벽하게 맞춰주면 혼자서 행복하게 잠자러 떠났고, 웃으며 일어났다. 특히 자러 떠나고 첫 20~30분은 극도로 조용히 해야 했는데 거의 두 살이 훨씬 넘어서까지도 이어졌다. 일단 자기가 잠자러 간 뒤에 바깥에서 큰 소리가 나면 거짓말 안 보태고 한 시간을 울다가 지쳐 잠들었다. 나도 마이크도, 방문했던 가족들도 그 마의 20분에 큰소리 냈다가 한 시간 오열의 현장을 여러 번 목격했다. 울기만 하면 다행인데 밤새 재우려고 잔뜩 먹인 것을 몽땅 쏟아내었으니, 멈추지 않은 오열의 폭주기관차였다.

아이를 한 인간으로 이해하고 배우며 아이의 편안함과 행복을 위해서는 많은 배려가 필요했다. 항상 아이가 원하는 수면 환경을 만들어줬고, 일단 잠든 이후엔 어떠한 소음도 만들지 않았다. 배고파서 당장 뭐 먹고 싶은 날들도 많았고, 보고 싶은 TV 프로그램이 있는 날도 있었지만 모두 접고 조용하게 그 적막의 20분을 지켜줬다. 딱 20분만 참고 기다려주면 온밤의 자유를 우리에게 선사했다. 이런 아이를 키우면서 사람들에게 비슷한 이야기를 수도 없이 들었다.

"아기를 너무 예민하게 키우면 안 돼!"

"엄마가 애기를 너무 예민하게 만드는 것 아니야?"

"애가 시끄러운 데서도 막 자고 유모차, 카시트 이런 데서도 막 잘 수 있게 그렇게 키워야지!"

"우리 애는 아무데서나 막 잘 자는 순둥인데, 노아는 순둥이가 아니라 정말 어렵겠다."

어떤 뜻인지는 알겠으나 나는 여전히 동의할 수 없다. 우리가 그렇게 키운 것이 아니라 그렇게 해줄 수밖에 없었던 상황이었다. 우리도 시끄러운 상황에 당연히, 수없이 노출시켜봤고 졸려서 졸도할 것 같은 순간에 유모차, 카시트 다 태워봤고, 시끄러운 환경에서 모유를 먹이려던 시도, 부모로 할 수 있는 것들 모두, 아주 많이 해봤다. 하지만 그때마다 돌아오는 것은 재난뿐이었다.

정말이지 일부러 예민하게 키우는 것이 아니라 예민한 아이의 성향을 맞춰주어야 했을 뿐, 다른 선택의 여지가 없었다. 우리의 노력에 대한 이해가 없는 사람들의 충고는 상처가 될 때가 많았다. 세상에 자기 자식을 일부러 예민하게 키우고 싶은 부모는 없다.

예민한 아기를 키우며 많이 불편하고 힘들었다. 거의 세 살이 넘어서까지 낮잠 시간 되면 꼭 집에 돌아와야 했고, 유모차나 카시트에서 잘 수 없으니 야외활동에 제약이 많았다. 어디를 가게 되더라도 낮잠 시간과 걸릴 때가 많으니 항상 긴장상태였다. 그런데 자연스레 익숙해지고 당연한 루틴으로 자리 잡았다. 아이가 원하는 것을 분명히 알고 있으니 그대로 해주는 것이 우리 셋 모두 편안하고 행복하다는 것, 그걸 받아들이니까 다른 아기랑 비교도 안 하게 되고 불편함이라 생각했던 것도 멈췄다. 그저 부모로서 당연히 그렇게 해야 하는 것으로 여기기 시작했다.

신생아를 키울 때는 급격하게 변화하는 아기의 성장발달에 따라 아기도 부모도 힘든 시간을 많이 겪는데 우리 셋은 매번 찾아오는 그 변화의 고비고비를 진정 하나도 빠짐없이 격렬하게 체험했다. 배앓이, 특정시간에 칼같이 찾아 왔던 진상의 시간, 뒤집기가 완성될 때까지 밤새 반복하고 울곤 했으니 뒤집기할 땐 잠을 제대로 잔 기억이 없다.

막 기어가기 시작할 때도 자기 뜻대로 안 되니 정말 힘들어했었고, 일어서기 시작하니 일어나는 것은 되는데 앉는 것이 안 되어 맨날 울었다. 이가 나오기 시작했을 때는…. (긴 말 안 하고 싶지 않다.) 어느 정도 걷기 시작하니 철인 3종을 뛸 자세로 모든 것이 완벽하게 될 때까지 하고 또 하던 아이는 성장의 과정마다 엄청나게 울었다. 자신의 몸에 일어나는 변화를 200% 느끼고 체험하며 본인은 물론 우리를 정말 힘들게 했다. 쉬운 순간이 없었다.

섬세한 아이의 성장

아이가 두 살이 되면서 처음으로 육아가 수월해졌다고 느꼈다. 그 2년은 우리가 만든 이 아이가 어떤 성향의 사람인지 배울 수 있는 시간이었다. 아이는 사물에 대한 이해력도 높아지고, 말도 더 잘하게 되고, 의사표현의 능력까지 갖추게 된 작은 인간으로 성장했다. 가슴을 미치도록 벌렁거리게 만들었던 아이의 울음은 마지막으로 울었던 때가 언제였는지 잘 기억이 나지 않을 정도가 되었다. 또한 여유 있고 행복이 가득한 얼굴을 더 많이 볼 수 있게 되었다. 우리와 자신을 힘들게 했던 예민함은 또래에 비해 훨씬 더 성숙한 섬세함으로 발전하기 시작했다.

아이가 잠든 방에 몰래 들어가는 것은 정말 상상도 할 수 없었던 일인데 언제부터였을까 잠든 아이의 기저귀를 갈 수도 있고 젖은 수건을 걸거나 선풍기를 켜고 끄는 일도 가능해졌다. 그러다 잠깐 잠이 깨면 제대로 뜨지도 못한 눈이지만 엄청 반가운 얼굴로 엄마를 찾고 다시 잠이 드는 기적도 찾아왔다.

섬세하고 예민한 아이는 감수성도 눈물도 많은 편이다. 언제였더라? 나는 옆에서 외출 준비를 하고 아이는 〈뽀로로〉 한 편을 보고 있었다.

뽀로로와 친구들이 사는 마을에 별똥별이 떨어졌고 친구들이 별똥별을 주어왔다. 반짝반짝 빛나던 별똥별이 아침에 일어나니 더 이상 빛나지 않는 것이다. 큰일이 났다! 우당탕 소동이 벌어지고 결론은 별똥별을 하늘로 다시 보내서 빛나게 해줘야 한다는 에피소드였다. 화면은 보지도 않고 바쁘게 메이크업을 하면서 혼자 속으로 '설마 저러다 우는 거 아니겠지?' 했더니… 에피소드가 끝날 무렵 고개를 돌려 보니 이미 눈물을 줄줄 흘리고 있었다. 나의 품을 파고들며 엉엉 울면서 "Don't go star! Stay here!(별님아! 가지 말고 여기 있어요!)"를 외치며 족히 10분은 펑펑 울었다.

이제는 어른과 대화하는 것처럼 모든 이야기를 다 나눌 수 있을 정도로 성장한 아이에게 의식적으로 자주 해주는 이야기가 있다.

엄마는 노아가 예민하고 섬세한 사람이라서 정말 좋아.

살면서 피곤할 수도 있지만 노아한테 더 좋은 일들이 많이 생길 거야.

세상에 더 많은 것들을 볼 수 있고, 남들이 못 보는 것도 다른 눈으로 볼 수 있을 거야.

음악도 미술도, 다양한 예술 장르도 많이 즐길 수 있고 노아가 좋아하는 피아노도 바이올린도 쉽게 배우고 잘할 수 있을 거야.

아이가 태어나기 전에 나는 절대 '아기말'을 하지 않겠다고 결심했다. 무슨 말인지 알아들을 수 없는 혀 짧은 아기말, 혹은 아이의 수준을 자체적으로 낮추어 대화의 수준까지 낮추어버린 외계어는 하지 않겠다는 약속이었는데 덕분에 아이가 태어난 그 날부터 항상 어른이랑 이야기하는 방식 그대로 대화를 나눴다.

내용이 깊어지면 100% 다 이해할 수는 없겠지만 80~90%는 이해할 거라 믿으며, 또 언젠가 100% 모두 이해할 거라 믿으며 이야기들을 많이 해주었다.

언젠가 아이가 이런 말을 한 적이 있다.

엄마 is my favorite lady (엄마는 내가 가장 좋아하는 레이디에요.)

아빠 is my favorite man (아빠는 내가 가장 좋아하는 맨이고.)

엄마's favorite big boy is Noah! (엄마가 가장 좋아하는 빅보이는 노아예요!)

아이는 나에게 한 편의 시와 다름없는 이야기도 자주 읊어준다. 아이의 마음속에는 어떤 미움이나 분노가 1g도 없다. 내 아이가 섬세하고 예민한 것이 좋고 행복하다. 내가 얼마나 도움이 될 수 있을지는 모르겠지만 앞으로도 본인이 지닌 성향을 최대한 긍정적인 방향으로 발전시킬 수 있도록 돕고 싶다. 그게 아이가 행복해지는 길이고 우리 역시 그런 아이를 보며 행복할 수 있다고 믿는다.

맨땅에 헤딩하는 기분으로 아이를 키우면서 수많은 밤 고민했다.

'우리가 지금 잘하고 있는 것일까?'

이제는 서로에 대한 이해도가 많이 높아졌지만 여전히 같은 고민을 반복한다. 우리 잘하고 있는 것일까? 세상의 모든 부모가 같은 마음일 것이다. 사실 마음먹기는 정말 쉽다. 조금 더 많이 배려해주고 신경 써줘야지, 예민함과 섬세함을 본인이 힘겹게 느끼지 않도록, 끌어낼 수 있는 것은 다 끌어내어 좋은 쪽으로 발전시켜줄 것이라는 다짐 말이다. 매일 생각하면서도 초보 엄마는 여전히 자주 궤도에서 이탈하고 중심을 잃는다. 아이 곁에서 부모라는 이름으로 온전히 함께할 수 있는 날이 이제 고작 10년 하고 몇 년이 더 남았을 뿐인데도 말이다.

육아에 정답이 있다면 얼마나 좋을까! 만일 육아에 정답이 있었다면 육아책이 세상에 이렇게 많이 쏟아져 나왔고 계속 나오고 있을 리 없다. 육아의 정답에 가장 근접한 답은 엄마, 아빠, 아이 삼각형 안에 있다. 내 아이의 상태에 대한 냉정한 판단이 선행되어야 하고 그것이 좋아도 싫어도 온전히 인정하는 것, 그리고 아이만의 성향을 발전시켜주기 위해 노력하는 것. 그게 제일 정답에 가깝다고 믿는다.

예민한 아이를 키우면서 힘들었던 그때, 나보다 먼저 비슷한 길을 갔던 육아 선배, 인생 선배들이 나에게 그런 말을 많이 해줬다.

"지금은 힘들어도 그 섬세함 때문에 분명 더 좋은 날이 찾아 올 거야!"

꽤 여러 번 들었던 응원이었지만 난 그저 단순히 내 기분이 나아지게 도와주려던 메시지 정도로만 생각했다. 어떻게 더 좋은 날이 온다는 것인지, 그것도 섬세함 때문에? 이해할 수 없었다. 하지만 몇 년의 시간이 흐른 지금, 아이의 섬세함과 예민함에 감사하고 덕분에 우리만 아는 따뜻한 추억이 매일 쌓여가는 지금, 난 이제 그 말의 뜻을 이해할 수 있게 되었다. 더불어 비슷한 성향의 아이를 키우는 부모에게 똑같은 메시지를 진심을 담아 전달하곤 한다.

내 아이를 포함한 수많은 아이들, 세상에는 우리 같은 사람이 정말 많다는 것을, 이렇게 살아도 충분히 멋지다는 것을 말이다.

세상의 모든 이들이 자신의 타고난 성향에서 자유롭기를 바란다.

어떠한 압박과 죄책감 없이 있는 그대로의 모습을 인정하고 당당하게 살기를 바란다.

분명 섬세하고 예민한 사람들도 아름다운 꽃길을 편안하게 걸을 수 있다.

관찰의
나날

하루아침에 엄마라는 새 이름을 달고 쉽지 않던 아이를 키우던 그때는 몸과 마음이 힘드니 점점 더 자신이 없어졌고 내가 뭘 잘못하고 있는 것일까에 대한 자책의 시간이 길어졌다. 외출하면 아이가 언제 폭발할지 몰라 전전긍긍하던 우리 부부는 유모차 안에서 쌔근쌔근 잠들어 있는 아기를 곁에 두고 우아하게 브런치와 쇼핑을 즐기는 부부들의 모습이 얼마나 부러웠는지 모른다.

세상의 아기들은 모두 쉬워 보였고, 우리의 좋은 시절은 다 끝났다고 생각했다. 부부싸움은 늘어갔고 바쁜 남자랑 결혼한 것도 바쁜 시기에 아기를 가진 것도 후회스러웠다. 그런데 되돌릴 수 있는 것은 아무것도 없었다. 나만 바라보는 아기는 내 곁에 24시간 함께 했다. 뭔가 엄청나게 큰 전환이 간절하게 필요했다.

도대체 이 아이가 원하는 것이 무엇일까?

우리가 행복하려면 아이가 행복해야 했다. 아이가 행복하기 위해 원하는 것이 무엇인지를 알고 최대한 할 수 있는 선에서 맞춰주려던 노력, 시행착오를 대략 2년 정도 겪었다. 규칙적인 루틴을 좋아하고 갑작스럽고 큰 변화를 싫어하는 아이니까 최대한 루틴이 깨지지 않게 지켜주었고, 본인에게 격한 변화로 느껴질 상황은 애초에 만들지 않았다.

피곤함, 졸림의 타이밍을 놓치지 않고 딱딱 맞춰 침대에 눕혀주었고 백색소음도 유지했다. 모유와 이유식 먹을 때 조용히 집중할 수 있는 환경 만들어줬고, 유모차와 카시트를 좋아하지 않으니 거기서 오랜 시간 보낼 상황 역시 만들지 않았다. 피할 수 있는 것은 피할 요령을 어느 정도 갖추었으니 이제 아이가 좋아하는 것들에 대해 주의 깊게 살피기 시작했다. 그것만이 나를 살릴 수 있을 것 같았다.

백일 무렵 친구에게 잔뜩 물려받은 책을 처음으로 아이에게 보여주었을 때, 그때의 눈빛을 나는 지금도 생생하게 기억한다. 정말이지 눈에서 별이 쏟아지는 것 같았다. 무척 좋아했고 놀랍게도 꽤 오랜 시간 집중하기 시작했다.

'우리 아기는 책을 좋아하는구나!'

　그 무렵 아기가 집중할 수 있는 최대의 시간은 20~25분이었다. 그 시간을 넘겨 집중력이 떨어지고 산만해지거나 짜증이 나지 않게 시계 보고 시간을 딱 맞춰 끊어주었다. 17~18분 정도 열심히 읽어주고 책을 덮었다. 질리지 않고 다음 번 책읽기 시간이 기다려질 수 있도록 아직 열심히 집중하고 있는 순간에 다음 책 읽기 스케줄을 알려주고 기분 좋게 책을 닫았다. 그렇게 하루 세 번 정도 매일 같은 시간대에 정해진 자리에 앉아서 책을 읽었다. 아이의 눈빛과 몸짓을 보면서 "더 많이 읽고 싶어요, 더 집중할 수 있어요!"라는 사인을 읽었다. 20분, 25분, 30분, 그런 식으로 집중의 시간을 천천히 늘렸고, 질리기 전에 내가 책을 덮었다.

　아이가 좋아하는 책의 장르를 알아내려는 노력도 많이 했다. 양눈에 불을 켜고 선호도를 찾아내기 시작했다. 선호도는 성장과 함께 변화가 있었는데 처음엔 팝업 컬러북을 좋아했고 색감이 강렬한 책은 무서워했다. 부드럽고 동글동글 귀여운 캐릭터가 담긴 책을 좋아한다는 것도 알게 되었다. 6개월을 넘기면서 버튼을 누르면 음악이 나오는 뮤직북과 큰 사랑에 빠졌고, 특정 시리즈, 특정 작가의 책을 선호하기 시작했다.

두 살을 넘기면서 기승전결이 확실한 책만 좋아했고, 자신이 좋아하는 동물들이 많이 등장하는 책의 경우 스토리에 상관없이 읽고 또 읽고 싶어 한다는 것도 알았다. 책을 많이 읽게 되면서 아이는 예전에 비해 훨씬 안정된 정서를 보였고 짜증과 울음보다 행복하고 평온해하는 시간이 점점 더 길어지고 있는 것을 온몸으로 느낄 수 있었다.

우리 부부는 TV를 거의 보지 않았는데 하루 한 번 오후 3시경에 하는 CNN 뉴스는 꼭 챙겨보곤 했다. 어느 순간 아이가 화면에 특정 무엇인가가 나오면 굉장히 좋아한다는 것을 감지했다. 그건 바로 숫자였다. 뉴스 아래쪽 자막으로 헤드라인이 휙휙 지나가는데 글자에는 관심이 없어도, 유독 시계, 증권지수, 날씨 온도와 같은 숫자가 나오고 그게 변하면 너무 좋아하였다.

'혹시 얘가 숫자를 좋아하나?'

대략 돌 무렵의 일인데 그때부터 자연스럽게 숫자를 가르쳐주기 시작했다. 1~20까지 맞출 수 있는 숫자 퍼즐을 주고 하나하나 가르치며 숫자놀이를 했다. 예를 들어 퍼즐의 숫자 1과 3은 따로 읽으면 One, Three가 되지만 함께 붙여 읽으면 13 즉 Thirteen이 되고 두 숫자의 위치를 바꾸면 31 Thirty-one이 된다는 식으로 숫자를 알려 줬는데 그때 또 한 번 아이의 눈에서 쏟아지는 별을 봤다. 훗날 숫자는 도형으로 확장되었고 유치원 입학을 앞두고 있는 아이는 여전히 숫자와 도형을 가지고 노는 것을 좋아한다.

한국에서 지낼 때 숫자 관련 학습지의 방대한 규모를 보고 깜짝 놀랐다. 연령별로 정리가 잘 된 학습지는 아마도 한국이 최고일 것이다. 마음 같아서는 몽땅 사주고 싶었지만 꼭 한 권씩만 사줬다. 한 권을 다 끝내면 함께 서점에 가서 아이가 원하는 것으로 또 한 권, 또 한 권. 자신이 직접 고른 한 권의 숫자놀이책은 큰 기쁨이었다. 한 권이 끝날 때 아이의 흥분지수도 함께 높아지곤 했다.

도형의 경우 퍼즐로 시작을 해서 모든 도형을 익히게 되었는데 일상생활에서 도형 찾기 놀이는 지금도 즐기는 놀이 중에 하나다. 화장실에서 타원형, 동그란 똥을 만들었다고 좋아하고 과일을 먹어도 도형 모양으로 잘라 먹는다던가 이미 잘린 과일과 채소에서도 도형을 찾았다.

아이가 도형에 빠지자 나의 눈에도 세상 모든 도형이 다 들어오기 시작했다. 아파트는 직사각형, 버튼은 동그라미, 아빠 얼굴은 타원형이고 자기 얼굴은 Moon face, 달을 닮았다며 아이는 환하게 웃었다. 숫자와 도형 사랑을 알게 된 후, 집중력의 시간이 엄청나게 길어졌고 어떤 지적 욕구가 해소되어서인지 더욱 차분해지고 떼 쓰는 일도 눈에 띄게 줄었다.

아이가 좋아하는 것을 가까이 지켜보고 알아내서 그것을 함께하는 데 많은 시간을 보냈다. 선호하는 장르의 책을 고르고, 함께 퍼즐을 맞추고, 좋아하는 연주곡, 광고음악을 찾아 듣고, 좋아하는 수채화를 그렸다.

조금씩 출구가 보였다. 적어도 방향은 잡히는 것 같았다. 그렇게 조심스럽게, 천천히 우리는 서로를 이해하기 시작했다.

chapter 3

HOPE

함께 찾는
행복의

여정

Never say never

"절대로 '절대'라는 말을 하지 말아요!"

저런 말은 대체 누구에게 들었던 것인지 기억에 없지만 아주 어렸을 적 '절대'라는 말은 함부로 해서는 안 된다고 배웠다. 정확히 기억나지 않지만 아마 초등학교 언제였던 것 같다.

어른들이 꼬마들에게 참 많이 묻는 질문이 있다.

"넌 커서 뭐가 될래?"

"어떤 사람이 되고 싶어? 꿈이 뭐야?

짧고 못생긴 손가락과 어울리지 않게 난 10년 가까이 피아노를 쳤다. 그래서 어른들이 꿈이 뭐냐고 물을 때면 별 생각 없이 피아니

스트라고 말했다. 어린 아이들은 꿈이 하루가 멀다 하고 바뀌곤 하는데 난 그렇지 않았고 어마어마한 꿈도 없었다. 덕분에 내 대답은 꽤 오랜 기간 영혼 없이 피아니스트였다.

중고등학교 다니면서는 내가 문학과 글쓰기를 좋아하고, 미술사, 영화, 그림, 음악 등을 좋아한다는 것을 알게 되었다. 그렇게 천천히 마음이 생겼다. 가능하다면 문학을 공부해보고 싶다는 꿈을 품기 시작했다. 대학입시를 준비하는 여고생이 되니 꿈을 묻는 질문은 나중에 뭐가 되고 싶은가에서 구체적으로 "무슨 과에 가고 싶어?"로 바뀌었고, 매번 이렇게 대답했다.

"다 좋은데 선생님은 하기 싫어."

"뭐든 할 수 있을 것 같은데 절대 선생님은 안 하고 싶다."

선생님을 싫어하고, 그 직업을 싫어하고, 학교를 싫어했던 학생도 아니었다. 평범하게 학교생활을 했고 선생님, 친구들과의 관계도 좋았으니 특별한 문제도 없었다. 단지 어린 마음에 선생님이라는 직업이 자기 발전이 없는 고인 물 같다고 생각했다. 특히 고등학교에서 그 생각이 더 강해졌다. 누군가에게 반복적으로 불변의 지식을 설명한다는 것이 너무 지루하고 재미없어 보였다. 아직 대단한 능력은 없지만 어쨌든 난 젊으니 뭐든 다 도전해볼 수 있을 것 같았지만 선생님만은 되고 싶지 않았다. 그렇게 대학에 갔고 원하는 문학을 공부할 수 있게 되었다. 한 번도 휴학을 한 적이 없어서 시간은 더욱 빨리 흘렀고 금세 졸업반이 되었다. 이제 나도 학생 끝, 드디어 취업이라고 내 힘으로 돈을 벌 수 있다는 기대에 부풀어 있는데, 부모님께서 내가 대학원에 진학하기를 강력히 원하셨다. 학과 교수님들도 당연히 내가 대학원 가는 것으로 생각하고 계셨다. 대학원은 한 번도 생각해본 적이 없었기 때문에 정말 당황스러웠다.

공부가 하기 싫었던 것은 아니지만 빨리 사회에 나가 내 직업을 갖고 싶은 마음이 컸다. 스트레스, 심리적 압박, 긴 고민의 시간을 보냈고 4학년 가을 무렵 이미 대학원 합격 통지서를 받아놓고 진학을 준비하고 있었다.

요즘은 흔하게 석사, 박사 과정을 공부하지만 내가 학교 다닐 때만 하더라도 대학원 과정을 필수로 생각하는 사람들이 많지 않았다. 친한 친구들은 졸업과 동시에 대부분 사회로 뛰어들었는데 홀로 쓸쓸하게 학생의 꼬리표를 연장하고 대학원에 갔다.

사실 결과만 놓고 보면 대학원 진학은 현명한 선택이었다. 졸업 후 했던 모든 일이 꼭 학위가 필요했고, 그 일들을 하면서 삶이 더 탄탄해졌으며 훗날 내가 정말 원하는 것을 도전할 수 있는 발판이 되었다. 지금 다시 선택한다 해도 분명 대학원에 진학했을 것이다. 지금도 부모님께 진심으로 감사한 마음이다.

한 가지 예상하지 못했던 것은 대학원 생활이 상상 이상으로 정말 힘들었다는 점이다. 학부에서 배우던 것의 심화과정이라 생각하고 대학원에 갔는데 배움의 영역을 뛰어넘는, 아니 배움의 영역과 관계없는 외적 부분들이 무척 버거웠다.

전공의 특성상 이미 사회생활을 하거나 진즉 활발히 활동 중인 문인들이 대학원에 와서 가방끈과 인맥 쌓기를 하는 경우가 많았다. 휴학 없이 학부 마치고 곧장 대학원에 입학한 나는 대학원 3차까지 나이가 제일 어렸다. 못하면 못한다고, 잘하면 잘한다고, 어린 네가 인생을 알면 얼마나 아냐며 욕먹었다. 나보다 나이가 훨씬 많았던 선후배들은 상당수 매우 정치적이었고 그들과 맞지 않아 언제나 가슴이 답답했다. 게다가 뒤늦게 알게 되었지만 나는 어느새 있는 집 딸, 요즘 소위 말하는 '금수저'가 되어 있었다. 문학은 치열한 사람이 해야 하는데 별로 안 치열해도 되는 애가 문학한다는 비판이었다.

부모님 덕분에 어렵지 않은 환경에서 성장한 것은 맞지만 어디서도 함부로 허튼 돈 쓴 적 없고, 허세 부린 적 없고, 꾸미는 것이나 외적인 것에도 관심이 없었다. 술 담배 안 하니 돈 쓸 일도 없고 오로지 하는 일은 학과 공부, 외국어 공부, 여행과 연애 정도였는데! 딱히 누구에게 피해준 것도 없음에도 오해는 눈덩이처럼 쌓여갔다. 정신이 하루하루 피폐해졌고 빨리 이곳을 벗어나고 싶다, 그리고 다시는 돌아오고 싶지 않다고 졸업하면 '절대' 문학은 안 한다고 이를

갈았다. 분명 문학이 좋아서 내린 결정이었는데 아이러니하게도 대학
원이라는 공간에서 문학에, 문학하는 사람들에게 완전히 질려버렸다.

졸업이 다가오면서 문학과 전혀 상관없는 일을 하면 어떨까 고
민이 많았다. 마음이 힘들었던 것은 두 번째 문제이고 정말 내가 원
하던 학문을 6년이나 즐겁게 공부했는데 완전히 끊어내기가 영 아
쉬웠다. 그저 순수문학은 절대 안 한다는 결심만 분명했다. 이렇게
스스로에게 제약을 두니 할 수 있는 것이 딱 하나 있었다.

내가 좋아하는 문학과 십여 년 열심히 공부한 영어와 스페인어,
이 두 가지를 동시에 살릴 수 있는 일은 '제2외국어로의 한국어 교
육'뿐이었다.

'앗! 한국어 교육을 하려면 선생이 되어야 하잖아? 다른 것은 다
해도 선생님은 안 하겠다고 했는데?'

절대 안 한다고 큰소리 쳤던 것에 대한 첫 충돌이었다. 스스로에 대한
다짐을 깨는 것도 부담스러웠고 과연 내가 잘할 수 있을지, 절대 하고 싶
지 않다고 생각했던 일을 하면서 즐겁게 잘 살 수 있을지 확신이 없었다.
무척 두려워졌지만 유일한 통로였기 때문에 선택의 여지가 없었다.

때마침 운이 정말 좋았던 것이 2002년 한일월드컵 전후로 아시
아 국가들에서 한류열풍이 거세지며 한국어 교사에 대한 수요가 폭

발적으로 늘어나고 있었다. 졸업을 앞두고 노동부에서 주관한 한국어 교사 양성 과정 시험을 치르고 합격해서 공인자격증 딴 후에 본격 한국어 교사의 길에 들어섰다. 절대 안 한다고 장담했는데 민망하게도 선생이 되었다.

한국어를 가르치는 일은 생각했던 것보다 정말 재미있었다. 학생들의 반응도 좋았고, 無에서 有를 만들어내는 과정이 짜릿했다. 오래 몸담았던 모교 국제대학원에서도 한국어 강의를 제안 받았는데 그렇게 수업이 많아지면서 경험도 더 쌓이고 안정적인 환경이 되었다. 많은 사람 앞에 서는 것이 떨리지 않았고, 점점 늘어나는 외국인 학생들과 함께 하는 매시간 즐겁고 행복했다. 분명 시작은 한국어 교사였는데 여러 기관에서 외국어 강의 제의도 받으면서 한국어 수업보다 더 많은 영어와 스페인어 수업을 병행했다.

얼떨결에 시작한 제2외국어 강의는 한국어 교육과는 또 다른 즐거움이 있었다. 대부분의 학생이 성인들이니 오랜 시간 외국어 학습으로 흥미도 잃고 지쳐있는 상태였는데 늦게나마 외국어를 배우는 즐거움과 새로 시작할 수 있는 용기를 주고 실력이 늘어가는 모습을 보는 것이 큰 기쁨이었다. 다양한 분야의 사람들을 만났고, 많은 학생들이 생겼다. 더불어 그들에게서도 나 역시 많은 것들을 배웠다. 그렇게 시간 가는 줄 모르고 즐겁게 내 자리를 잡아가면서 문학은 더더욱 마음속에서 멀어져 갔다.

문학을 떠나
되돌아오기까지

몇 년이 흐르자 좀 더 큰 목표가 생겼다. 페루에 가서 한국어를 가르치면 어떨까 싶었다. 한국어 문학 전공자이면서 스페인어로 한국어를 가르칠 수 있는 사람이 많지 않으니 나에게는 적격이라는 생각이 들었다. 최종 선발까지 어려운 과정이었지만 결국 자리를 따냈고 페루로 날아갔다. 문학과는 등을 졌지만 문학 전공은 나에게 한국어 교사로 정통성을 부여했고, 그것에 외국어 능력이 더해졌기 때문에 막힘이 없었다. 그렇게 페루에서 하루하루 즐겁게 한국어 강사로 열심히 살았다.

그러는 동안 나의 모교에서 제자 성폭행 사건이 불거졌고 순식간에 우리 학과는 쑥대밭이 되었다. 재학생들과 교수님들 모두 피폐한 시간을 보내야 했다. 몇 년에 걸쳐 법적 분쟁 끝에 사건은 3심 대법원에서 무혐의로 마무리되었지만 서로 모든 것을 잃은 상황이었다. 이 사건을 계기로 나는 사랑하는 모교, 학과와 관계된 모든 것들을 하나하나 다 끊어냈고 마음의 문도 닫았다. 그리고 더 확고하게 결심했다.

이제 문학은 정말 끝이야, 절대 안 할 거야. 어떤 문학적 글쓰기도 하지 않을 것이고, 학교와 관계된 상황도 만들지 않을 것이다.

이미 먼 길을 걸어가고 있고, 설령 원한다 하더라도 다시 돌아갈 능력도 안 되고, 그러고 싶지도 않았다고…. 남은 미련이 없었다.

몇 년의 시간이 흐르고 나도 결혼을 했고 미국 이민이라는 큰 변화가 있었다. 어떠한 글쓰기도 하지 않은 6년의 시간, 살짝 손가락이 간지러웠다.

머릿속에 많은 이야기들이 휙휙 지나가고 이미 머리로는 글을 쓰고 있었다. 뭔가 부담 없는 글을 쓰고 싶은데 뭘 할 수 있을지 잘 몰랐다. 내가 즐겁게 할 수 있는 이야기를 시작해야 하는데 뭐가 있을까 고민하다 시작하게 된 것이 블로그였다. 내가 잘할 수 있는 일은 일상의 이야기를 편안하게 풀어내는 것! '그래, 나도 블로그를 한번 해보자! 즐거움이 다할 때까지 해보는 거야!' 그렇게 마음먹고 어느 날 갑자기 싸이월드 블로그에 나만의 집을 만들었다.

나 혼자 신나서 하는 블로그는 친한 친구들조차 존재를 몰랐는데 놀랍게도 무슨 이유에선지 세상 밖으로 많이 알려지기 시작했다. 2009년 초에 블로그를 시작으로 일상을 담아나갔다. 그 해 겨울 마이크와 결혼했고, 2012년 2월 달라스의 따뜻한 겨울에 아이가 태어나며 엄마가 되었다. 살면서 누구나 겪는 크고 작은 전환기가 있지만 아이의 탄생만큼 삶의 전후를 극명하게 갈라놓은 사건이 있을까 싶을 정도로 아이의 탄생은 나와 남편의 삶을 하루아침에 바꿔놓았다. 아주 여러 가지 면에서 말이다.

아이를 키우고 성장해가면서 이 아이가 책을 아주 좋아한다는 것을 알게 되었고 덕분에 어마어마한 양의 그림책을 접하게 되었다. 많이 읽을 때는 하루에 50~60권씩 무섭게 읽기도 했으니 저녁이 되면 목이 남아나질 않았다. 노아는 여러 종류의 책을 다독하는 아기였는데 아무래도 미국에 살다 보니 영어권 그림책이 많았고, 예전에 한 번도 본 적이 없는 작품과 작가들의 이름을 알게 되었다.

다 큰 성인인 내가 봐도 훌륭한 작품들을 읽을 때는 가슴이 두근거렸고 눈물이 나기도 했다. 반면 아이는 좋아하지만 내가 봤을 때 이건 진짜 형편없다고 생각되는 작품을 접하면 나도 모르게 '내가 쓰면 100배는 더 잘 쓰겠네.' 요런 앙큼한 생각을 했다. 그러면서 천천히 마음이 흔들렸고 어느 순간부터 걷잡을 수 없이 커져갔다.

나도 좋은 작품을 쓰고 싶다.
다시 문학이 하고 싶다.
그곳으로 돌아가고 싶다.

몇 개월 아무에게도 말 못하고 고민의 시간을 보냈다. 고민하면서도 24시간 아기를 전담해서 키우는 엄마는 무언가를 딱히 실천할 수도 없었다. 욕구 해소가 안 되니 마음만 더욱 커졌고 머릿속은 아이디어들로 넘쳐나기 시작했다.

달라스에서 4년을 마무리하고 한국으로 넘어오며 아이디어는 점점 더 구체화되었고 긴 시간 고민 끝에 본격 글쓰기에 들어갔다. 이미 네 가지 이야기 구상이 끝난 상태였는데 첫 시작을 무엇으로 할까 고민하다가 가장 가볍고 맑은 이야기를 첫 작품으로 정하고 이야기를 완성시켰다. 내 아이를 위한 그림책, 아이가 읽으면 행복할 그림책, 내 아이가 주인공인 그림책!

처음 시작은 가벼운 마음이었다. 내가 이런 일을 벌이는 줄 아무도 모를 테니 하다가 이상하거나 안 풀리면 그만두겠다고 생각했는데 머리와 마음이 점점 심각해졌다. 먼지 쌓인 전공서를 다시 보고 있었고, 학교에서 아동문학에 대해 배웠던 것을 하나라도 건질 수 있을까 싶어 모두 꺼냈다. 나도 모르는 사이 절대 하지 않겠다고 마음먹었던 문학적 글쓰기에 푹 빠져있었다. 정확히 10년만의 일이었다.

꿈이 다시 시작된 날 이후로 지금까지 많은 일들이 있었다. 완성한 두 편의 그림책 이야기는 두 명의 훌륭한 일러스트레이터가 작업 중에 있고, 그 사이에 첫 번역작인 『행복한 늑대』와 『넘어져도 괜찮아!』 『안전대장 리시토』 세 권을 세상에 내놓았다. 그리고 오랜 소망이자 스스로 너무 큰 욕심이라 생각했던 에세이 작업까지 현실이 되었고, 여러 개의 새로운 작품들도 준비하고 있으니 지금도 가끔 이 상황이 믿기지 않을 때가 있다.

여전히 갈 길이 멀고 이루고 싶은 것들도 많지만 지금 하고 싶은 일을 할 수 있음에 행복하고 살아 숨쉬는 인간임을 느낀다.

누구든 살면서 '절대' 'Never' 이런 말들로 스스로의 무한 가능성에 한계를 두고 자신을 가둬버리는 어리석은 실수는 하지 않았으면 좋겠다. 절대라고 믿었던 것이 운명이 될 수 있고, 절대 하지 않으리라 믿었던 일이 삶에 있어 가장 중요한 자리를 차지하게 될 수도 있는 것이 우리의 인생이라는 것을 나는 매우 늦게 깨달았다. 어떤 이유에서든 마음속에 꽁꽁 묶어두었던 '절대'의 무언가가 있다면 한번 조심스럽게 무장해제해도 괜찮다. 분명 꿈을 이루기 위한 시작이 될 수 있기에.

마흔,
글작가

2017년 새해, 한국식으로 마흔 살이 되었다.

'나도 언젠가 마흔 살의 아줌마가 되는 날이 올까?'

영원히 그런 날은 올 것 같지 않던 착각에 빠져 있던 유년의 내가 떠오른다. 스무 살은 선물, 서른 살은 전환이었다면 마흔은 어떻게 정의할 수 있을까?

마흔이 된 내 곁에는 가족이 있고 지난 수년간 나라는 존재는 더이상 나 혼자만의 것이 아니라는 책임감으로 때로는 부담감과 우울함을 느끼는 날들도 많았다. 변화를 서서히 받아드리는 데 꽤 오랜 시간과 감정을 소비했다. 나 하나만 책임지면 되던 그 가뿐한 날은 이제 먼 과거가 되었고, 전혀 새로운 개념의 '나'는 40의 문을 열었다. 게다가 40의 나는 예전에는 없었던 새로운 타이틀 하나를 달았다. 이 역시 '과연 그런 날이 나에게 찾아올까?' 오랜 시간 꿈꾸고 고민했던 것이다.

글작가, Author라는 이름이 인생에 찾아왔다.

글작가를 말하면서 블로그를 빼놓고 지나갈 수가 없다. 어렸을 때부터 글쓰기에 흥미와 약간의 재능 두 가지 모두 가지고 있었던 것, 오랜 시간 문학을 공부한 것, 그 모두를 떠나서 분명 이 모든 시작은 블로그였기 때문이다. 나는 블로그라는 공간을 또 다른 나의 집으로 종종 표현했는데 블로그를 내 집, 즉 내가 아끼고 꾸미고 고칠 것이 있으면 고치고 새롭게 인테리어도 바꿔주는 내 집으로 생각했다. 블로그 집에 온전히 시간을 투자한 시간은 벌써 10년이 되어간다.

아마 어느 정도 인지도 있는 블로그를 가진, 대중에게 많이 알려진 블로거들은 동의할 것이다. 처음 블로그를 시작했던 그 순간, 자신의 블로그가 훗날 그렇게 많은 사람들에게 알려질 것이라고는 한번도 상상하지 못했다고 말이다. 나 역시 처음 온라인 사이트에 내집을 짓고 이야기를 시작했던 그 순간, 이 공간이 이렇게 세상에 많이 알려질 것이라고는 꿈도 꿔본 적이 없었다. 그야말로 가벼운 시작, 취미 정도였다. 좋은 글을 쓰기 위한, 글작가가 되기 위한 참고서, 심지어 '인기 블로그'를 만드는 데 도움이 되는 참고서들도 넘치게 출판되어 있는 요즘 특정 분야의 글쓰기를 시작하거나 나만의 블로그를 만드는 것은 누구나 마음만 먹으면 언제든 할 수 있는 쉬운 일이다. 블로그의 시작은 결코 어렵지 않다. 어려움은 집을 지은 이후부터다.

어찌 보면 막연하지만 답은 확실한, 질문한 사람이 원하는 명쾌한 비법으로는 들리지 않지만 하나밖에 없는 답이 있다. 블로그를 하면서 사람들에게 수도 없이 들었던 질문이 있다.

어떻게 하면 좋은 글을 쓸 수가 있는지,
유명한 블로그를 만들 수 있는지,
사람들을 오게 할 수 있는지….

나는 관련 책, 특히나 블로그 만들기 관련 책은 한 번도 읽어본 적이 없어서 과연 그 책들은 어떤 조언을 하고 있을지 사실 나도 궁금하다. 블로그를 시작하면서 처음 결심했던 나만의 원칙, 블로그가 알려지면서도 흔들리지 않았던 원칙, 10년 가까운 시간이 흐르면서도 변함없는 원칙이 있다.

꾸준히 글을 쓰는 것

내가 오래도록 즐겁게 할 수 있는 이야기를 하는 것

즐거움이 다하면 그만 하는 것

이 세 가지이다.

　꾸준히 글을 쓰는 것은 말처럼 쉽지 않다. 하루하루가 바쁜 현대인들에게는 더욱 그렇다. 외국어 학습에도 항상 같은 조언을 하지만 무언가를 꾸준히 하는 것, 공부처럼 매일매일은 아니더라도 꾸준히 글을 쓰는 것은 좋은 공간을 만드는 데 가장 큰 힘이 된다.

　적어도 일주일에 한 번, 많게는 두 번 정도면 충분하다. 한 달이면 다섯 개 이상의 글이 되고, 일 년이면 60개가 넘으니 꽤 훌륭한 자산이 된다. 일주일 중에 상대적으로 한가한 날을 정해놓고 그 시간에 글을 쓰면 약속을 지킬 확률도 높아진다. 글이 꾸준히 올라오는 블로그는 사람들도 꾸준히 찾는다. 우연히 들어왔는데 글이 좋다면 읽는 사람의 기대감도 점차 높아질 것이고 새로운 글이 올라올 때 분명 다시 찾을 것이다. 그들은 자연스럽게 '독자'가 된다.

　독자는 똑똑하고 예민하고 눈치가 빠르다. 그들은 편안함이 느껴지는 글을 읽는 것을 좋아한다. 글을 통해 편안함을 전하고 싶다면 글쓴이가 가장 자신 있고 즐겁게 할 수 있는 이야기를 풀어가는 것이 좋다. 주제는 무척 광범위하다. 글쓴이의 전공, 취미는 물론이고 취업, 외국어, 국제정세, 연애, 연예, 육아, 정치 등등 다 나열할 수 없다. 나에게는 그것이 '일상'이었다. 내가 제일 잘 풀어낼 수 있고, 꾸준히 즐겁게 할 수 있는 이야기, 비슷하고 지루한 듯하면서 그 안에 재미를 찾을 수 있는 주제가 나에게는 일상이었다.

활발한 블로그는 매력적인 소통의 창구가 된다. 한 번도 만난 적이 없는 타인이 말을 건네고 그 말속에 진심이 담겨 있을 땐 더욱 감동으로 다가온다. 혼자 하고 싶은 이야기만 떠들던 내 집은 다른 사람에게도 특별한 의미가 담긴 공간이 되어 함께 상주하기 시작한다. 소유의 경계가 살짝 허물어지는 순간이기도 하다. 그 무렵 누구나 한번은 다 하게 되는 고민이 찾아온다.

'어떤 이야기를 쓰면 사람들이 더 좋아할까?'

한 마디로 반응에 신경이 쓰이기 시작하는 것이다. 블로그를 하면서 반응이 싫은 사람은 세상에 없다. 긍정적인 반응이라면 더욱 그렇다. 이때 흔히 주객이 전도되는 상황을 보게 된다. 분명 자신이 하고 싶은 이야기로 시작한 블로그였는데 찾아오는 사람들의 반응과 즐거움으로 무게중심이 옮겨가면서 기반이 흔들리는 것이다. 그것은 곧바로 글쓰기에 대한 스트레스와 부담감으로 다가온다. 주인장의 흔들림은 똑똑한 독자가 제일 먼저 알아차린다. 글에서 더 이상 편안함을 찾을 수 없다고 느끼는 순간, 그들은 쉽게 찾아왔듯이 쉽게 떠나며 실망감을 느낀다.

하고 싶은 이야기, 자신 있게 할 수 있는 이야기를 독자의 반응에 크게 상관없이 꾸준히 써내려 가는 것이 즐거운 블로그, 성공적인 블로그를 만들고 좋은 글을 쓸 수 있는 가장 중요한 열쇠라고 생각한다. 그런 원칙으로 다듬어지는 글은 언제 보아도 안정적이고 글쓴이 자신도 모르는 사이에 탄탄한 내공도 쌓인다.

지금도 변함없이 같은 생각이다. 삶에 육아가 더해지면서 예전만큼 꾸준히 글을 쓸 수 없지만 나의 관심분야는 여전히 일상이고 이제는 작가, 그림책, 출판 영역으로도 분야를 넓혔다. 오래 곁에서 지켜본 독자들은 그 길을 함께 걸었고 선택의 길목마다 중요한 한 부분이 되었다. 즐거움이 다 하면 멈추는 일은 아직 즐거움이 유효하기 때문에 지키지 않은 약속이다. 어떤 이유가 되었든 글쓰기의 즐거움이 다하면 그땐 그만 두고 다른 즐거움을 찾을 것이다.

처음 블로그를 하려고 결심했던 오래 전 그 날의 결심이 다행스럽다. 긴 시간 꾸준히 글쓰기를 했고, 글이 쌓이며 좋은 사람들을 만났다. 그들은 내 글로 즐거움과 위로를 얻었다고 말하지만 사실 내가 얻은 것이 훨씬 더 많았다. 작은 일에도 함께 기뻐해주고 격려와 조언을 아끼지 않는 독자들은 삶을 풍성하게 만들어주었다. 그 공간을 통해 만난 가장 소중한 보물이기도 하다.

오랫동안 손을 놓았던 문학으로 다시 돌아가기로 결심한 데에도 분명 블로그를 통한 꾸준한 글쓰기의 힘이 제일 컸다고 생각한다. 물론 문학적인 글쓰기와 비교해서 블로그로 이야기를 풀어내는 방식은 많이 다르지만 분명 여러 가지 면에서 도움이 되었다. 주제에 대해 생각하고 정리한 뒤 글로 명확하게 풀어내는 과정 그 자체는 크게 다를 것이 없었으니 나도 모르는 사이에 꽤 오랜 기간 글쓰기 트레이닝을 자발적으로 하고 있었던 셈이다.

본격 그림책 작업을 해보겠다 마음먹은 것은 어디서 그냥 뚝 떨어진 미션이 아니었다. 힘겨운 육아를 하면서도 글쓰기는 손에서 놓지 않았고, 삶의 방향이 전환되며 새로운 관심 분야가 내 안에 들어왔다. 훗날 타의로 시작한 그림책 번역도 마찬가지였다. 모든 것은 아주 긴밀하게 연결되어 있었다.

번역은 외국어 능력과 상관없이 한 번도 생각해본 적이 없는 분야였다. 더군다나 이미 내 그림책 스토리를 완성해둔 상태였기 때문에 번역 작품이 먼저 세상에 나오게 될 것이라고는 전혀 생각지 못했다.

"스토리가 괜찮다고 하는데 한번 확인해볼래요?"

그렇게 만난 책이 나의 첫 번역작 『행복한 늑대』였다. 스페인의 젊은 작가들이 만든 이 책은 내용이 아주 탄탄했고 재미와 감동이 함께 있었다. 파악한 내용을 전달하니 그럼 한번 번역을 해보자며 편집장께서 임무를 던져주셨다. 그렇게 한 번도 해본 적이 없는 첫

문학번역은 그림책이 되었다.

A에서 B로 똑같이 번역해야 하는 문서번역이나 정확하게 전달해야 하는 통역과는 달리 문학번역은 내가 펼칠 수 있는 영역이 훨씬 넓었다. 사용할 수 있는 단어나 표현, 뉘앙스의 차이도 모두 번역작가가 나름의 소신을 가지고 새롭게 재탄생시킬 수 있으니 이건 단순 번역과는 차원이 달랐다. 한 번도 생각한 적이 없는 일인데 벌써 세 권의 번역작품을 내놓았고, 앞으로도 여러 권이 차례로 기다리고 있다.

세 권의 번역작이 나왔을 때 아주 적극적으로 블로그를 통해 작품을 홍보했다. 물론 작품이 좋아서였겠지만 블로그 독자분들이 자신의 일처럼 기뻐하고 책에 관심을 가져주었다.

세상에 아무리 좋은 책이 쏟아져 나와도 독자들은 도대체 그 책이 무엇인지 알 길이 없을 때가 많다. 그래서 광고나 수상 소식, 홍보성 추천에만 의존할 수밖에 없는 경우가 대부분이다. 원문이 탄탄한 두 작품을 번역했고 좋은 작품이라고 자신했기 때문에 번역의 과정을 상세히 나누고 한 권의 책이 만들어져 세상에 나오기까지 모든 것을 블로그에 기록했다. 독자들의 좋은 반응에 내가 직접 쓴 책이 아님에도 기쁨이 컸다. 이제 막 출발점을 떠났으니 더 좋은 번역가가 되기 위한 고민도 함께 시작해야 했다. 이 얼마나 감사한 여정인가 싶다.

아이를 키우면서 틈날 때마다 작업을 하고 여전히 시간에 쫓기지만 내가 원하던 즐거운 일을 할 수 있음에 감사하다. 매일 피곤하다며 눈을 비비면서도 컴퓨터를 켜고 책상에 앉는 이 순간이 행복하다. 우리의 예쁜 아이들에게는 훗날 추억이 될 그림책들을, 어른들에게는 작게나마 마음에 따뜻함과 위로를 전할 수 있어서 기쁘다.

글쓰기는 내가 할 수 있는 몇 가지 안 되는 다른 어떤 일보다 큰 보람을 가져다준다. 앞으로 몸의 어딘가 망가져서 더 이상 글쓰기를 할 수 없을 때까지 꾸준히 작품을 세상에 내놓는 작가로 살 것을 결심했다.

인생의
황금기

스물에서 서른 그리고 마흔, 나이가 들면서 사람들과 종종 이런
이야기를 나눈다.

"살면서 언제가 제일 좋았어?"

꽤 오랜 시간 동안 2004년이 내 인생의 황금기였다고 믿었다.

골치 아픈 대학원 생활을 마무리했고, 소망하던 지역에서 원하
던 분야의 직업으로 사회생활을 시작했다. 곁에는 든든한 멘토이자
사랑하는 연인도 있었다. 반짝반짝 빛나는 스물여섯의 나이, 모든
것이 안정적이었고 즐거운 일들이 가득했다.

마이크는 나에게 가끔 아레끼빠가 그립지 않냐고 묻는다. 영원히 잊지 못할 2년의 시간을 보낸 아름다운 곳, 언제든 다시 돌아가고 싶은 마음은 분명하다. 하지만 그곳이 그립지는 않다. 모든 것을 쏟아 붓고 왔고 다사다난한 사건이 많았던 곳이기에 아레끼빠를 떠올리면 만감이 교차한다. 어떤 미련이나 후회도 그리움도 남지 않았다. 그런데 언제부터인가 아레끼빠에서 보낸 2년여의 시간을 정말 좋았던 시간, 내 인생의 황금기였다고 생각하기 시작했다.

"마이크, 아레끼빠에서의 2년이 내 인생의 황금기였던 것 같아!"

남편도, 아이도 있는 지금의 상황을 두고 옛 시간을 떠올리며 그때를 인생의 황금기라 부르는 것이 '남편과 아이에게 미안하지 않은가?' 생각할지도 모르겠다. 하지만 전혀 그렇지 않다.

마이크는 자신의 황금기를 줄곧 대학교 1학년 프레쉬맨 시절로 꼽는다. 그 이유는 참으로 단순하다. 맨날 먹고 놀고 아침 해가 떠오를 때까지 친구들과 온라인 게임하고 새벽에 출출해지면 기숙사를 빠져 나와 24시간 오픈 레스토랑에 가서 아침을 먹고, 그걸 먹으면서 (또!) 게임에 대한 이야기를 하던 진정 황홀했던 추억을 간직하고 있기 때문이다. 마이크는 그때 이야기만 나오면 지금도 눈빛이 아련해진다.

"매일 게임하고 놀던 그때가 정말 좋았어!"

그럴 때면 난 언제나 농담 반 진담 반으로 다시 그때로 돌아가고 싶으면 언제든지 얘기하라고, 당장 내일 아침부터 영원히 그 삶을 살 수 있게 해주겠노라! 나와 노아는 네 행복을 위해 싹 빠져주겠다고 말한다. 그러면 마이크는 그 긴 팔을 마구 휘저으며 자기는 지금이 최고로 행복하다고 주먹만한 땀방울을 흘리며 웃는다.

우리는 그렇게 농담인 듯 진담인 듯 옛날을 회상하고 좋았던 날을 추억한다. 나는 여전히 아레끼빠가 그립지는 않다. 하지만 아무리 생각해봐도 그때가 내 인생의 황금기였음은 분명한 것 같다.

내가 살던 아레끼빠는 해발 3천 미터 가까운 높은 곳에 생긴 도시이다. 어디에서나 웅장한 만년설을 볼 수 있고 살던 집에서도 매일 아름다운 설경을 감상했다. 내가 봄에 태어나서 그런지 사계절 중에 봄을 가장 좋아하는데 어렸을 때부터 그런 말을 자주 했다.

"일 년 내내 봄 한 계절만 있는 나라에서 살고 싶다. 어디 그런 곳 없을까?"

친구들은 웃었다. 일 년 내내 봄 하나만 있는 곳이 말이 되냐며 그런 곳은 없다고 했다. 나 역시 막연하게 그런 곳은 없을 거라 생각했다. 하지만 만일 그런 곳이 어딘가에 존재한다면 꼭 살고 싶다고 생각했다. 오랜 시간이 흐른 후, 아레끼빠에 온 지 얼마 되지 않아 깨달았다. 내 어린 시절 꿈이 이루어졌음을.

일 년 내내 단 하나의 계절, 아레끼빠는 오로지 봄 하나만 있었다. 최고기온 영상 20도와 매우 낮은 습도, 옷은 봄, 가을 옷과 해가 떨어진 후 외출 시 입을 겉옷 하나면 충분했다. 내가 그런 곳에서 이미 살고 있다는 것을 깨달았을 때 가슴이 터질 것 같았다. 이런 방식으로 유년 시절의 꿈이 이루어진 것이 믿기지 않았다.

대학원 석사과정 마치고 곧바로 한국어 교육을 시작했고 강의 3년 차가 되던 해에 용기를 내어 페루행을 결정했다. 이후 아레끼빠에 있는 국립대학 한 곳에서 한국어교육 프로그램을 시작했다. 그간 강의만 했지 학과 프로그램 설립은 처음이었는데 언어적으로 문제가 없었던 덕분에 무척 수월하게, 비교적 짧은 시간에 내가 원하는 수준의 세팅이 완료되었다. 학과 설립과 동시에 학생들 모으기 위한 홍보로 지역방송국 TV와 라디오도 출연했는데 정말 긴장되고 피곤했지만 동시에 즐거웠던 추억으로 남았다.

처음 페루에 가고 싶다고 했을 때 딱 두 명을 제외한 모든 사람들이 반대를 했다. 미친 거 아니냐고, 지금 몸담고 있는 좋은 곳들을 다 물리치고 왜 거기까지 가냐고 정신 나간 사람 취급을 했다. 격하게 찬성표를 던진 두 사람은 이상주의자들이었고, 부모님은 마음대로 하라며 이미 포기하신 상태였다. 어차피 다른 사람들 의견

은 크게 신경 쓰지 않기 때문에 흔들림 없이 밀고 나갔다.

현재 결과를 놓고 봤을 때 당시의 페루행은 내 인생에 있어 가장 잘한 결정들 중 세 손가락 안에 든다. 앞날을 위해 희생한 부분은 그 이상으로 채워졌고 꼭 원했던 일을 성취했으니 부족함이 없었다. 훗날 달라스에 살면서 브룩헤이븐 대학^{Brook Haven College}에서 강의 제안을 받았을 때에도 박사학위가 없는 나에게 제안을 해준 결정적인 이유가 학과 프로그램 세팅 경력 때문이었다. 갑작스러운 임신과 엄청난 입덧 때문에 피눈물을 흘리며 그 기회를 포기하고 말았지만 그때 새삼 깨달았다. 인생의 모든 중요한 일들은 꼭 긴밀하게 연결되어 있다는 것을, 그냥 벌어지는 일들은 하나도 없다는 것을 말이다.

페루에서 만난 나의 제자들은 내가 그들에게 전한 학문적 지식보다 더 큰 가르침과 사랑을 나에게 주었다. 걱정 없이 해맑고 순수한 학생들은 긍정의 힘이 넘쳤다. 언제나 행복했고 조건 없이 자신의 행복을 나누었다. 그들과 함께 지내며 치열함에 대해서도 다시 생각했다.

우리는 왜 꼭 치열해야 할까? 행복을 위해 치열하게 사는지, 치열한 삶이니 아파도 되는 것인지…. 단순하고 가볍게 살아도 그들처럼 행복할 수 있다면 그것으로 충분하지 않을까 하고 말이다. 그런 생각을 해본 것은 처음이었을 거다. 학생들은 나에게 주어진 상황에서 최대의 행복을 찾는 방법을 가르쳐준 것이다.

반대로 나는 학생들에게 지금의 상황보다 더 높은 꿈을 꾸고 도전할 수 있는 용기와 가능성을 보여주었다. 모두가 그렇게 살 필요는 없다. 하지만 스스로 원한다면, 확실한 목표가 있다면 무엇이든 도전할 수 있고 원하는 방향으로 삶의 방향을 바꿀 수 있다는 희망을 전했다. 이 모두는 우리가 2년간 함께 울고 웃으며 지낸 시간 동안 주고받은 선물이었다.

페루에서 지내면서 계획했던 것에는 미치지 못하지만 여행도 많이 했다. 워낙 세계적으로 유명한 관광지가 많은 나라이고 수많은 도시를 방문했지만 페루에서 처음 사막에 올랐던 순간은 지금도 잊혀지지 않는다.

부드러운 모래사막은 사뿐사뿐 쉽게 오를 수 있을 거라 생각했는데 "아이고 주여!" 급할 때만 찾는 주님이 육성으로 터져 나왔다. 올라도 올라도 끝이 보이지 않고 제자리걸음의 무한 반복, 한 발 뗄 때마다 심장이 터질 것 같았다. 얼추 정상에 가까워졌을 때 정말이지 토할 뻔했다. 사막 오르다가 토했다는 사람들 이야기는 거짓말이 아니었다. 죽도록 오른 사막, 더 이상 높이 오를 수 없는 지점에 멈췄다. 제일 높은 곳에 서서 생애 가장 아름다운 일몰을 보니 주르륵 눈물이 흘렀다. 무려 10년 전 일인데 지금도 그 모습이 생생하게 눈앞에 그려진다. 다리와 심장은 터질 것 같고 울렁울렁 쏠리는 와

중에 펼쳐진 극한의 아름다움…. 끝이 보이지 않는 사막에서 나는 그냥 하나의 점에 지나지 않았다.

등에 칼이 꽂힌 것 같았던 아픔도 아레끼빠에서 겪었다. 처음 경험하는 고통스럽고 충격적이었던 이별이었다. 그런데 서른이 다 된 내 나이 때문이었을까? 오래 전 첫사랑과 헤어지고는 어느 정도 심적으로 괜찮아지는데 일 년 반이 넘게 걸렸는데, 이 충격에서 벗어나는 데에는 몇 주도 걸리지 않았다. 너무 빨리 괜찮아지는 내가 스스로 의아했고, 심지어 홀가분한 마음까지 들기 시작했다. 시간이 흐르면 흐를수록 마음은 더 가벼워지고 좋아졌고, 4개월 뒤 친구들과 꾸스꼬^Cuzco 로 여행을 떠났다.

모두들 새벽같이 일어나 마추픽추로 향했다. 꼭 이른 새벽에 올라가야 안개 속에 숨어있다가 스스르 눈앞에 드러나는 마추픽추의 장관을 볼 수 있다는 현지인들의 강력한 추천을 따랐다. 여기가 정상이라고, 바로 이곳이 마추픽추라는데 대체 어디 무엇이 있는지 아무것도 보이지 않았다.

눈앞의 풍경은 저게 대체 강물인지 구름인지 안개인지 정체를 알 수 없는 것들에 뒤덮여 나무 한 그루 볼 수 없었다. 속속 정상에 도착하는 사람들은 그냥 자리에 털썩 주저 앉아 기다리기 시작했다. 얼마의 시간이 흐르자 불과 2~3초 한순간에 안개가 스르르 사라지며 마추픽추가 눈앞에 모습을 드러냈다. 말로 표현할 수 없는 장관에 압도되어 연신 흐르는 눈물을 닦았다. 곁에 있던 키가 2미터는 되어 보이는 금발머리 장정들도 아이들처럼 눈물을 뚝뚝 흘리며 서 있었다.

'내가 이것을 보려고 이 먼 길을 왔구나. 정말, 이거 하나면 됐어.'

더 필요한 것이 없는 최고의 순간이었다. 아마 그곳에 있던 사람들도 같은 마음이었을 것이다. 꾸스꼬에 일주일을 머물며 오늘이 마지막인 듯 여행했다. 꼬불꼬불 낭떠러지 옆 도로를 질주하는 버스에서 한 통의 전화를 받았다.

4개월 만에 듣는 목소리, 그 사람이었다. 전화가 끊길 것 같다는 나의 말에 그는 약속한 시간에 다시 전화했다.

잘못했다, 미안하고 후회한다는 사과와 어쩔 수 없었다는 변호, 날 보러 여름에 페루에 오겠다, 내가 돌아올 때까지 기다리겠다는 약속, 다시 자신을 받아준다면 나와 결혼하겠다는 그 사람. 단 한 번도 서로 한 적이 없는, 그의 입을 통해 처음으로 들은 말, "결혼하자." 냉철하고 단호한 그의 목소리는 떨렸고 울고 있었다.

나로서는 상상도 못했던 일이라 당황스러웠고 동시에 안도했다. 뭔가 뿌듯하기까지 했다.

"생각할 시간이 필요해. 여행 마무리하고 연락할게."

"아직 더 못한 이야기가 있어. 메일로 할게."

여행을 마치고 집에 가서 메일을 확인하겠다는 말을 끝으로 전화를 끊었다. 친구들은 미친놈이 여행을 망쳤다며 분노했다. 다시는 통화도 메일도 나누지 말라고, 그 인간과 얽히면 안 된다며 나를 잡고 뒤흔들었다.

우리는 여행을 계속했다. 마음 한구석 무거운 돌덩이가 남아 있었지만 여행의 즐거움을 만끽했다. 뿌노^{Puno}에서 마지막 날, 아레끼빠행 야간버스를 기다렸다. 비가 무척 많이 내리는 밤이었다. 다들 피곤함에 커피를 마시며 일기도 쓰고, 함께 앉아있지만 각자의 시간을 보내며 버스를 기다렸다. 그때 멀리 컴퓨터가 보였다. 낡은 버스 터미널에 컴퓨터가 있는 것은 아무도 몰랐을 것이다. 슬쩍 일어나 그쪽으로 걸어가는데 아무도 나를 잡지 않았다.

그가 보낸 메일을 열었다. 그가 못다한 이야기와 함께 처음 보는 그의 유년시절 사진이 잔뜩 담겨 있었다. 우리가 함께 했던 시절, 종종 그에게 말했다.

"아기 때 사진 좀 가져와봐. 어떻게 생겼었는지 너무 궁금해!"

지금 가지고 있지 않지만 언젠가 꼭 보여주겠다고 했다. 함께 하면서 약속을 지키지 않은 적이 없었는데 뒤늦게 그 약속을 지켰다. 사진 속 아기는 귀엽고 사랑스러웠다. 사진을 넘기며 눈물을 주룩 주룩 흘리고 있는데 등 뒤에서 지금 뭐하는 것이냐며 앙칼진 외침이 들렸다.

"그 사람은 절대 아니야. 알지?"

안 된다는 것 당연히 잘 알고 있었다. 친구들은 눈물을 닦아주고 날 안아줬다.

여행을 마치고 모두들 제자리로 돌아갔다. 나 역시 아레끼빠로, 학생들에게로, 일상으로 돌아갔다. 그리고 천만 번 고민 끝에 답장을 썼다.

"우리가 다시 시작할 수는 없을 것 같아. 그 이유는 당신이 나를 해하지 않을 것이라는 확신이 없어. 비슷한 방식으로 언젠가 나를 다시 아프게 할 것 같아. 충분히 가능할 것 같아. 난 그런 일을 다시 감당할 이유가 없어. 내 자신이 훨씬 더 소중하니까. 만일 누군가와 결혼을 한다면 좋은 남편, 좋은 아빠가 될 것이라는 확신이 드는 그런 사람을 원해. 그런데 당신은 내게 그런 확신을 준 적이 없어. 우리는 여기까지야."

그에게 긴 답장이 왔다. 기억나는 것은 단 한 줄뿐이다.

"널 이해해. 나 역시 같은 결정을 했을 거야. 잘한 결정이야."

그렇게 긴 인연을 마무리했다. 이미 남편과 아이가 있던 친구들과 달리 내 곁에는 남자친구나 남편이라 부를 수 있는 사람 없이 서른이 되었다. 친구들과 바닷가에서 서른 살 생일파티를 했다.

내 마음은 좋았다. 새로 시작하는 두근거림, 마음만 먹으면 다 할 수 있을 것 같았다. 내게는 성공적으로 진행 중인 플랜 A가 있고, 플랜 B도 있었다. 학업을 이어나갈 계획, 가르칠 수 있는 미래가 보여서 든든했다. 마음 깊은 곳에 걱정스러운 마음이 조금도 없었다고 한다면 거짓말이다. 두려움, 아니 그보다는 섭섭함이 있었다. 다른 사람들은 짝꿍도 잘 만나고 결혼도 쉽게 하는 것 같은데 난 점점 멀어지는 것 같았다. 아무래도 그쪽으로는 인연이 없나 하는 정도의 섭섭함이었다.

그때의 나는 어떻게 인생을 즐겁게 만들 수 있을까 고민했다. 몸도 건강하고 직업은 잘 결정했으니 내가 원하는 곳 어디서든 살면서 일할 수 있도록 외국어에 집중하고, 학업을 마무리해야겠다는 의지가 확고했다.

그렇게 30대를 시작했다. 그때는 새벽 두 시까지 깨어있어도 다음날 일찍 일어나 출근했다. 피곤함을 모르던 강철체력이었다. 언제나 날아다닐 듯 쌩쌩했고 몸도 마음도 건강했다. 생각보다 오래 이어진 남미생활은 우연히도 고도가 높은 도시에서만 살았다. 특히 아레끼빠는 태양이 이마 조금 높이 떠있는 해발고도가 높은 도시였다. 직사광선을 그대로 맞고 사는데 얼굴에 잡티 하나 없었다. 건강한 피부는 햇볕 아래 아무리 오래 있어도 거뜬했으니 그땐 젊음 그 자체였다. 그때를 떠올리며 생각해본다.

> 세상 어떤 문제도 나 자신을 뛰어넘는 중요한 일은 없다. 장담하건대 지금 자신도 느끼지 못하는 사이에 인생의 황금기를 보내고 있는 사람들이 많을 것이다. 최대한 그 시간을 즐기고 훗날 웃으며 추억할 수 있는 날들이 되기를 바라고 또 바란다.

아이가 내 인생에 찾아오고 삶이 하루아침에 송두리째 바뀌었다. 언제나 만성피로와 수면부족 상태이고 예전에 비하면 정말 용된 것임이 분명한데도 이런저런 불만을 늘어놓는 내 자신을 여전히 마주하게 된다. 다섯 살을 향해 달려가고 있는 내 아이… 이미 앞서 가고 있는 육아 선배들이 자꾸 그런다.

"지금이 최고로 예쁘고 사랑스러운 시기야. 정말 순식간에 지나간다! 지금은 오직 너만 바라보잖아. 이런 일방적인 사랑 받아본 적 있어? 지금 이 시간을 즐기고 감사하렴. 행복한 추억 매일매일 많이 만들어!"

이런 이야기를 수도 없이 많이 들었다. 그래서 두렵기까지 하다. 훗날 이 시간을 추억하며 '와, 그때가 정말 인생의 황금기였는데!

내가 왜 그걸 모르고 그렇게 힘들어했었지? 다시 돌아가고 싶다. 그럼 더 예뻐하고 사랑해줄 수 있을 텐데!'라며 후회하게 될까 두려워진다. 정말 그렇게 될 것임을 이미 알고 있다.

아이가 대학에 들어가고 어느 날 훌쩍 우리를 떠나버리면 사진과 기억으로만 남게 될 우리 세 식구의 황금기는 아마도 지금이 될지도 모른다. 분명 마음속으로 다 알고 있는데도 지금을 즐기고 감사하는 마음을 사사로운 것들 때문에 자꾸만 잊게 된다. 아마도 우리 모두가 그러지 않을까 싶다.

당시의 편안함에 안주하여 페루에 가지 않았더라면, 이별 끝에 다 무너져내려 죽도록 괴로워만 했더라면, 나를 놓았더라면, 미래에 대한 불안함 때문에 다시 내민 그 손을 덥석 잡았더라면, 만일 나에게 플랜 B가 없었더라면…. 분명 지금의 나도, 인생의 황금기로 추억할 시간도 없을 것이다. 정말 소름이 쫙 돋도록 아찔하기만 하다.

개인적인 이야기를 나누는 데는 누구나 용기가 필요하다. 결코 쉽지 않은 일이지만 진심은 반드시 통하고 그 안에서 함께 치유한다. 이보다 더 힘겨울 수 없었던 그때가 지금은 가장 빛나는 시간이 되었고, 모두의 아픔은 언젠가 반드시 재해석되리라 믿는다. 당신의 아름다웠던 인생의 황금기를 마주 앉아 듣고 싶다. 그 시간으로 우리는 분명 더 괜찮아질 것이다.

재미있는 한국,
여유로운 미국

"한국이랑 미국이랑 어디가 더 좋아?"

예전이나 지금이나 꾸준히 듣는 질문이다.

비슷한 환경에 놓인 사람이라면 적어도 한 번은 들어봤거나 혹은 누군가에게 부담 없이 했을 질문일 거다. 한국에서 태어나 평생 자랐고, 미국에서 생활한 지 아직 10년도 되지 않았으니 거주 기간과 양 국가에 대한 이해도에서 분명 깊이에 차이가 있으니, 내 생각이 객관적이라고 볼 수는 없겠지만 이 질문에 대해 항상 이렇게 답한다.

"한국은 재미있어서 좋고 미국은 여유로우니 좋아요."

엄마와 아빠 누가 더 좋으냐는 어른들의 짓궂은 장난에 엄마랑 아빠 둘 다 좋다며 영리하게 피해가는 아이들을 따라 하는 것은 결코 아니다. 정말로 두 나라는 각기 다른 매력이 있다. 미국으로 이주하며 이곳에 머무는 기간이 압도적으로 길어졌지만 적어도 한국에 머무는 시간만큼은 한국의 재미에 푹 빠져 지내고, 미국에서의 일상에서는 여유로움에 감사하며 살아간다.

아직 어린 노아도 한국이 미국보다 훨씬 더 재미있다고 말할 정도로 한국은 어디를 가도 재미있는 것들이 가득하다. 환상적인 대중교통은 우리가 원하는 어디든 계획한 시간에 정확히 도착할 수 있게 해준다. 깨끗하고 안전하기까지 하다. 먹고 놀고 할 수 있는 것들이 가득한 현대식 몰이 사방에 있고 아이들의 천국이자 엄마들의 구세주인 키즈카페도 매우 훌륭하다.

뚜렷한 사계절이 작은 나라 안에 머무니 계절별 야외활동과 스포츠를 즐길 수 있다. 여름에는 계곡과 해변으로, 겨울에는 스키장으로, 봄가을에는 꽃놀이, 단풍놀이!

도시를 감싸고 있는 높은 산, 눈만 돌리면 어디에서든 볼 수 있는 아름다운 산들은 1년 내내 원하는 누구나 산을 오를 수 있는 기회를 제공한다. 평지만 끝없이 펼쳐진 뉴올리언스에서 나고 자란 마이크는 한국에 머물면서 일주일에 두 번은 혼자 아차산에 올랐는데 한국생활 하면서 제일 즐거웠던 일 중 하나로 꼽는다. 차가 없으면 아무것도 할 수 없는 이곳과 달리 어디든 쉽게 걸어 다닐 수 있다. 집과 가까운 곳에 모든 것을 갖추고 있는 훌륭한 마트들, 맛있는 레스토랑, 30분이면 날아오는 배달 음식들, (그것도 공짜로 말이다.) 도시 곳곳에 있는 고즈넉한 궁, 부담 없이 찾을 수 있는 놀이동산과 공원이 넘친다.

미국에 거주하면서 아이가 생기고 나니 곁에 있기에 당연하게 여겼던 한국의 많은 것들이 무척 감사한 것임을 알았다. 알면 보인다고, 예전에는 그 가치를 몰랐던 것들이 참 많았다. 분명 한국은 매력이 넘치는 곳이다.

반면에 미국은 한국에서는 느끼기 어려운 여유로움이 있다. 분명 그 시작은 미국이 가진 땅덩이에서 출발한다고 믿는다. 이 어마어마하게 큰 나라에 여유가 없다면 그것 자체가 아이러니일 테니까. 특히 내가 살고 있는 남부는 미국 내에서도 유독 더 여유로운 곳으로 잘 알려졌으니 이곳 삶에 푹 젖어 있던 내가 한국에 방문할 때면 그 차이를 온몸으로 실감하곤 한다.

일도 사람도, 전체적인 삶의 시계가 천천히 돌아간다. 처음에는 조금 답답하다고 느꼈고, 특히 관공서에서 일처리 속도를 보면 지금도 가끔 속이 부글거리지만 이곳 사람들은 천천히 흐르는 시계를 좋아한다. 매우 가족 중심적인 사회는 대부분의 가장들이 일을 마치면 곧바로 집으로 돌아와 가족들과 시간을 보내기 때문에 퇴근 러시아워가 끝나면 도시는 급격히 조용해진다. 저녁 7시 이후의 서울 신촌 거리와 같은 모습은 어디서도 찾을 수 없고, 그저 따뜻한 불빛이 집집마다 새어나온다. 모르는 사람이라도 눈이 마주치면 미소를 짓고, 간단한 인사를 주고받아도 어색하지 않은 이곳, 서로의 어깨를 밀치고 쫓기듯 달려가는 사람도 없고, 다른 사람들을 크게 신경 쓰는 눈길도, 그 눈길을 의식하는 사람들도 없다. 다른 사람에게 피해만 안 주면 누구도 신경 쓰지 않으니 참으로 편안하다. 어디를 가도 넓게 탁 트인 공간, 울창한 초록과 미세먼지라고는 찾을 수 없는 맑고 깨끗한 공기, 잊을 만하면 시원하게 쏟아지는 빗줄기는 일상에서 빼놓을 수 없는 기쁨이다.

이곳에서 태어난 아이는 과도한 경쟁이나 스트레스 없이 딱 그 나이답게 먹고 놀며 즐거운 유년기를 보내고 있다. 이것이 아마도 이곳 생활에서 가장 감사한 부분이 아닐까 싶다. 그 나이답게 성장할 수 있는 환경 말이다. 적당한 수준의 교육을 받고, 엄마 아빠와 많은 시간을 보내고, 하고 싶은 취미생활을 즐기고 뛰어 놀다가 일찍 잠자리에 드는 지극히 아이다운 일상을 누릴 수 있음에 감사하다. 아이가 사랑하는 키즈카페와 궁, 짜장면은 있더라도 너무 멀어서 그 아쉬움은 다시 방문할 엄마의 나라에 대한 기대감으로 채우니 어찌 보면 또 좋은 일이기도 하다.

한국에 사는 사람은 한국의 재미를, 미국에 사는 사람은 미국의 여유에 대해 잊고 사는 모습을 자주 접한다. 자신이 속한 사회가 얼마나 큰 문제를 가지고 있는지에 대해 끝없는 불만을 쏟아내는 모습은 양쪽 다 마찬가지이다. 물론 양 국가의 단점을 찾아가자면 분명 멈출 수 없을 만큼 쏟아져 나올 것이다.

두 나라 모두 공통적으로 심각한 정치적 이슈가 있다. 미국의 경우 총기소유, 테러리즘, 의료제도 문제 등이 산적했고 한국은 분단 상황, 안전불감증, 미세먼지 문제 등을 안고 있다. 경중이 있겠지만 어느 사회도 모든 것이 완벽할 수는 없다.

어디가 더 낫다고 말하는 것은 열 번 백 번 더 생각해도 결론을 내리기 쉽지 않다. 그저 두 나라가 가진 좋은 점들에 감사하고 누릴 수 있는 부분들을 적극 즐기면서 사는 것이 최선이 아닐까 싶다. 설령 우리가 뜻하지 않게 한국, 미국이 아닌 제 3국으로 이주를 하는 일이 생기더라도 분명 그 환경만이 가진 장점을 열심히 찾고 즐기려 한다. 한국과 미국, 두 나라에 가족과 친구를 두고 살아갈 수 있음에 새삼 기쁘고 감사하다.

인종차별은
어디에?

같은 피부색을 가진 아이들이 없다. 흑인, 백인, 라틴계, 아시아계 혼혈. 모두 생김새가 다르지만 똑같이 사랑받는 '사람'이다.

"혹시 인종차별 당한 적 없어?"

"미국은 어때요? 인종차별 심하지 않아요?"

오랜 타국생활을 하는 사람들이 종종 듣게 되는 질문이다. 나 역시 잊을 만하면 누군가가 불쑥 던지는 이슈이기도 하다. 인종차별은 거의 모든 문화권에서 상당히 민감한 주제인 것 같다. 내가 태어난 한국에서도, 지금 살고 있는 미국에서도, 또 예전에 살던 중남미 국가에서도 인종에 대한 주제가 가볍게 느껴졌던 곳은 어디에도 없다.

멕시코에 살 때 내가 은행이나 관공서 건물에 들어가면 그 즉시 그곳에 머물던 사람들의 시계는 적어도 10초는 일시정지 되었다. 그들의 표정은 마치 지구에 착륙한 외계인을 처음으로 발견한 것 같았다. 한 번도 동양인을 본 적이 없어 보이는 어린 아이가 용기를 내고 다가와서 "네 얼굴이랑 머리를 한번 만져봐도 돼?"라고 물어 봤던 일, 아흔 살이 다 된 멕시코 할머니가 나에게 "네가 사는 나라에도 태양이 뜨니? 혹시 살면서 사과는 먹어봤니?"라고 정말로 진지하게 물었던 일들을 가볍게 꺼내면 대부분 유쾌하게 웃는다.

페루에서는 굉장히 기분 나빴던 적이 여러 번 있다. 내가 살던 아레끼빠는 눈을 씻고 봐도 동양사람이라고는 찾기 어려운 곳이었다. 정말 어쩌다가 한 번 동양인 관광객이 보일 때도 있지만 아마도 그들은 스페인어를 하지 못할 확률이 높을 테니 현지인들이 던지는 말을 이해하기는 어려웠을 것이다.

혼자 다운타운을 걸어가면 무리의 남자들이 나를 보고 치니따 Chinita(중국인 여자아이라는 뜻으로 동양인 여자 비하의 의미가 담김)라며 휘파람 쪽쪽대며 부르는 일은 일상이었다. 악질 범죄보다는 생계형 범죄가 월등히 높고 사람들 자체도 순한 편인 페루 사람들이 치니따에게 위험을 가할 일은 별로 없기 때문에 대부분 그냥 무시하고 말았다. 가끔 짜증이 날 정도로 늘어붙으며 치니따 떼창을 할 때는 아주 그냥 확! 큰 소리로 "이 칠레놈들아!" 소리를 꽥 질렀다.

페루와 칠레는 양국의 오랜 역사적인 문제로 충돌이 잦아 관계가 좋지 않다. 그런 페루 남자들에게 '칠레놈'이라고 소리 질렀으니 나도 참 성질 더럽다.

그들에게는 지구상 최악의 욕이라서 마구 흥분하며 "난 칠레 사람 아니야! 페루아노^{Peruano}(페루 남자)라고!" 남자들은 소리쳤다. 그럼 나는 목소리를 한 톤 낮추고 차분하게 "나도 치니따 아니야. 난 한국 사람이야. 너희가 먼저 알지도 못하면서 나를 치니따라고 불렀잖아!"라고 말하면 열의 아홉은 머리를 긁적이며 미안하다는 사과를 건네곤 했다.

한번은 강의를 마치고 학교 정문을 빠져 나오는데 아마도 내가 학교 선생이었던 것을 몰랐던 어떤 남학생이 정말 기분 나쁜 톤으로 "치니따가 여기서 뭐하는 거야? 크크큭" 웃으며 지나가는데 가던 길을 뒤돌아 쫓아가서 손에 들고 있던 책으로 뒤통수를 내려친 적이 있다.

중남미에서 겪었던 일들은 사실 인종차별 범주에 포함된다기보다는 호기심, 자극, 중남미 남자들 특유의 마초 본능, 여성 비하에 더 가까웠다. 하지만 이 주제는 북미로 올라오면 훨씬 더 민감하고 심각해진다. 내가 4년을 살았던 달라스와 이후 살았던 뉴올리언스는 미국 '남부'로 분류된다. 전통적으로 또 역사적인 관점으로도 봤을 때 미국 북부에 위치한 도시와 비교해서 백인 우월주위가 심하고 인종차별이 많은 곳으로 인식된 곳이다.

결론부터 말하자면 2010년부터 미국 남부에 거주하면서 심각하게 인종차별이라고 느낄 만한 일은 경험해보지 못했다. 현지인들의 마음 깊은 곳까지는 알 수 없지만 적어도 겉으로 표현되는 차별을 받은 적은 특별히 없었다. 다만 상점의 직원이 분명 나보다 한 발 앞서 들어간 백인에게 예의를 갖춰 인사를 했지만 내가 들어가자 인사 없이 먼 산을 바라보며 나를 없는 사람 취급 했던 적, 상대방의 너무 강하고 빠른 악센트를 잘 알아듣지 못한 얼굴을 하자 나를 비웃으며 쳐다본 적은 있었다.

대부분 그렇게 누군가에게 무시당했다고 느끼는 상황을 경험하면 곧바로 인종차별과 직결시키는데 그냥 개인의 인성문제 정도로 생각하면 기분도 덜 나쁘고 오히려 그런 수준밖에 갖지 못한 상대가 측은하게 느껴지기도 한다.

과연 저런 수준의 사람이 미국과 같은 다민족 국가에 살면서 삶의 행복을 느낄 수 있을까? 저 사람은 어떤 환경에서 자랐기에 저 정도밖에 안 되지? 저 사람의 아이들은 어떤 교육을 받고 어떤 사람으로 자랄까? 딱 여기까지만 상상해도 방금 전의 무례함은 쉽게

털어버릴 수 있다.

 분명 앞으로도 이런 유쾌하지 않은 일을 경험할 날이 다시 올 것이라는 것을 안다. 이제 아이도 있으니 더욱 인종문제에 대해 내가 더 민감하게 반응하게 될 수도 있지만 나는 정말로 이런 수준의 차별은 가볍게 여긴다. 내가 경험이 많거나, 대인배라서가 절대 아니다. 내가 살면서 최악의 인종차별을 경험한 곳은 미국도 캐나다도 유럽도 중남미도 아닌 바로 내 나라 한국이었기 때문이다.

편견이 사라지는
그 날이 오길

한국에 거주하고 있는 주한 외국인들은 보이지 않게, 혹은 대놓고 많은 차별을 받는다. 피부색과 출신 국가에 의한 차별이 대표적이고 직업이나 겉으로 보여지는 외모 또한 영향을 받는다. 한국어 강사라는 직업상 한국에서 다양한 국적의 학생들을 수없이 만났다. 이따금 가르치던 제자들이 인종차별 관련한 문제와 직면했을 때 마치 내가 그 일을 겪은 것처럼 수치스러웠고 너무나 화가 났다.

일화는 솔직히 셀 수 없을 정도이다. 모든 한국인이 외국인을 차별한다고 할 수는 없지만 분명한 것은 대다수의 한국인들이 보편적으로 그렇다고 해도 전혀 과장이 아니라는 것이다. 심지어 스스로의 행동을 인종차별이라 인식하지 못하는 사람들도 많다.

아무리 똑똑하고 좋은 학위를 가진 사람이라도 백인이 아니면 한국에서 강사 직업을 구하기가 쉽지 않다는 것은 업계에 있는 사람들이라면 누구나 알고 있는 공공연한 사실이다. 분명 영어가 모국어인 훌륭한 강사라도 흑인은 단지 흑인이라는 이유로, 아시아계는 영어를 사용할 것 같이 안 생겼다는 이유로 한국인 고용주에 의해 무조건 제외되는 경우가 다반사다.

반대로 검증된 실력과 교육관련 경력, 제대로 된 학위가 없이 고등학교 정도만 간신히 졸업했더라도 인물이 출중한 백인은 어디에서도 환영받는 경우가 많다. 금발, 푸른 눈, 매력적인 얼굴 같은 보여지는 외모하나로 외국어 교육 시장에서 쉽게 호감을 얻는 것이다. 그 호감의 영역은 직업과 관련된 영역은 물론이거니와 그 사람 개인의 사생활 영역에서도 마찬가지다.

가르치던 제자 중에 주한 필리핀 대사관 직원이 있었다. 작지만 다부진 체격의 학생은 그냥 딱 보기에도 한국 사람들이 머릿속으로 쉽게 떠올릴 수 있는 평범한 동남아계 남자였다. 필리핀에서 석사 학위를 받고 주한 필리핀 대사관에서 근무하는 외교관으로 5개국어를 구사하는 수재였다.

한국에 머물기 때문에 당연히 한국어를 배워야 한다고 생각했던 그 학생은 한국어 능력도 수준급이었다. 밝은 성격에 한국생활도 나름 재미있게 즐기던 제자였는데 주기적으로 나에게 인종차별 받은 이야기를 들고 왔다. 동남아 노동자라고 수근거리던 사람들, 냄새나니까 지하철 타지 말라고 소리쳤다던 노인들, 어쩌다 눈만 마주쳐도 기분 나쁘다는 듯이 피하던 여성들, 어쩌다 도움이 필요해서 누군가에게 질문하려고 하면 벌레를 본 것 같은 얼굴로 도망간다는 사람들…. 한국생활이 정말 좋은데 이런 한국인을 만나면 너무 힘들다고 눈물까지 흘렸던 제자의 모습은 지금도 생생하다.

안타까운 것은 대부분의 유색인종, 한국 사람들 기준으로 피부색이 어두운 동남아 사람들, 흑인들은 우리가 상상도 할 수 없는 차별을 매일 직면하며 살고 있다는 것이다.

한번은 대학원에서 같이 근무하던 나보다 나이가 열 살 정도 많은 영어권 국가 출신의 동료 선생님과 서류상자 몇 개를 옮길 일이 있었다. 동선이 겹쳐 내가 도와주겠다고 했고 지하철 6호선에서 함께 앉아 목적지로 가고 있었다. 아주 한가로운 지하철 내부였고, 그 선생님과 조용히 이야기를 나누고 있었는데 갑자기 멀쩡하게 생긴 40대 남성이 쌍욕을 하며 나에게 돌진했다. 얼굴로 주먹이 바로 날아오려는데 순간적으로 옆에 있었던 젊은 남학생들이 그 사람을 붙잡아서 맞지는 않았지만, 난 난생 처음 가장 끔찍한 욕을 들었다.

"광화문 한복판에서 사지를 찢어 죽일 년!" 그 이후의 욕은 충격으로 제대로 듣지도 못했다. 세상에, 누군가에게 그런 욕을 할 수 있다니…. 지하철에서 영어를 했다는 이유로 남자는 난동을 피웠고, 사람들이 신고를 해준 덕분에 나는 난생 처음 경찰서에 갔다.

우리 두 사람도 경찰서에서 신원조회를 했는데 같은 학교에서 근무하고 있는 평범한 강사들이니 신분이 확실했고, 그 남자는 일용직 노동자였다. 경찰은 우리에게 남자를 즉심에 넘기고 싶은지, 벌금형을 물리고 싶은지에 대해 물었다. 이 모든 상황에 넋이 빠진 캐나다 선생님은 그 남자에게 능숙한 한국말로 물었다.

"내가 무슨 잘못을 했죠? 내가 잘못한 일이 있으면 알려주세요. 왜 우리에게 욕을 했어요?"

한국생활 5년이 다 된 선생님은 비슷한 일을 여러 번 겪어봤지만 경찰서까지 온 것은 처음이라고 했다. 누구보다도 열심히 학생들 가르치고 한국어 공부에도 열을 올렸던 그 선생님에게 얼마나 미안했는지, 더불어 나는 얼마나 충격을 받았었는지 모른다.

그나마 백인은 낫지 않을까라고 생각할 수도 있는데 백인이라고 결코 한국인의 인종차별에서 자유롭지는 않다는 것은 우리 세 식구의 한국생활을 통해 뼈저리게 느꼈다. 그래도 세상은 예전에 비해 많이 바뀌었기에 분명 다문화가정에 대한 따뜻한 시선도 존재한다. 하지만 우리 셋이 함께 지하철을 타면 적어도 열에 한두 번은 처음부터 우리가 내릴 때까지 세 식구를 불편하다는 듯 노려보는 시선을 자주 경험했다. 나와 남편, 아이를 번갈아 바라보며 눈 한 번 피하지 않고 경멸의 눈빛으로 노려보던 사람들은 대부분 50~60대 남성들이었다. 처음에는 무척이나 불쾌했지만 이분들이 대체 우리에게 왜 이러는 것일까 나중에는 헛웃음이 났다.

몇 번 남편이 대놓고 물었다. "혹시 나 알아요?" 한국말에 놀랐는지, 생각지 못한 반응에 놀랐는지 그제야 시선을 거두긴 했지만 이런 일들은 한국 삶에 일상이었다. 대체 우리는 무슨 잘못을 했기에 그런 시선을 받아야 했을까?

그들은 어떤 이유에서든 자신들의 행동이 문제없다고 생각하겠지만 아이러니하게도 본인과 가족이 그런 대우를 받는 상황에 놓이는 것은 조금도 참지 못한다. 이건 젊은 사람들도 마찬가지이다. 꿈꾸던 해외여행을 가서 혹시라도 부당한 대접, 인종차별을 받을까 전전긍긍하고, 자식들과 손자들이 영어에서 밀리고 뒤떨어질까 걱정한다. 동양인 비하, 불평등에 관련된 뉴스에 거품을 문다. 유명 연예인이 눈을 찢으며 사진을 찍었다고 인종비하라며 공식 사과를 요구한다. 만일 유명인 누군가 우리를 '노란 사람Yellow person'이라고 부른다면 대한민국이 뒤집어지겠지만, 흑인들을 친밀함의 표현이라며 '흑형'이라 부른다. 인종차별자인 트럼프가 어떻게 미국의 대통령

이 될 수 있냐며 미국인들의 의식수준에 개탄한다. 하나도 앞뒤가 맞지 않는 이 상황…. 과연 그들은, 우리들은, 한국인은 인종차별을 논할 자격이 있을까?

우리 먼저 국적과 인종, 언어와 피부색에 대한 편견을 버려야 한다. 그 모든 것들이 우리들에게 아무렇지 않게 되었을 때 우리도 비슷한 시선을 기대하고 정당하게 요구할 수가 있다. 하루아침에 바꾸기 어렵다는 것은 솔직히 우리 모두 알고 있다. 그러니 한 10년, 20년쯤 잡고 젊은 세대부터 노력하면 가능하지 않을까? 아이와 함께 세계를 여행하고, 영어 공부, 제2외국어 공부를 시키는 것보다 세상을 보는 건강한 시선, 사람이 먼저라는 것, 세상 모든 사람은 평등하다는 것을 먼저 배워야 우리 아이들이 세계 어디를 가더라도 당당해질 수 있을 것이라 믿는다. 시간이 걸리더라도 진심으로 그 날이 오기를 간절히 바란다.

오늘
너무 예쁜데!

　　미국에 오고 처음에 정말 적응 안 되던 것이 있었다. 과하다 싶은 칭찬이 담긴 사람들의 인사말이었다. 가까운 사람들끼리도 새삼스러운 칭찬이 영 어색하기만 한데 생전 처음 보는 사람들의 칭찬을 받을 때는 부끄럽기도 하고 솔직히 진정성이 의심스럽기도 했다. 내 모국은 눈 마주쳤다고 왜 쳐다보느냐면서 폭행이 일어나기도 하는 곳 아닌가! 아마도 낯선 사람과의 대화나 칭찬, 주고받는 인사가 영 어색하기만 한 문화권에서 태어나 자란 것이 가장 큰 이유일 것이다. 환경이 인간을 지배한다는 말은 진정 명언이다.

　　아이가 학교를 가고부터는 학교에서 매일 만나는 엄마들이나 선생님, 마트나 카페 놀이터 등에서 그냥 우연히 스쳐 지나가는 사람들까지 그들의 입에서 나오는 자연스러운 칭찬의 인사말에 나는 늘 당황스러웠다. 그리고 그런 내 자신이 불편했다. 내가 비정상인 것인지 혼란스럽기도 했다.

> "오늘 입은 블라우스 정말 예쁘다."
> "와! 귀걸이가 너무 예쁜 걸? 어디에서 샀어?"
> "오늘 기분 좋은 일이 있나 봐요. 얼굴이 좋아 보여요!"
> "아기가 정말 잘생겼네요."
> "피부가 너무 좋아요!"
> "무슨 향수 썼어요? 향기 너무 좋은데?"

칭찬이 담긴 인사말은 주로 눈에 바로 들어오는 외적인 것들이 많다. 마음씨가 따뜻하고 긍정적이기로 유명한 남부 사람들은 칭찬에 거침이 없다. 처음 보는 이의 갑작스러운 칭찬에 당황한 적도 많고 한 박자 늦어 쑥스럽게 고마움을 표현하기도 했지만 시간이 흐르며 나도 점차 익숙해졌고, 그들의 진정성도 더 이상 의심하지 않았다. 그저 있는 그대로 받아드리고 감사의 마음을 표현하기로 마음먹었던 것을 넘어서 나도 그들처럼 의식적으로 다른 사람들을 칭찬해보기로 마음을 바꾸었다. 왜냐면 칭찬은 그 진위와 상관없이 결코 나쁜 것이 아니니까!

칭찬을 받아서 싫은 사람은 세상에 없다. 작은 칭찬이라도 상대방의 마음에 큰 기쁨을 줄 수 있고, 오래도록 그 사람 마음에 반짝반짝 남을 수 있으니 칭찬을 아껴둘 이유가 없었다.

애초에 진정성을 의심했던 것 자체가 내 잘못이었다는 생각이 든다. 솔직히 그 칭찬의 인사말들이 100% 마음 깊은 곳에서 심오하게 우러나왔다고는 믿지 않는다. 분명 의식적으로 노력한 부분이 있을 테고, 어쩌면 습관적으로 나오는 말일 수도 있다. 하지만 그게 굳이 중요할까? 상대를 기쁘게 만들 수 있다면 환한 웃음과 함께 건네는 칭찬은 결코 누구도 해하지 않는다.

시간이 걸리긴 했지만 나도 이제 누군가를 만나면 칭찬하려고 의식적으로 노력한다. 가까운 사람들에게는 정말 적극적으로, 처음 보는 사람들, 아마도 내가 다시 보지 못할 확률이 매우 높은 사람들에게도 용기를 내어 작은 말 한 마디라도 기쁨을 전해주려 한다. 아마도 미국생활 하면서 배운 가장 좋은 습관이 아닐까 싶다.

언제였더라? 생활용품이 잔뜩 쌓여 있는 상점에서 길게 줄을 서서 내 물건을 계산할 차례를 기다리고 있었다. 영혼 없이 기계를 두드리고 있는 직원은 멀리서 봐도 무척 피곤해 보였다. 내 차례가 되

었을 때 그녀는 눈도 마주치지 않고 본능적으로 앵무새처럼 인사를 던졌다. 얼핏 화가 난 것처럼 보이기도 했다. 뭔가 꼭 한 마디를 해 주고 싶은데 거친 손에 초록색 알이 박힌 반지가 눈에 들어왔다. 보석을 잘 모르지만 에메랄드 같았다.

"끼고 있는 초록색 반지가 정말 예뻐요. 내 탄생석 같은데 나도 언젠가 그런 예쁜 반지를 끼고 싶어요."

그제야 직원은 나를 처음으로 당황스럽게 바라봤다. 수줍은 웃음이 얼굴 가득 번졌다.

"어제 잠을 거의 못 자서 너무 피곤했는데 정신이 확 드네요. 정말 고마워요!"

좋은 하루를 보내라는 진심 어린 인사를 마지막으로 그녀와는 다시 마주칠 일이 없었다. 하지만 그녀의 행복한 웃음은 여전히 내 기억에 남아있고 아마도 그녀 역시 그 날을 오래도록 기억할 것이라 믿는다. 그 피곤했던 아침, 어떤 이름 모를 고객의 따뜻했던 칭찬의 한 마디를 떠올린다. 그러고는 자신의 반지를 바라보겠지?

하루에 만나게 되는 수많은 사람들 가운데 오늘은 한 명, 내일은 두 명을 콕 찍어 작은 칭찬을 건넨다. 사람을 기쁘게 해줄 수 있는 칭찬의 한 마디를 선물하는 노력은 정말 해볼 만한 즐거운 일이다. 설령 그 마음이 순도 100% 뜨겁게 우러나온 진심이 아니라 하더라도 괜찮다. 분명 칭찬은 서로에게 긍정적인 기운을 돌고 또 돌게 만드는 마법을 지녔다. 그것만으로도 충분하다.

오늘이
마지막인 것처럼

뉴올리언스에 터를 잡고 두 번째 겨울을 맞이할 준비를 하던 어느 날, 마이크의 옛 동료로부터 전화 한 통을 받았다. 달라스에서 함께 일하며 가깝게 지냈던 레지던트 동료 앤디였다. 나도 몇 번 병원 파티에서 만난 적이 있는 밝고 성격 좋은 선생님이었다. 자신이 몸담고 있는 세인트루이스^{Saint Louis}의 사립 병원에 한 자리가 생겼는데 혹시 관심이 있냐는 것이었다.

마이크는 이미 뉴올리언스에서 안정적으로 병원에 다니고 있고, 본인이 스스로 그만두지 않는 이상 평생직장 개념인 곳이라 갑작스러운 제안은 굉장히 당황스러웠다. 우리 부부의 기본적인 의사가 확인되는 대로 마이크를 경쟁자 없이 1순위로 추천할 계획이라는 앤디의 말에 먼저 구체적인 제안을 들어본 후에 생각해보겠다고 말한 뒤 대화를 마쳤다.

그간 우리 셋은 뉴올리언스의 삶에 완전히 녹아들어 편안한 날들을 보내고 있었다. 내년 봄에 구입할 생애 첫 집을 보러 다닌 지가 두 달이 넘었고, 맘에 드는 유치원 목록을 만들어 곧 있을 학교 등록을 준비 중이었다.

가깝게 지내는 시댁 식구들, 이곳 삶의 축복이자 즐거움인 나의 친구들은 이미 내 마음속에 큰 자리를 차지했다. 많은 사람들이 바라는 안정적인 생활, 기복 없는 날들에 갑작스러운 소식이 불쑥 찾아온 것이었다. 짧은 통화 후 마이크와 나는 농담 반 진담 반으로 연봉을 두세 배쯤 올려준다면 모를까 그게 아니고서는 절대 뉴올리언스를 떠날 일은 없을 거라며 낄낄 웃었다. 그리고 정확히 열두 시간 후 다시 병원을 통해 구체적인 사항을 전해들었다. 마이크와 나는 그날 이후 일주일이 넘게 잠을 설치며 깊은 고민에 빠졌다.

병원이 제시한 계약조건은 우리가 생각했던 것보다 훨씬 좋았다. 지금 받고 있는 연봉의 네 배 이상이었고, 휴가는 두 배, 근무시간의 강도와 일은 현재와 비교해 상대적으로 더 높지만 충분히 할 만한 수준이었다. 결정적으로 현지 병원에서 찾고 있는 특정 분야의 전문가가 있었는데 거기에 정확히 부합되는 사람이 마이크였다.

미국의 경우 통상 레지던시 과정을 마치고 1~2년 정도 펠로우쉽이라고 부르는 전문심화 과정을 수련한다.

마이크가 레지던트를 마치고 2년간 펠로우쉽을 계획하면서 첫해 1년을 한국에서 하기로 결심했을 때 친정에서 반대가 컸다. 왜 굳이 미국에 있는 좋은 병원들 놔두고 한국까지 와서 고생을 자청하고 연봉삭감을 감수하느냐는 것이 이유였다. 부모님의 반대는 내 입장에서 어느 정도는 이해가 되었다.

이주 자체도 생각만으로도 골치 아팠고 월급이 절반 이하 수준으로 줄어드는데다가 한국에서 정착할 것도 아니고 고작 1년으로 뭘 얼마나 할 수 있을까에 대한 의구심이 있었다. 부모님 반대에 내 마음도 흔들렸는데 오히려 마이크의 결심이 확고했다.

"지금 이 기회가 아니면 내가 언제 노아랑 한국에서 이렇게 오래 살아볼 수 있겠어. 혹시라도 훗날 한국에서 일하게 될 수도 있고, 또 미국 병원과도 분명 여러 가지로 큰 차이가 있을 테니까 당장의 돈을 떠나서 '분명 내가 배울 수 있는 부분들이 많이 있을 거야."

마이크의 말도 일리가 있었고 아내로서 남편의 편에 서는 것이 맞다는 생각이 들었다. 이후 부모님을 설득하면서 동시에 마이크가 펠로우쉽을 할 수 있는 곳을 함께 찾기 시작했다. 총 세 곳의 병원이 마이크에게 관심을 보였는데 그 중에서 가장 적극적이었던 서울 삼성의료원으로 가게 되었다.

한국에서 머물던 일 년의 시간 동안 마이크는 너무나 감사하게도 아무런 사건 사고 없이 훌륭한 한국 선생님들 곁에서 배우고 뜻깊은 시간을 보냈다. 의료적인 것뿐만 아니라 아내의 나라 한국에 대해서도 제대로 배울 수 있었음은 두말할 필요가 없었다.

마이크가 레지던시를 했던 달라스 베일러 병원도 좋은 곳이었지만 삼성병원의 수준과는 비교도 안 될 정도라며 한국의 높은 의료 수준에 감탄했다. 마이크는 삼성병원에서 유독 한국인에게 높게 발생하는 위암, 대장암 케이스를 많이 접하고 수련할 수 있었다. 미국은 상대적으로 위암, 대장암 발생이 현저히 낮은 편이라 미국 존스홉킨스 의사들도 매년 한국에 파견을 나올 정도로 배울 것이 많았다.

한국에서의 수련 덕분에 마이크가 가장 자신 있고 편안하게 느끼는 분야가 대장암 쪽인데 놀랍게도 세인트루이스 병원에서 원하는 사람이 바로 대장암 분야의 스페셜리스트였다. 물론 우연의 일치였을 수도 있다. 하지만 과거의 결정이 돌고 돌아 이렇게 현재와 마주할 수 있다는 것이 신기했고 한편으로 그때의 선택이 다행스럽기도 했다. 부모님 말씀은 언제나 높은 확률로 옳지만 한국행 결심은 우리가 맞았던 것이다.

　인생에서 이런 기회가 쉽게 찾아오지 않는다는 것을 잘 알면서
도 우리는 별로 기쁘지 않았다. 오히려 정반대였다. 정착하려고 마
음먹은 뉴올리언스를 다시 떠나는 것, 가족, 친구들과 멀리 떨어지
는 것, 아무런 연고도 없고 살면서 들어본 적도 별로 없는 새로운
도시 세인트루이스로 떠나는 것, 마이크의 성격상 경영은 맞지 않
다고 생각했는데 본격적으로 병원 경영에 참여해야 한다는 것 모두
엄청난 부담으로 다가왔다.

　나는 한국의 부모님과 멀리 떨어져 사는 것이 오래 되었지만 뉴
올리언스로 돌아오고 시댁 곁에 머물면서 나도 모르게 시댁에 굉장
히 많이 의지를 하고 있었음을 알았다.

　시부모님과 아이가 함께 시간을 보내는 모습이 뿌듯했고, 외동
인 아이에게 또래의 사촌이 생기고 커다란 대가족이 있다는 것이
든든했다. 이렇게 운이 좋을 수 있을까 싶을 정도로 이곳에서 만난
친구들은 언제나 곁에 두고 싶은 좋은 사람들이었다.

　어마어마하게 땅덩이가 넓은 미국에서 사람들의 이주는 이곳에
서 태어난 미국인들에게도 흔한 일이지만 우리의 의지와 상관없이
하루아침에 찾아온 제안에 삶의 방향이 순식간에 바뀔 수 있다는
것이 혼란스러웠다. 나와 마이크는 하루에도 몇 번을 울었다.

소식을 들은 가족과 친구들은 우리의 갑작스러운 결정에 다들 놀라고 섭섭해했지만 동시에 잘 된 일이고 잘할 수 있을 거라며 축하해줬다. 가지 말라고 붙잡는 사람이 아무도 없어서 오히려 서운할 정도였다. 어디에 가서도 적응하고 잘 살 수 있으리라는 것을 안다. 하지만 이런 사람들을 다시 만날 수 있을지는 잘 모르겠다. 한국에서의 1년, 뉴올리언스에서의 2년은 우리 부부에게도 서로를 이해하는 데 분명 가치 있는 시간으로 남았지만 아이는 어떨까? 엄마, 아빠의 고향에서 보낸 3년의 시간을 아이도 오래도록 기억할 수 있을까? 달라스에서 서울로, 또 뉴올리언스로, 이제는 다시 세인트루이스로, 아이의 의지와 상관없이 떠돌이가 되는 것 같아 미안하지만 부디 지금의 이 날들을 아이에게 추억으로 간직되길…. 커다란 아쉬움과 불확실한 미래에 대한 두려움을 안고 새로운 시작을, 두근거리는 도전을 한번 해보기로 했다. 분명 희망이 우리를 이끌었으리라 믿는다.

예전에는 나 혼자니까 나 하나만 책임지면 되니 걱정이 없었다. 결혼을 하고 남편과 아이가 생기니 내 인생은 나만의 것이 아닌, 절반은 다른 사람의 것이 되어버렸다. 어떻게 살아야 잘 살 수 있을까, 어떻게 살아야 사건 사고 없이 편안하게 지낼 수 있는 것인가.

우리에게 주어진 24시간인 오늘 하루를 최선을 다해 사는 것,
지금 함께 할 수 있음에 감사하고 후회 없이 즐겁게 사는 것,
마치 오늘이 우리 인생의 마지막 날인 것처럼…

그렇게 살면 된다.

몇 시간 뒤에 교실 앞으로 아이를 만나러 가고, 차 안에서 함께 노래를 흥얼거리고, 저녁 메뉴를 같이 고민하고, 퇴근한 아빠와 함께 맛있는 저녁을 먹으며 오늘 있었던 일들을 함께 나누는 것이 우리가 지금 할 수 있는 최선이다. 그런 매일매일이 모이면 갑작스럽게 훅 들어오는 희로애락에도 크게 흔들리지 않으리라 믿는다. 내일은 오늘과 같을 수 없고, 정해진 것은 아무것도 없다. 그렇기에 뉴올리언스에서 남은 보석 같은 날들을 보내고 커다란 챕터 하나를 넘기며 세인트루이스로 가기로 했다.

새로운 출발을 하는 모든 이들의 밝은 앞날을 축복하고 기도하며, 우리 역시 두근거리는 가슴으로 출발선 앞에 섰다.

Everything is going to be fine.
분명 모든 것은 잘 되리라 믿는다.

　엄마가 되고 4개월 무렵 절정의 피로를 달리던 때였다. 왼손 새끼손가락 마디가 이상했다. 쥐고 펴기 어려웠고 꼭 로봇의 손가락마냥 따닥 꺾이는 것 같았다. 처음 경험하는 증상은 기상 후 활동을 하면 곧 부드럽게 풀렸다. 며칠 이러다 말겠지 생각했지만 아침마다 새끼손가락은 로봇이 되었다. 마음이 찜찜했지만 단순히 육아의 후유증으로 생각했다.

　처음 느낀 불편함은 왼손 다른 손가락으로 천천히 퍼졌다. 덜컥 겁이 나 친구들에게 비슷한 경험이 있는지 물었다. 몇몇 본인도 그랬다며 아이가 크면서 자연스레 없어졌고 좋아질 거라고 했다. 나는 여전히 힘들 때이니 훗날 좋아지리라 믿었다. 대수롭게 여기지 않았기 때문에 남편에게도 손가락이 이상하다고 몇 번 흘렸을 뿐이었다. 보여지는 문제가 없고, 매일 아픔을 호소한 것도 아니었기 때문에 남편 역시 마음에 두지 않았다.

어느덧 아기는 18개월이 되었다. 그 사이 통증은 왼손 마디 전체로 번졌고, 멀쩡했던 오른손도 순식간에 퍼졌다. 활동하면 금세 부드럽게 풀리던 마디는 해동의 시간이 점점 길어졌고, 급기야 발가락에도 퍼졌다. 내 통증을 까맣게 잊은 남편에게 다시 말을 꺼냈다. 아무래도 손발이 이상하다고, 분명 정상이 아닌 것 같다고…. 처음 진지하게 내 이야기를 들은 그의 얼굴은 딱딱하게 굳었다.

며칠 뒤 만난 주치의는 남편과 같은 소견을 조심스레 전하며 전문의를 추천했다. 남편은 자신이 의사임에도 아내를 오래 방치했다며 눈물을 흘렸고 나도 그제야 심각성을 직감했다. 난 매일 더 나빠졌다. 통증은 무릎과 팔꿈치, 어깨로 퍼졌고 살짝 감각이 떨어지는 마비증상도 동반됐다. 하루가 달랐고 이대로 가면 끝장날 것 같았다.

어렵게 전문의를 만나 확진까지 몇 주가 걸렸다. 그 시간을 보내며 새로운 나를 인정하는 연습을 해야 했다. 왜 내게 이런 일이 벌어졌는지 억울하고 분했다. 답답함에 가슴이 터질 것 같았다. 살면서 잘못한 일들을 하나하나 돌이키고 반성했다. 다른 사람들 다 하는 육아, 겨우 아이 하나 키우면서 이렇게까지 체력도 정신력도 나약한 인간이라는 점이 충격이었다. 시커먼 동굴 한가운데 수렁이 있었고 그 안에 풍덩 빠진 내가 있었다. 한없이 우울했다. 빠져 나올 수가 없었다. 그 무렵 매일 죽음을 생각했다. 나만 죽는 방법. 어차피 난 죽으면 끝이니 둘이 잘 살겠지 생각했다. 나의 몸, 버거운 육아, 남편과의 관계 그 모든 것이 엉망진창이었다.

2013년 가을, 최종 병명을 확진받았다. 최악은 피했지만 난치병 환자의 타이틀을 얻었다. 불치병이 아니지만 완치의 확률이 코웃음 나올 정도로 낮으니 딱 희망고문이다. 전문의는 치료를 해도 환자의 30%는 약간 호전, 30%는 현상 유지, 30%는 악화된다며 영혼없이 말했다. 환자의 30% 이상이 극심한 우울증을 앓는다고도 했는데 나 또한 자유롭지 못했다. 오랜 기간 우울증을 앓았고, 약물치료를 병행했다. 할 수 있는 것은 다 했다. 그리고 지금, 확진 후 4년이 흐른 뒤 내가 여기 있다.

나는 견딜 수 있는 수준의 통증을 24시간 지니고 산다. 처음 통증을 느낀 그날 이후 무통의 몸은 이제 없다. 무리하고 스트레스를 받으면 더 심해진다. 평소 관리가 무척 중요하다. 겉은 멀쩡하기에 말을 하지 않으면 아무도 내가 아픈 사람인지 모른다. 수면장애가 있고, 평범한 사람들보다 몇 배는 더 심하게 피로해진다. 최악이었을 때와 비교하면 분명 호전된 부분이 있지만 통증은 언제나 함께 한다. 부정 타니까 그런 생각 말라고들 하지만 나는 안다. 아마도 내가 이 통증에서 완전히 자유로울 확률보다 평생 가지고 살 확률이 월등히 높다는 것을…. 진즉 인정했고 받아들였다. 이건 내가 지니고 갈 무게이다. 누구나 감당하며 사는 삶의 무게는 모두의 인생에 비교적 평등하게 적용된다.

작가는 손이 생명이다. 지금 이 순간도 손가락은 열심히 키보드를 두드린다. 아직 젊어서 그런지 그럭저럭 잘 버티고 있지만 대체 '왜!'를 마음에 수없이 썼다 지웠다. 언젠가 원하는 만큼의 글쓰기를 못할 수도 있다는 생각에 우울해지기도 한다. 하지만 한 번 사는 인생을 평생 원망과 우울함으로 살 수는 없었다. 어떤 사람으로 살 것인가의 선택은 순전히 나에게 달려 있었다. 난, 밝게 살기로 결심했다.

좋은 아내로 엄마로 살고 싶다.
사람들의 마음을 울리는 글을 많이 쓰고 싶다.
내 몸 상태를 직시하되 긍정적으로 생각하기로 했다.

99.9%의 평범한 사람들은 누구나 자신만이 온전히 감당할 수 있는 무게의 추를 지녔다. 부모님, 나의 파트너, 지인들 모두 하나는 있다. 0.1%의 누군가는 감당할 무게 없이 완벽한 삶을 살지도 모른다. 하지만 괜찮다. 우리가 굳이 스스로를 0.1%와 비교하며 자책할 이유가 없다.

만약 내가 완치된다면 그때는 숨김없이 고백할 것이다. 내가 이런 환자였는데 몇 년 걸려 극복했다고 자랑할 생각이다. 상상만 해도 눈이 뜨거워진다. 완치할 수 있다면 모든 것을 걸 수도, 포기할 수도 있다. 언젠가는 가능하지 않을까? 설령 평생 가지고 살더라도 하루하루를 선물처럼 여기며 행복하게 살기로 했다. 이게 내가 할 수 있는 최선임을 믿는다.

오랫동안 바란 에세이 작업을 준비하며 계절도, 사는 곳도 여러 번 바뀌었다. 분명 잘할 수 있다고 당차게 시작했지만 생각보다 훨씬 어려웠고 몸도 따라주지 않아 괜한 욕심을 부린 것이 아닐까 후회하기도 했다. 가족과 함께 할 때는 절대 일하는 모습을 보이지 않기로 했기 때문에 혼자가 되면 밤낮으로 일개미처럼 작업했다. 끝났다는 후련함, 더 많은 이야기를 못 남긴 아쉬움이 딱 절반씩이지만 내 첫 에세이가 세상에 나오고 독자들의 손에 쥐어질 날을 생각하면 마음이 벅차오른다. 앞으로도 나의 일상 이야기는 내 노년의 꿈인 '귀여운 할머니'가 되는 날까지 계속 될 것이니 이쯤에서 살포시 손을 멈추려 한다.

처음 기회를 주고 함께 달려와준 양춘미 에디터에게 진심으로 감사드린다. 작업 내내 고맙다는 말을 얼마나 많이 했는지 모른다. 사랑하고 존경하는 내 파트너 마이크와 나의 태양 노아, 한국과 뉴올리언스의 가족들, 많은 가르침을 주시는 은사님들, 언제나 곁에 함께하는 오랜 벗들에게 감사와 사랑을 전한다.

모두 고맙습니다. 사랑해요! 행복하세요!